HORACIO QUIROGA

URWALD-GESCHICHTEN

BÜCHERGILDE GUTENBERG

Mit einem Nachwort von Hans-Jürgen Schmitt

Alle Rechte vorbehalten
Büchergilde Gutenberg Frankfurt am Main und Wien 1994
Die Übersetzungsrechte der von Wilfried Böhringer
und Astrid Schmitt gemeinsam übertragenen Erzählungen
liegen beim Suhrkamp Verlag Frankfurt am Main;
die Rechte der Übertragungen von Hans-Otto Dill
liegen beim Aufbau Verlag Berlin;
die von Erna Stoldt beim Ullstein Verlag Berlin.
Die von Astrid Schmitt übertragenen Erzählungen
sowie der Essay von Hans-Jürgen Schmitt
sind Erstveröffentlichungen der Büchergilde Gutenberg.
© für diese Texte 1994 Büchergilde Gutenberg
Einbandgestaltung Thomas & Thomas Design, Heidesheim
Herstellung Margot Mayer-Guderian, Erzhausen
Satz Dörlemann-Satz, Lemförde
Druck R. Oldenbourg Graphische Betriebe, Kirchheim
Bindung Großbuchbinderei Monheim, Monheim
Printed in Germany ISBN 3 7632 4342 9

Inhalt

Treibgut

Der Mann trat auf etwas Weichliches und spürte sofort den Biß im Fuß. Er machte einen Satz nach vorn, und als er sich fluchend umdrehte, sah er eine Jararacussú, die aufgerollt dalag und auf den nächsten Angriff wartete.

Der Mann warf einen schnellen Blick auf seinen Fuß, wo ganz allmählich zwei Blutströpfchen anschwollen, und zog die Machete aus dem Gürtel. Die Schlange erkannte die Bedrohung und zog den Kopf tiefer in die Mitte ihrer Spirale ein, doch die Machete sauste mit der flachen Klinge auf sie herab und zerschmetterte ihr die Wirbelsäule.

Der Mann beugte sich zu der Bißwunde hinunter und betrachtete sie einen Augenblick, nachdem er die Blutströpfchen abgewischt hatte. Von den beiden violetten Pünktchen ging ein stechender Schmerz aus, der langsam den ganzen Fuß erfaßte. Er band sich hastig das Taschentuch um den Knöchel und setzte den Weg zu seiner Hütte durch die Waldschneise fort.

Der Schmerz im Fuß wurde immer stärker, begleitet vom Ziehen der sich blähenden Schwellung, und der Mann spürte plötzlich zwei oder drei grelle Stiche, die wie Blitze von der Wunde bis in die Mitte der Wade zuckten. Er konnte das Bein nur mit Mühe bewegen; die metallische Trockenheit in der Kehle und das brennende Durstgefühl entrissen ihm erneut einen Fluch.

Als er schließlich bei der Hütte ankam, warf er sich vornüber auf das Rad einer Zuckermühle. Die beiden violetten Pünktchen gingen jetzt in einer ungeheuren Schwellung des ganzen Fußes unter. Es sah aus, als sei die Haut dünner geworden und könne der Spannung nicht mehr lange standhalten. Er wollte seine Frau rufen, aber seine Stimme versagte in einem anhaltenden Röcheln seiner ausgetrockneten Kehle. Er verging vor Durst.

»Dorotea!« konnte er schließlich keuchend hervorstoßen. »Gib mir Schnaps!«

Seine Frau kam mit einem vollen Glas angelaufen, das der Mann in drei Zügen leerte. Aber er hatte überhaupt nichts geschmeckt.

»Ich habe Schnaps gesagt, nicht Wasser!« röchelte er erneut. »Gib mir Schnaps!«

»Aber das ist doch Schnaps, Paulino!« beteuerte die Frau erschrocken.

»Nein, du hast mir Wasser gegeben! Ich sage dir doch, daß ich Schnaps will!«

Die Frau lief wieder weg und kam mit der Korbflasche zurück. Der Mann trank zwei Gläser hintereinander aus, aber er spürte nichts in der Kehle.

»Das sieht ja langsam mies aus«, murmelte er da und betrachtete seinen Fuß, der bereits schwarzblau war und brandig glänzte. Über das tief einschneidende Taschentuch quoll das Fleisch wie eine monströse Blutwurst.

Die stechenden Schmerzen durchzuckten ihn unablässig und strahlten jetzt bis in die Leiste. Gleichzeitig wurde die fürchterliche Trockenheit in seiner Kehle, die der Atem zu verbrennen schien, immer stärker. Als er sich aufrichten wollte, zwang ihn ein plötzlicher Brechanfall, eine halbe Minute lang mit der Stirn an das Holzrad gelehnt zu verharren.

Aber der Mann wollte nicht sterben; er ging zum Ufer hinunter und stieg in sein Kanu. Er setzte sich ins Heck und paddelte auf die Mitte des Paraná zu. Dort würde ihn die Strömung des Flusses, die auf Höhe des Iguazú* eine Geschwindigkeit von sechs Meilen erreichte, in weniger als fünf Stunden nach Tacurú-Pacú bringen.

* Nebenfluß des Paraná

Der Mann schaffte es tatsächlich, mit dumpf verzweifelter Anstrengung die Mitte des Flusses zu erreichen, aber dort ließen seine gefühllos gewordenen Hände das Paddel ins Kanu fallen; nach einem weiteren Brechanfall – diesmal kam Blut – warf er einen Blick zur Sonne, die schon hinter dem Wald unterging.

Das ganze Bein, bis zur Mitte des Oberschenkels, war ein unförmiger, steinharter Klotz, der die Hose fast zum Platzen brachte. Der Mann schnitt mit seinem Messer die Binde durch und schlitzte die Hose auf: der Unterleib quoll aufgedunsen hervor, mit großen, schwarzblauen Flecken, und schmerzte gräßlich. Der Mann dachte, er werde es niemals allein bis nach Tacurú-Pacú schaffen, und er entschloß sich, seinen alten Kumpel Alves um Hilfe zu bitten, obwohl sie seit langer Zeit zerstritten waren.

Die Strömung raste jetzt auf das brasilianische Ufer zu, so daß der Mann leicht anlegen konnte. Er schleppte sich über die schmale Wegschneise den Hang hinauf, aber nach zwanzig Metern blieb er erschöpft auf dem Bauch liegen.

»Alves!« schrie er, so laut er konnte, doch er lauschte vergeblich.

»Compadre Alves! Laß mich jetzt nicht im Stich!« schrie er noch einmal, wobei er den Kopf vom Boden erhob.

In der Stille des Urwalds war kein einziges Geräusch zu hören. Der Mann hatte noch die Kraft, zu seinem Kanu zu gelangen, das erneut von der Strömung erfaßt und schnell abgetrieben wurde.

Der Paraná fließt dort durch eine gewaltige Schlucht, deren hundert Meter hohe Felswände den Fluß wie in einem Grab einschließen. Über den von schwarzen Basaltblöcken gesäumten Ufern steigt der ebenfalls schwarze Wald auf. Vorn, an den Seiten und hinten die ewige, düstere Mauer, zu deren Füßen der aufgewühlte Fluß im unaufhörlichen Strudeln seines schlammigen Wassers dahinrauscht. Die Landschaft ist feindselig, und es herrscht Totenstille. Doch in der Abenddämmerung bietet ihre düstere, ruhige Schönheit einen Anblick von einzigartiger Erhabenheit.

Die Sonne war schon untergegangen, als den Mann, der halbausgestreckt auf dem Boden des Kanus lag, ein heftiger Schüttelfrost überkam. Plötzlich richtete er voller Verwunderung schwerfällig den Kopf auf: er fühlte sich besser. Das Bein tat ihm kaum noch weh, der Durst ließ nach, und seine Brust weitete sich befreit in langsamen, tiefen Atemzügen.

Die Wirkung des Gifts ließ allmählich nach, daran bestand kein Zweifel. Es ging ihm fast wieder gut, und obwohl er nicht einmal die Kraft hatte, seine Hand zu bewegen, rechnete er damit, daß er sich ganz erholen würde, sobald der Tau fiele. Voraussichtlich würde er in weniger als drei Stunden in Tacurú-Pacú sein.

Er fühlte sich immer wohler, und gleichzeitig befiel ihn eine Schläfrigkeit voller Erinnerungen. Er fühlte jetzt gar nichts mehr, weder im Bein noch im Bauch. Ob sein alter Freund Gaona in Tacurú-Pacú wohl noch lebte? Vielleicht würde er auch seinen ehemaligen Patrón, Mister Dougald, und den Mann von der Holzabnahme wiedersehen.

Würde er bald da sein? Im Westen entfaltete sich der Himmel jetzt zu einem goldenen Schirm, und auch der Fluß hatte sich verfärbt. Von dem bereits in Dunkelheit gehüllten paraguayischen Ufer ließ der Wald seine Abendfrische im durchdringenden Duft von Orangenblüten und wildem Honig auf den Fluß niedersinken. Ein Guacamayopärchen* flog in großer Höhe lautlos in Richtung Paraguay vorüber.

Dort unten, auf dem goldenen Fluß, trieb das Kanu schnell dahin und drehte sich von Zeit zu Zeit im Aufschäumen eines Strudels um sich selbst. Der Mann darin fühlte sich zusehends besser und überlegte unterdessen, wie lange er seinen ehema-

* Papageienart

ligen Patrón Dougald schon nicht mehr gesehen hatte. Drei
Jahre? Nein, doch nicht, nicht so lange. Zwei Jahre und neun
Monate? Vielleicht. Achteinhalb Monate? Das ganz bestimmt.

Plötzlich spürte er, daß er bis zur Brust eiskalt war. Woher
das wohl kam? Und auch der Atem . . .

Lorenzo Cubilla, den Mann, der für Mister Dougald das
Holz in Empfang nahm, hatte er in Puerto Esperanza an einem
Karfreitag kennengelernt . . . Freitag? Ja, oder Donnerstag . . .

Der Mann spreizte langsam die Finger.

An einem Donnerstag . . .

Und er hörte auf zu atmen.

In der Einöde

Das Kanu glitt durch das Wasser, immer dicht am Saum des Waldes entlang oder dem, was man in der Dunkelheit als Wald zu erkennen glaubte. Mehr aus Instinkt als durch irgendein Anzeichen spürte Subercasaux seine Nähe, denn die Dunkelheit war ein einziger undurchdringlicher Block, der an den Händen des Ruderers anfing und bis zum Zenit reichte. Der Mann kannte seinen Fluß gut genug, um zu wissen, wo er sich befand; doch in einer solchen Nacht und angesichts des drohenden Regens war es etwas ganz anderes, zwischen stechendem Bambusrohr und fauligem Schilf anzulegen als in seinem eigenen kleinen Hafen. Und Subercasaux war nicht allein im Kanu.

Die Atmosphäre war so aufgeladen, daß man kaum atmen konnte. Wohin man den Kopf auch drehte, man fand kein bißchen Luft zum Atmen. Und in diesem Augenblick fielen, deutlich hörbar, ein paar Tropfen in das Kanu.

Subercasaux blickte zum Himmel hoch und suchte vergebens ein Wetterleuchten oder den Riß eines Blitzes. Wie schon den ganzen Abend hörte man auch jetzt überhaupt keinen Donner.

»Es wird die ganze Nacht regnen«, dachte er. Dann wandte er sich seinen Begleitern zu, die stumm im Heck saßen: »Zieht eure Regenmäntel an«, sagte er knapp. »Und haltet euch gut fest.«

Tatsächlich bahnte sich das Kanu jetzt seinen Weg durch herunterhängende Zweige, und zwei oder drei Mal war das Backbordruder über einen versunkenen Ast hinweggeschrappt. Doch Subercasaux ging lieber das Risiko ein, ein Ruder zu zerbrechen, als den Kontakt zu dem Ufergehölz zu verlieren, denn wenn er sich nur fünf Meter vom Ufer entfernte, konnte er die ganze Nacht vor seiner Anlegestelle hin und her fahren, ohne sie zu erkennen.

Subercasaux ruderte noch eine Weile weiter, dicht am bis ins Wasser reichenden Waldsaum entlang. Die Tropfen fielen jetzt dichter, aber auch mit längeren Pausen. Sie hörten immer ganz plötzlich auf, als wären sie weiß Gott woher gekommen. Dann fingen sie wieder an, groß, vereinzelt und warm, um erneut aufzuhören, in der gleichen Dunkelheit und der gleichen bleiernen Luft.

»Haltet euch gut fest«, sagte Subercasaux noch einmal zu seinen beiden Begleitern. »Wir sind da.«

Tatsächlich hatten sie gerade die Lücke für ihre Anlegestelle ausgemacht. Mit zwei kräftigen Ruderschlägen trieb er das Kanu auf den lehmigen Boden, und während er es am Pfahl festband, sprangen seine beiden schweigsamen Begleiter an Land. Man konnte den Boden trotz der Dunkelheit gut erkennen, weil er von Myriaden von Leuchtkäfern bedeckt war, die mit ihrem roten und grünen Feuer die Erde wogen ließen.

Der nasse Lehmboden phosphoreszierte den ganzen Steilhang hinauf, den die drei Reisenden unter einem nunmehr gleichmäßigen und dichten Regen hochkletterten. Doch dann hüllte sie wieder die Dunkelheit ein; und im Dunkeln suchten sie den Sulky*, den sie, auf die Scherbäume gestützt, hatten stehenlassen.

Die Redewendung »Man konnte die Hand nicht vor den Augen sehen« ist sehr treffend. Und in solchen Nächten bewirkt das kurze Aufflammen eines Streichholzes nichts weiter, als daß die schwindelerregende Dunkelheit sofort noch dichter wird und uns schließlich das Gleichgewicht verlieren läßt.

Sie fanden den Sulky jedoch, das Pferd allerdings nicht. Subercasaux postierte seine beiden Begleiter, die mit tief ins

* leichter zweirädriger Karren

15

Gesicht gezogener Kapuze regungslos im prasselnden Regen verharrten, neben einem Rad und arbeitete sich bis zum Ende der Waldschneise vor, wo er sein Pferd fand, das sich natürlich in den Zügeln verfangen hatte.

Subercasaux hatte nicht länger als zwanzig Minuten gebraucht, um das Tier zu finden und zurückzubringen, doch als er in der Nähe des Sulkys zu seiner Orientierung fragte: »Seid ihr da, Kinder?« und zur Antwort bekam: »Ja, Papa«, wurde ihm zum ersten Mal in dieser Nacht klar, daß die beiden Begleiter, die er da ganz allein in der Dunkelheit und im Regen zurückgelassen hatte, seine fünf und sechs Jahre alten Kinder waren, deren Köpfe nicht einmal bis zur Radnabe reichten, und die zusammengekauert und mit triefenden Kapuzen dasaßen und ruhig auf die Rückkehr ihres Vaters warteten.

Fröhlich plaudernd kehrten sie endlich nach Hause zurück. Wenn die Augenblicke der Unruhe oder Gefahr vorüber waren, klang Subercasaux' Stimme ganz anders, als wenn er mit seinen Kindern wie mit Erwachsenen reden mußte. Er hatte seine Stimme um zwei Tonlagen gesenkt; und hätte jemand diese zärtlichen Stimmen gehört, so hätte er nie geglaubt, daß der Mann, der jetzt mit seinen Kindern lachte, derselbe war, der eine halbe Stunde zuvor nur knappe und barsche Anweisungen gegeben hatte. Eigentlich unterhielten sich jetzt nur noch Subercasaux und seine Tochter, denn der kleine Junge – der Jüngere der beiden – war auf den Knien seines Vaters eingeschlafen.

Subercasaux stand gewöhnlich bei Tagesanbruch auf; und obwohl er dabei immer ganz leise war, wußte er genau, daß sein Sohn, der auch so ein Frühaufsteher war wie er, im Nebenzimmer schon eine ganze Weile mit offenen Augen dalag und nur darauf wartete, daß er seinen Vater hörte, um aufzustehen. Und dann begann, von einem Zimmer zum anderen, der immer gleiche morgendliche Begrüßungsritus:

»Guten Morgen, Papa!«

»Guten Morgen, mein geliebtes Söhnchen.«
»Guten Morgen, mein allerliebstes Väterchen.«
»Guten Morgen, mein unschuldiges Lämmchen.«
»Guten Morgen, mein schwanzloses Mäuschen.«
»Mein kleiner Coatí*!«
»Mein Gürteltierchen!«
»Mein Katzengesichtchen!«
»Mein Vipernschwänzchen!«

Und in diesem pittoresken Stil ging es noch eine ganze Weile weiter. Bis sie fertig angezogen waren und hinausgingen, um unter den Palmen Kaffee zu trinken, während das Mädchen immer noch wie ein Stein schlief und erst wach wurde, wenn ihr die Sonne ins Gesicht schien.

Subercasaux hielt sich mit seinen beiden Kindern, die, was Gefühle und Benehmen betraf, sein Werk waren, für den glücklichsten Vater der Welt. Doch um das zu erreichen, hatte er schmerzlichere Erfahrungen machen müssen, als das in der Regel bei verheirateten Männern der Fall ist.

Ganz plötzlich, so wie die Dinge geschehen, die man aufgrund ihrer schrecklichen Ungerechtigkeit gar nicht fassen kann, hatte Subercasaux seine Frau verloren. Er war auf einmal allein zurückgeblieben, mit zwei kleinen Kindern, die ihn kaum kannten, und im selben Haus, das von ihm gebaut und von ihr eingerichtet worden war, wo jeder Nagel und jeder Pinselstrich an der Wand eine schmerzliche Erinnerung an ihr gemeinsames Glück war.

Am darauffolgenden Tag, als er zufällig den Kleiderschrank öffnete, erfuhr er, was für ein Gefühl es ist, plötzlich die Wäsche der eigenen Frau zu sehen, wenn diese bereits unter der Erde liegt; und an einem Bügel das neue Kleid, das sie nicht mehr hatte anziehen können.

Er spürte, daß man, wenn man weiterleben wollte, zwangs-

---

* Nasenbär

läufig alle Spuren der Vergangenheit zerstören mußte, und so verbrannte er mit starren und trockenen Augen die Briefe, die er seiner Frau geschrieben hatte und die sie seit der Zeit, als sie verlobt gewesen waren, sorgsamer gehütet hatte als ihre Stadtkleider. Und am gleichen Nachmittag mußte er schließlich, in Tränen aufgelöst, auch noch erleben, wie es ist, wenn man ein Kind an sich drückt, das sich loszumachen versucht, um mit dem Sohn der Köchin spielen zu gehen.

Hart, furchtbar hart war das alles gewesen ... Doch jetzt lachte er mit seinen beiden Kleinen, die durch Subercasaux' merkwürdige Erziehung völlig eins mit ihm waren.

Die beiden hatten tatsächlich weder Angst vor der Dunkelheit noch vor dem Alleinsein noch vor sonst irgendwelchen Dingen, die der Schrecken aller kleinen Kinder sind, die immer am Rockzipfel ihrer Mutter gehangen haben. Mehr als einmal schon war es Nacht geworden, ohne daß Subercasaux vom Fluß zurückgekehrt war, und die Kinder hatten das Windlicht angezündet und, ohne unruhig zu werden, auf ihn gewartet. Oder sie wachten ganz allein inmitten eines stürmischen Gewitters auf, das sie durch die Fensterscheiben hindurch blendete, um sofort wieder einzuschlafen, im festen Vertrauen darauf, daß ihr Vater zurückkommen würde.

Sie fürchteten sich vor nichts, nur vor dem, was sie laut den Ermahnungen ihres Vaters fürchten sollten – und dazu zählten in erster Linie natürlich die Giftschlangen. Sie waren unabhängig, strotzten vor Gesundheit und betrachteten alles eingehend mit ihren großen fröhlichen Kinderaugen, doch ohne die Gesellschaft ihres Vaters hätten sie keinen einzigen Augenblick gewußt, was sie tun sollten. Wenn dieser jedoch wegging und ihnen sagte, wie lange er sich aufhalten würde, blieben die Kinder zufrieden zu Hause, um miteinander zu spielen. Genauso war es, wenn Subercasaux sie bei ihren gemeinsamen langen Streifzügen durch den Wald oder bei den Flußfahrten für ein paar Minuten oder Stunden allein lassen mußte. Sie improvisierten dann sofort ein Spiel und warteten treu und brav am selben Ort auf ihn. Auf diese Weise, mit blindem und fröhlichem Gehorsam, lohnten sie ihrem Vater das Vertrauen, das er in sie setzte.

Sie ritten ganz allein im Galopp und das, seitdem der kleine Junge vier Jahre alt war. Sie kannten – wie jedes frei aufgewachsene Kind – sehr genau die Grenze ihrer Kräfte und überschritten sie niemals. Manchmal ritten sie allein zum Yabebirí*, bis zu dem Steilhang aus rotem Sandstein.

»Vergewissert euch über den Boden und setzt euch dann erst hin«, hatte ihr Vater ihnen gesagt.

Das Steilufer ragt zwanzig Meter senkrecht aus einem tiefen, dunklen Wasser empor, das die Felsspalten an seinem Fuß kühlt. Wie winzige Punkte tasteten sich Subercasaux' Kinder dort oben über die Steine hinweg vor. Und sobald sie sich sicher fühlten, setzten sie sich hin und ließen ihre Sandalen über dem Abgrund baumeln.

Natürlich hatte Subercasaux das alles in mehreren Etappen und mit den entsprechenden Ängsten erreicht.

»Eines Tages kommt noch eins um«, sagte er sich. »Und dann werde ich mich für den Rest meines Lebens fragen, ob es richtig war, sie so zu erziehen.«

Ja, es war richtig. Und zu den wenigen Lichtblicken im Leben eines Vaters, der allein mit zwei Halbwaisen zurückbleibt, gehört, daß er seine Kinder nach einer einzigen Charakteranlage erziehen kann.

Subercasaux war also glücklich; und die Kinder fühlten sich diesem Mann, der stundenlang mit ihnen spielte, ihnen mit großen, schweren, mennigeroten Buchstaben auf dem Boden das Lesen beibrachte und mit seinen riesigen, harten Händen ihre zerrissenen Pumphosen flickte, aufs innigste verbunden.

Seit seiner Zeit als Baumwollpflanzer im Chaco, wo er Ta-

---

* wasserreiches Nebenbett des Paraná

schen genäht hatte, war das Nähen für Subercasaux eine Gewohnheit, an der er auch Spaß hatte. Er nähte seine Kleider, die seiner Kinder, die Revolvertaschen, die Segel für sein Kanu, alles mit Schusterdraht und Knotenstich. So konnten seine Hemden überall aufgehen, nur nicht dort, wo er seinen Pechdraht durchgezogen hatte.

Beim Spielen erkannten die Kinder ihren Vater einmütig als Meister an – vor allem, wenn er auf allen vieren lief, was so komisch aussah, daß sie sofort losbrüllten vor Lachen.

Da Subercasaux außer seiner ständigen Arbeit experimentelle Ambitionen hatte, die alle drei Monate in eine andere Richtung gingen, kannten seine Kinder, die immer an seiner Seite waren, eine Menge Dinge, die Kinder in diesem Alter gewöhnlich nicht kennen. Sie hatten schon dabei zugesehen – und manchmal auch geholfen –, wie er Tiere ausstopfte, Kreolin herstellte, im Wald Kautschuk zapfte, um ihre Regenmäntel zu kleben; sie hatten gesehen, wie ihr Vater seine Hemden in allen möglichen Farben färbte, wie er Hebel mit einer Wirkungskraft von achttausend Kilo baute, um Zementsorten zu testen, wie er Superphosphate, Orangenwein und eine Trockenmaschine des Typs Mayfarth herstellte, wie er vom Wald bis zum Bungalow zehn Meter über dem Boden eine Drahtseilbahn spannte, in deren Wagenkästen die Kinder in Windeseile nach Hause fuhren.

In jener Zeit war Subercasaux auf eine Schicht weißen Tons aufmerksam geworden, die beim letzten tiefen Wasserstand des Yabebirí freigelegt worden war. Nach diesem Ton hatte er die anderen Tonsorten der Gegend untersucht, die er in seinen – natürlich von ihm selbst gebauten – Keramiköfen brannte. Und wenn es darum ging, mit Probeklumpen Brenn-, Sinterungs- und sonstige Werte herauszufinden, so zog er es vor, es gleich mit irgendwelchen Gefäßen, Masken und Phantasietieren auszuprobieren, wobei ihm seine Kinder mit großem Erfolg halfen.

Abends und bei Sturmwetter auch an den dunklen Nachmittagen begann in der Fabrik ein reges Treiben. Subercasaux zündete früh den Ofen an, und die Töpfer, die sich starr vor Kälte die Hände rieben, setzten sich dicht daneben, um in der ausströmenden Wärme zu modellieren.

Doch der kleine Ofen von Subercasaux erhitzte sich in zwei Stunden spielend auf tausend Grad; und jedesmal, wenn sie zu diesem Zeitpunkt die Tür öffneten, um ihn zu beschicken, kam aus der weißlichen Glut eine richtige Stichflamme herausgeschossen, die die Wimpern versengte. Deshalb zogen sich die Töpfer immer in eine Ecke der Werkstatt zurück, bis sie der eisige Wind, der pfeifend durch die Bambusstangen der Wand hereindrang, wieder mit Tisch und allem anderen an den alten Platz zurücktrieb, wo sie sich, mit dem Rücken zum Ofen gewandt, aufwärmten.

Außer den nackten Beinen der Kinder, die jetzt den Feuerschwall abbekamen, war alles in bester Ordnung. Subercasaux hatte eine Schwäche für prähistorische Gefäße; das Mädchen modellierte vorzugsweise Phantasiehüte, und der kleine Junge machte seine unvermeidlichen Giftschlangen.

Manchmal jedoch konnte sie das monotone Knistern des Ofens nicht genug animieren, und dann griffen sie auf das Grammophon und die Schallplatten zurück, die Subercasaux seit seiner Heirat besaß und die die Kinder schon mit allen möglichen Stiften, Nägeln, Bambussplittern und Stacheln, die sie selbst zuspitzten, malträtiert hatten. Jeder mußte der Reihe nach das Gerät bedienen, was so aussah, daß man automatisch die Schallplatte wechselte, ohne dabei den Blick vom Ton abzuwenden, und dann sofort wieder weiterarbeitete. Wenn alle Schallplatten abgespielt waren, kam ein anderer an die Reihe und wiederholte genau das gleiche. Sie hörten die Musik gar nicht mehr, weil sie sie schon auswendig kannten, doch das Hintergrundgeräusch zerstreute sie.

Um zehn Uhr betrachteten die Töpfer ihre Arbeit als beendet und erhoben sich, um ihre Kunstwerke zum ersten Mal kritisch zu begutachten, denn bevor nicht alle fertig waren, durfte keiner auch nur den kleinsten Kommentar abgeben. Und dann sollte man einmal sehen, mit welchem Jubel die ornamentalen Phantasien des Mädchens bedacht wurden und welche Begeisterung die unvermeidliche Schlangensammlung des Jungen auslöste. Anschließend löschte Subercasaux das Feuer im Ofen, und sie rannten alle Hand in Hand durch die kalte Nacht zum Haus hinüber.

Drei Tage nach der nächtlichen Fahrt, von der wir berichtet haben, verlor Subercasaux seine Dienstmagd; und dieser Umstand, der überall sonst unbedeutend und ohne besondere Konsequenzen gewesen wäre, veränderte das Leben der drei Verbannten von Grund auf.

In der ersten Zeit seines Alleinseins hatte Subercasaux bei der Versorgung seiner Kinder auf die Hilfe einer vortrefflichen Frau zählen können, der gleichen Köchin, die den Tod ihrer Herrin beweint und das Haus danach als zu leer empfunden hatte.

Im darauffolgenden Monat war sie weggegangen, und Subercasaux hatte alle möglichen Strapazen auf sich nehmen müssen, um sie durch drei oder vier mürrische Mädchen zu ersetzen, die er in irgendeiner Dschungelsiedlung geholt hatte und die nur drei Tage blieben, weil sie mit der spröden Art ihres Patrons nicht zurechtkamen.

Subercasaux war tatsächlich nicht ganz schuldlos, und das sah er auch ein. Er redete mit den Mädchen nur das Nötigste, wenn er seine Anweisungen gab; und was er sagte, hatte eine zu männliche Präzision und Logik. Wenn sie zum Beispiel das Eßzimmer ausfegten, sagte er ihnen, sie sollten auch um jedes Tischbein herum fegen, und das, in knappen Worten ausgedrückt, ärgerte die Mädchen und wurde ihnen bald zuviel.

Drei Monate lang konnte er nicht einmal ein Mädchen

finden, das ihm das Geschirr abwusch. Und in diesen drei Monaten lernte Subercasaux noch etwas mehr, als seine Kinder zu baden.

Er lernte – nicht kochen, denn das konnte er schon –, wie man mit dem Sand im Hof Töpfe scheuert, kniend und dem kalten Wind ausgeliefert, der seine Hände blau anlaufen ließ. Er lernte, seine Arbeit immer wieder zu unterbrechen, um schnell die Milch vom Feuer zu nehmen oder den qualmenden Herd zu öffnen; und er lernte auch, abends drei Eimer Wasser – nicht einen weniger – am Brunnen zu holen, um sein Geschirr abzuwaschen.

Dieses Problem der obligatorischen drei Eimer Wasser war einer seiner Alpträume gewesen, und er hatte einen Monat gebraucht, um festzustellen, daß er mit weniger nicht auskam. In den ersten Tagen hatte er den Abwasch der Töpfe und Teller natürlich hinausgeschoben; er schichtete sie nebeneinander auf dem Boden auf, um sie alle auf einmal abzuwaschen. Doch nachdem er einmal einen ganzen Morgen damit zugebracht hatte, auf Knien Töpfe mit angebrannten Essensresten – es brannte immer alles an – sauberzuscheuern, entschied er sich für die Abfolge kochen, essen, abwaschen, ein Vergnügen, das verheiratete Männer ebenfalls nicht kennen.

Er hatte wirklich keine Zeit mehr für etwas anderes, besonders an den kurzen Wintertagen. Subercasaux hatte den Kindern aufgetragen, die beiden Stuben in Ordnung zu halten, was sie mehr schlecht als recht erledigten. Doch ihm selbst fehlte die nötige Triebkraft, den Hof zu fegen, eine wissenschaftliche, radikale und ausschließlich weibliche Arbeit, und obwohl Subercasaux wußte, daß sie die Grundlage des allgemeinen Wohlbefindens auf den im Urwald gelegenen Ranchos war, überstieg sie das Maß seiner Geduld.

In diesem losen Sand, der immer liegenblieb und der durch das zwischen Regen und brennender Sonne wechselnde Wetter zu einem regelrechten Nährboden wurde, vermehrten sich die Sandflöhe so schnell, daß man sie an den nackten Füßen der Kinder hochklettern sah. Obwohl Subercasaux immer Stiefel trug, mußte er einen hohen Tribut an die Sandflöhe zahlen. Er hinkte fast immer und mußte sich nach dem Mittagessen eine ganze Stunde mit den Füßen seines kleinen Sohnes beschäftigen, entweder auf der Veranda, wo der Regen ihn naßspritzte, oder im Hof, wo die Sonne ihn blendete. Wenn er mit dem Jungen fertig war, kam er selbst an die Reihe; und wenn er sich schließlich mit ganz verkrümmtem Rücken aufrichtete, rief ihn der Kleine schon wieder, weil drei neue Sandflöhe die Haut seiner Füße halb durchbohrt hatten.

Das Mädchen schien glücklicherweise immun zu sein; ihre Zehennägel lockten die Sandflöhe einfach nicht an. Von zehn Sandflöhen standen sieben dem Jungen zu und nur drei dem Vater. Doch diese drei waren schon zuviel für einen Mann, dessen Füße die Grundlage seines Lebens im Urwald waren.

Die Sandflöhe sind im allgemeinen harmloser als die Giftschlangen, die Urás* und selbst die Barigüís**. Sie laufen auf ihren hohen Beinen über die Haut, durchbohren sie plötzlich blitzschnell und dringen tief ins Fleisch ein, wo sie eine Tasche herstellen, die sie mit Eiern füllen. Das Entfernen des Sandflohs und der Brut ist in der Regel nicht besonders unangenehm, und die Wunden verheilen auch relativ schnell. Doch unter hundert sauberen Sandflöhen ist einer, der eine Infektion auslöst, und dann ist Vorsicht geboten.

Subercasaux hatte eine Infektion an einer Zehe, an der unbedeutenden kleinen Zehe des rechten Fußes, die er einfach nicht zum Abklingen brachte. Aus einem rosafarbenen Löchlein war ein entzündeter und äußerst schmerzhafter Riß geworden, der genau am Nagel vorbeilief. Jod, Doppelchlorid, Wasserstoffperoxid, Formalin, alles mögliche hatte er schon

---

* Fliegenlarven
** winzige Moskitos

24

ausprobiert. Er trug zwar Schuhe, verließ aber das Haus nicht; und seine endlosen und mühsamen Arbeiten im Wald reduzierten sich jetzt an den regnerischen Nachmittagen auf langsame, stumme Rundgänge im Hof, wenn vor Sonnenuntergang der Himmel sich aufklärte und der Wald, dessen Umrisse sich im Gegenlicht wie ein chinesisches Schattenspiel abhoben, in der klaren Luft so nahe kam, daß er fast die Augen berührte.

Subercasaux war sich darüber im klaren, daß es ihm unter anderen Lebensumständen gelungen wäre, die Infektion, die nur ein wenig Ruhe erforderte, zu besiegen. Er schlief schlecht, wurde spät in der Nacht von Schüttelfrost und heftigen Schmerzen gepackt. Wenn es Tag wurde, fiel er dann endlich in einen bleiernen Schlaf, und in diesem Augenblick hätte er wer weiß was dafür gegeben, wenn er wenigstens bis acht hätte im Bett bleiben können. Doch den Kleinen trieb es im Winter genauso früh aus dem Bett wie im Sommer, und Subercasaux stand völlig zerschlagen auf, um den Primuskocher anzuzünden und Kaffee zu machen. Dann kam das Mittagessen und das Töpfescheuern. Und am Mittag zum Zeitvertreib die unendliche Geschichte der Sandflöhe seines Sohnes.

»Das kann so nicht weitergehen«, sagte sich Subercasaux schließlich. »Ich muß unbedingt ein Mädchen finden.«

Aber wie? Zu Lebzeiten seiner Frau war dieses schreckliche Problem mit der Dienstmagd eine seiner regelmäßig auftretenden Qualen gewesen. Die Mädchen kamen und gingen, wie bereits gesagt, ohne einen Grund anzugeben – und das, als noch eine Frau im Haus war. Subercasaux ließ alle seine Arbeiten liegen und ritt drei Tage lang ohne Unterbrechung durch die Schneisen von Aparíciocué nach San Ignacio, entschlossen, selbst das nichtsnutzigste Mädchen mitzunehmen, wenn sie nur bereit war, die Wäsche zu waschen. Eines Mittags kam er schließlich aus dem Wald heraus; er hatte eine Aureole von Bremsen über dem Kopf, und der Nacken des Pferdes war blutig gescheuert, doch er hatte Erfolg gehabt. Das Mädchen kam am nächsten Tag hinter ihrem Vater auf dem Pferd sitzend, mit einem Bündel in der Hand; und nach genau einem Monat ging sie wieder, mit demselben Bündel und zu Fuß. Und Subercasaux legte die Machete oder die Hacke wieder beiseite, um sein Pferd zu holen, das in der Sonne schon schwitzte, ohne daß es sich bewegte.

Das waren unerfreuliche Abenteuer gewesen, die einen bitteren Nachgeschmack bei ihm hinterlassen hatten und die jetzt von neuem beginnen sollten. Doch wo sollte er noch suchen?

Subercasaux hatte in seinen schlaflosen Nächten bereits das entfernte Donnern des regenschweren Waldes gehört. Der Frühling ist in Misiones gewöhnlich trocken und der Winter sehr regnerisch. Wenn sich die Wetterverhältnisse aber umkehren – und das ist beim Klima von Misiones immer zu erwarten –, fällt bei einer jährlichen Niederschlagsmenge von eintausendfünfhundert Millimeter in drei Monaten ein Meter Wasser.

Sie waren fast schon von der Außenwelt abgeschnitten. Der Horqueta, den man auf dem Weg zum Paraná durchqueren muß, war in dieser Zeit kaum noch passierbar; man kam nur noch bei der Wagenfurt durch, wo das schäumende Wasser über die runden, lockeren Steine hinwegschoß, auf denen sich die Pferde ängstlich bewegten. So war es in normalen Zeiten, denn wenn das Flüßchen einmal das Wasser von sieben Tagen Gewitter aufgenommen hatte, verschwand die Furt unter vier Metern reißenden Wassers, dessen Strömungslinien sich überschnitten und dann plötzlich in einem Strudel zu einer einzigen Spirale wurden. Und die Siedler des Yabebirí brachten ihre Pferde vor dem überschwemmten Schilfgelände zum Stehen und schauten zu, wie tote Hirsche vorbeischwammen, die sich immer wieder um sich selbst drehten. Das dauerte immer so zehn bis fünfzehn Tage.

Der Horqueta war noch passierbar, als Subercasaux beschloß, sich auf den Weg zu machen; doch in seinem Zustand wagte er nicht, eine solche Strecke zu Pferd zurückzulegen. Und was würde ihn weiter unten, in Richtung des Flüßchens Cazador, erwarten?

Da erinnerte er sich an einen kräftigen Jungen, der einmal bei ihm gearbeitet hatte. Der war aufgeweckt und fleißig gewesen wie kaum ein anderer und hatte ihm gleich am ersten Tag, während er auf dem Boden eine Pfanne scheuerte, lachend verkündet, er würde einen Monat bleiben, weil sein Patron ihn brauchte, aber keinen Tag länger, weil das keine Männerarbeit sei. Der Junge lebte an der Mündung des Yabebirí, gegenüber der Isla del Toro. Das bedeutete eine anstrengende Reise, denn wenn man den Yabebirí auch ganz leicht hinauf- und hinunterfahren kann, hat man doch, wenn man nicht mehr ganz auf der Höhe ist, nach acht Stunden ununterbrochenen Ruderns demolierte Finger.

Subercasaux rang sich jedoch dazu durch. Und trotz des bedrohlichen Wetters ging er mit seinen Kindern zum Fluß, glücklich, daß es endlich einen Lichtblick gab. Die Kinder küßten ihrem Vater ständig die Hand, was sie immer taten, wenn sie sich sehr freuten. Trotz seiner Füße und allem anderen brachte Subercasaux seinen Kindern zuliebe seinen ganzen Elan auf, doch für diese war es ohnehin etwas ganz Besonderes, mit ihrem Papa den vor Überraschungen strotzenden Wald zu durchstreifen und anschließend barfuß am Ufer entlangzulaufen, auf dem warmen, zähen Lehm des Yabebirí.

Dort erwartete sie das, was sie schon vorausgesehen hatten: das Kanu stand voller Wasser. Sie mußten es mit Hilfe der Wasserschaufel und der Kürbisse leeren, die die Kinder als Insektenbehälter benutzten und die sie sich immer umhängten, wenn sie in den Wald gingen.

Subercasaux war so hoffnungsfroh, daß ihn der Anblick des verdächtig trüben Wassers nicht sonderlich beunruhigte, obwohl man bei diesem Fluß normalerweise zwei Meter tief sehen konnte.

Der Regen, so dachte er, hat den Südosten bisher noch halbwegs verschont ... Es wird noch ein bis zwei Tage dauern, bis er ansteigt.

Sie arbeiteten weiter. Sie standen auf beiden Seiten des Kanus im Wasser und schöpften tüchtig. Subercasaux hatte zunächst nicht gewagt, seine Stiefel auszuziehen, die so tief im Schlamm versanken, daß es heftig schmerzte, wenn er den Fuß herauszog. Schließlich zog er sie doch aus, und mit freien Füßen, die wie Keile in dem modrigen Schlamm steckten, schöpfte er das restliche Wasser aus dem Kanu, drehte es um und säuberte noch die Unterseite, alles in zwei Stunden fieberhafter Arbeit.

Nachdem sie endlich fertig waren, fuhren sie los. Eine Stunde lang glitt das Kanu wesentlich schneller durch das Wasser, als dem Ruderer lieb war. Das Rudern ging schwer, weil er sich nur mit einem Fuß abstützte und weil ihm die Kante der Querstrebe in die nackte Ferse schnitt. Dennoch kam er schnell voran, weil der Yabebirí bereits eine starke Strömung hatte. Die Bläschen auf den Holzstücken, die die seichten Stellen im Fluß zu säumen begannen, und der Schnurrbart aus Gräsern, die an einer dicken Wurzel hängengeblieben waren, machten Subercasaux schließlich klar, was passieren würde, wenn er nicht auf der Stelle umdrehte und wieder Kurs auf seine Anlegestelle nahm.

Dienstmagd, Gehilfe – endlich etwas Ruhe! –, alle neuen Hoffnungen waren nun dahin. Er ruderte, ohne einen einzigen Schlag auszusetzen. Vier Stunden brauchte er, um voll quälender Angst und Erschöpfung einen Fluß hinaufzufahren, den er in nur einer Stunde hinabgefahren war, in einer derart bleiernen Atmosphäre, drückenden Luft, daß man kaum atmen konnte, und nur er konnte ermessen, was das bedeutete. Als er an seiner Anlegestelle ankam, war das schäumende und laue

Wasser bereits zwei Meter hoch angestiegen. Und in der Mitte des Flusses trieben dürre Äste, deren Spitzen wippend unter- und auftauchten.

Die Reisenden kamen im Bungalow an, als es schon fast dunkel war, obwohl es gerade erst vier Uhr war. Im gleichen Augenblick entlud der Himmel mit einem einzigen Blitz, der vom Zenit bis zum Fluß reichte, endlich seine angestauten Wassermassen. Sie aßen gleich zu Abend und gingen erschöpft zu Bett, während der Regen mit unbarmherzigem Getöse auf das Zinkdach prasselte.

Bei Tagesanbruch wurde der Hausherr von heftigem Schüttelfrost geweckt. Bis zu diesem Augenblick hatte er in bleiernem Schlaf gelegen. Ausnahmsweise tat ihm der Fuß mit der entzündeten Zehe kaum weh, trotz der Anstrengungen des Vortags. Er warf sich den Regenmantel über, der an der Bettlehne hing, und versuchte weiterzuschlafen.

Unmöglich. Er fror bis ins Mark. Die innere Eiseskälte strahlte nach draußen und erfaßte alle Poren, die sich, wie er bei der kleinsten Berührung mit seiner Kleidung spürte, in aufgerichtete Eisnadeln verwandelten. Zusammengekauert und von heftigen Kälteschauern geschüttelt, die in regelmäßigen Abständen durch sein Rückenmark jagten, sah der Kranke die Stunden an sich vorüberziehen, ohne daß ihm warm wurde. Die Kinder schliefen glücklicherweise noch.

»In meinem Zustand macht man nicht solche Dummheiten wie gestern«, sagte er sich immer wieder. »Das habe ich jetzt davon.«

Als fernen Traum, als seltenes, unschätzbares Glück, das er einmal gehabt hatte, stellte er sich vor, er könnte den ganzen Tag im Bett bleiben, endlich aufgewärmt und ausgeruht, während er das Geräusch der Tassen mit Milchkaffee hörte, die die Dienstmagd – diese erste große Dienstmagd – den Kindern hinstellte . . .

Wenigstens bis zehn Uhr im Bett bleiben! . . . In vier Stunden wäre das Fieber abgeklungen, und auch die Taille würde nicht mehr so schmerzen . . . Was brauchte er also, um wieder gesund zu werden? Ein wenig Ruhe, sonst nichts. Das hatte er selbst sich schon zehnmal gesagt . . .

Die Stunden vergingen, und der Kranke glaubte, durch das heftige Klopfen seiner bleiernen Schläfen das wohltuende Geräusch der Tassen zu hören. Was für ein beglückendes Geräusch! . . . Er würde endlich ein wenig ausruhen . . .

»Papa!«

»Mein geliebter Sohn . . .«

»Guten Morgen, mein allerliebstes Väterchen! Bist du noch nicht aufgestanden? Es ist schon spät, Papa.«

»Ja, mein Herz, ich wollte gerade aufstehen.«

Subercasaux zog sich rasch an und machte sich Vorwürfe, weil er in seiner Trägheit den Morgenkaffee seiner Kinder vergessen hatte.

Der Regen hatte endlich aufgehört, doch ohne daß der kleinste Windhauch die Luftfeuchtigkeit hinwegfegte. Am Mittag fing der Regen von neuem an, der laue, ruhige und monotone Regen, in dem sich das Tal des Horqueta, die Saatfelder und die Schilfflächen unter einem dunstigen, tristen Wasserschleier auflösten.

Nach dem Mittagessen vertrieben sich die Kinder die Zeit damit, einen neuen Vorrat an Papierschiffchen anzulegen, weil sie den letzten am Tag zuvor aufgebraucht hatten. Sie machten Hunderte von diesen Papierschiffchen, die sie ineinanderschachtelten und so bereithielten, um sie bei der nächsten Fahrt ins Kielwasser des Kanus zu werfen. Subercasaux nutzte die Gelegenheit, um sich eine Weile ins Bett zu legen, wo er sich sofort wieder wie eine Katze zusammenrollte und mit bis an die Brust gezogenen Knien reglos liegenblieb.

Wieder spürte er eine bleierne Schwere in der Schläfe, die

sie so tief ins Kopfkissen drückte, daß dieses ein Teil seines Kopfes zu sein schien. Wie wohl er sich so fühlte! Wenn er doch nur einen Tag, zehn, hundert Tage so liegenbleiben könnte! Das monotone Plätschern des Wassers auf dem Zinkdach lullte ihn ein, und vor diesem Hintergrundgeräusch hörte er ganz deutlich das Klappern der Bestecke, mit denen die Dienstmagd eifrig in der Küche herumhantierte, so deutlich, daß es ihm ein Lächeln entlockte. Eine tüchtige Dienstmagd hatte er da! ... Und er hörte das Geräusch der Teller, Dutzende von Tellern, Tassen und Töpfen, die die Dienstmägde – jetzt waren es zehn! – mit atemberaubender Geschwindigkeit auskratzten und abrieben. Was für eine Wohltat, im Bett zu liegen, endlich aufgewärmt, und überhaupt keine Sorgen mehr zu haben! ... Wann, in welcher längst vergangenen Zeit, hatte er geträumt, er sei krank und habe eine furchtbare Sorge? ... Was war er doch für ein Dummkopf gewesen! ... Und wie gut das tut, so dazuliegen und das Klirren Hunderter blitzsauberer Tassen zu hören.

»Papa!«

»Mein Mädchen ...«

»Ich hab' jetzt Hunger, Papa!«

»Ja, Kind, gleich ...«

Und der Kranke ging hinaus in den Regen, um seinen Kindern schnell den Kaffee zu kochen.

Ohne genau zu wissen, was er an diesem Nachmittag getan hatte, sah Subercasaux mit tiefem Wohlbehagen, wie es allmählich dunkel wurde. Er erinnerte sich noch daran, daß der Junge an diesem Nachmittag die Milch nicht gebracht hatte, und daß er eine ganze Weile seine Wunde betrachtet hatte, ohne daß ihm irgend etwas Besonderes daran aufgefallen wäre.

Er fiel ins Bett, ohne sich auszuziehen; und innerhalb kurzer Zeit hatte ihn das Fieber erneut gepackt. Der Junge war nicht mit der Milch gekommen ... Verrückt! ... Er fühlte sich jetzt wohl, sehr wohl, schon ziemlich erholt.

Nur noch ein paar Tage Ruhe, ein paar Stunden würden schon reichen, und er wäre wieder gesund. Natürlich! Aber natürlich! ... Es gibt trotz allem eine Gerechtigkeit ... Und man wird auch ein bißchen belohnt ..., wenn man seine Kinder so geliebt hat wie er ... Aber er würde gesund aus dem Bett aufstehen. Ein Mann kann hin und wieder krank werden ..., und dann braucht er eben etwas Ruhe. Und wie er jetzt so schön ausruhte, eingelullt vom Plätschern des Regens auf das Zinkdach! ... Aber war auf einmal schon ein Monat vergangen? ... Er mußte aufstehen.

Der Kranke schlug die Augen auf. Er sah nur Dunkelheit, durchbrochen von blitzenden Punkten, die sich größer werdend mit rasender Geschwindigkeit auf seine Augen zu bewegten und sich dann wieder zurückzogen.

»Ich muß sehr hohes Fieber haben«, sagte sich der Kranke. Und er zündete das Windlicht auf dem Nachttisch an. Der feuchte Docht knisterte eine ganze Weile, während Subercasaux unentwegt zur Decke starrte. Eine dunkle Erinnerung an eine ähnliche Nacht, in der er sehr, sehr krank gewesen war, stieg in ihm auf ... Was für ein Unsinn! ... Er war doch gesund, denn wenn ein Mann, der einfach nur müde ist, das Glück hat, vom Bett aus das geschäftige Klappern des Geschirrs in der Küche zu hören, dann bedeutet das, daß sich die Mutter um ihre Kinder kümmert ...

Er wachte wieder auf. Aus dem Augenwinkel sah er das brennende Windlicht, und nachdem er mühsam seine Gedanken gesammelt hatte, wurde er sich seiner selbst wieder bewußt.

Im rechten Arm spürte er jetzt vom Ellbogen bis in die Fingerspitzen einen bohrenden Schmerz. Er wollte den Arm anwinkeln, doch es ging nicht. Er zog den Regenmantel weg und sah seine fahle, von violetten Linien überzogene Hand; sie war eiskalt, tot. Ohne die Augen zu schließen, dachte er eine

Weile darüber nach, was das zusammen mit seinen Fieber-schauern und der Berührung seiner offenen Wunde mit dem fauligen Schlamm des Yabebirí bedeuten konnte, und da wurde ihm in aller Deutlichkeit und Unabänderlichkeit klar, daß auch sein restlicher Körper starb, daß er dem Tode nah war.

In seinem Innern entstand eine tiefe Stille, als hätten sich der Regen, die Geräusche, der Rhythmus der Dinge ganz plötzlich in die Unendlichkeit zurückgezogen. Und als wäre er bereits losgelöst von sich selbst, sah er in der Ferne einen Bungalow, der von jeglicher menschlichen Hilfe abgeschnitten war, wo zwei kleine Kinder ganz allein und ohne Milch zurückblie-ben, von Gott und der Welt verlassen, in der schrecklichsten Schutzlosigkeit.

Seine Kinder . . .

Mit äußerster Anstrengung versuchte er, sich von diesen quälenden Gedanken loszureißen, die ihn das Schicksal seiner angebeteten Kinder Stunde um Stunde, Tag um Tag nachempfinden ließen. Er dachte vergebens: das Leben verfügt über höhere Kräfte, von denen wir nichts ahnen . . . Alles liegt in Gottes Hand . . .

»Aber sie werden nichts zu essen haben!«, rief sein Herz in heller Aufregung. Und er würde tot dort liegenbleiben und diesem beispiellosen Grauen beiwohnen . . .

Doch trotz des fahlen Tageslichts, das die Wand zurückwarf, begann ihn die Dunkelheit wieder einzuhüllen, mit ihren rasenden weißen Punkten, die immer weiter zurückwichen, um dann erneut auf seine Augen zuzuschießen . . . Ja! Natürlich! Er hatte geträumt! Es dürfte nicht erlaubt sein, solche Dinge zu träumen . . . Er würde gleich aufstehen, gut ausgeruht.

»Papa! . . . Papa! . . . Mein geliebter Papa! . . .«

»Mein Sohn . . .«

»Willst du heute nicht aufstehen, Papa? Es ist schon sehr spät. Wir haben großen Hunger, Papa!«

»Mein Kleiner ... Ich werde noch ein bißchen liegenbleiben ... Steht ihr schon mal auf und eßt Kekse ... Es sind noch zwei in der Dose ... Und dann kommt ihr zu mir.«

»Können wir jetzt schon reinkommen, Papa?«

»Nein, mein Liebling ... Den Kaffee mache ich später ... Ich werde euch rufen.«

Er hörte noch das Lachen und Plappern seiner Kinder beim Aufstehen und danach ein immer lauter werdendes Geräusch, ein schwindelerregendes Sirren, das von der Mitte seines Gehirns ausstrahlte und in rhythmischen Wellenbewegungen immer wieder gegen seinen schmerzenden Schädel prallte. Und dann hörte er nichts mehr.

Er schlug die Augen wieder auf, und im selben Augenblick spürte er, daß sein Kopf mit einer für ihn erstaunlichen Leichtigkeit nach links fiel. Er hörte jetzt überhaupt kein Geräusch mehr, er stellte nur ohne Verdruß fest, daß es ihm immer schwerer fiel, die Entfernung der Gegenstände abzuschätzen ... Und daß er den Mund weit geöffnet hatte, um zu atmen.

»Kinder ..., kommt sofort her ...«

Augenblicklich erschienen die Kinder in der halbgeöffneten Tür, doch als sie das brennende Windlicht und die Physiognomie ihres Vaters sahen, traten sie stumm und mit großen Augen näher.

Der Kranke fand noch die Kraft zu lächeln, und angesichts dieser Grimasse bekamen die Kinder noch größere Augen.

»Kinder«, sagte Subercasaux, als sie neben ihm standen, »hört mir jetzt gut zu, denn ihr seid ja schon groß und könnt schon alles verstehen ... Ich werde sterben, Kinder ... Aber ihr braucht euch nicht zu grämen ... Bald werdet ihr erwachsen sein, und ihr werdet gute und anständige Menschen ... Dann werdet ihr euch an euren Papa erinnern ... Ihr müßt das jetzt begreifen, meine geliebten Kinder ... Ich werde gleich sterben, und dann habt ihr keinen Vater mehr . . . Ihr werdet allein hier im Haus sein . . . Aber ihr braucht keine Angst zu haben . . . Und jetzt lebt wohl, meine Kleinen . . . Gebt mir einen Kuß . . . Jeder von euch . . . Aber ganz sachte, Kinder . . . Einen Kuß für euren Papa . . .

Die Kinder verließen den Raum, ohne die halbgeöffnete Tür zu berühren, und gingen in ihr Zimmer, weil es draußen im Hof nieselte. Sie rührten sich nicht mehr von der Stelle. Nur das Mädchen, das das Ausmaß dessen, was geschehen war, dunkel ahnte, hielt sich manchmal den Arm vors Gesicht und machte Anstalten zu weinen, während der kleine Junge gedankenverloren am Türrahmen kratzte, ohne zu verstehen.

Keiner von beiden wagte es, einen Laut von sich zu geben.

Und auch im Nebenzimmer war nicht der kleinste Laut zu hören. Dort lag ihr Vater angezogen und mit seinen Schuhen unter dem Regenmantel, im Schein des Windlichts. Er war seit drei Stunden tot.

Ein Peón

Eines Nachmittags in Misiones, als ich gerade mit dem Mittagessen fertig war, läutete die Glocke am Hoftörchen. Ich ging hinaus und sah einen jungen Mann dort stehen, der in der einen Hand seinen Hut hielt und in der anderen einen Koffer.

Es waren gut und gern vierzig Grad, was aber auf den Krauskopf des Mannes wie sechzig wirken mußte. Das schien ihn jedoch nicht im geringsten zu kümmern. Ich bat ihn herein, der Mann folgte meiner Aufforderung lächelnd und betrachtete neugierig die Kronen meiner Mandarinenbäume, die einen Durchmesser von fünf Metern haben und, nebenbei bemerkt, der ganze Stolz dieser Gegend und auch mein eigener sind.

Ich fragte ihn nach seinem Anliegen, und er antwortete, er suche Arbeit. Daraufhin schaute ich ihn mir etwas genauer an.

Für einen Peón war er absurd gekleidet. Der Koffer, natürlich aus Sohlenleder, war mit einer Vielzahl von Riemen besetzt. Sein Anzug war aus makellosem braunem Lammveloursleder. Und schließlich noch die Stiefel; das waren keine Holzfällerstiefel, das war erste Qualität. Und dann vor allem das elegante und sichere Auftreten des Mannes und sein Lächeln.

Das sollte ein Peón sein?

»Für jede Arbeit«, sagte er fröhlich. »Ich kann mit der Axt und mit dem Spaten umgehen ... Ich habe vorher in Foz do Iguassú* gearbeitet; dort habe ich eine Kartoffelpflanzung angelegt.«

---

* brasilianische Stadt an der Grenze zu Argentinien, wo die großen Ströme Iguazú und Paraná zusammenfließen

Der Junge war Brasilianer und sprach das typische Grenzidiom, eine köstliche Mischung aus Portugiesisch, Spanisch und Guaraní*.

»Kartoffeln? Und die Sonne?« gab ich zu bedenken. »Wie haben Sie das denn hinbekommen?«

»Oh!« erwiderte er achselzuckend. »Die Sonne macht gar nichts . . . Sie müssen nur darauf achten, daß Sie die Erde gut umgraben . . . Und Sie müssen dem Unkraut ordentlich zusetzen! Das Unkraut ist nämlich der größte Feind der Kartoffel.«

So lernte ich also, in einer Gegend Kartoffeln anzubauen, wo die Sonne nicht nur das Gemüse so verbrennt, als wäre ein Bügeleisen darüber hinweggegangen, sondern auch innerhalb von drei Sekunden die weißen Ameisen und innerhalb von zwanzig die Korallenschlangen vernichtet.

Der Mann musterte mich und alles andere, sichtlich angetan von mir und meinem Heim.

»Na schön . . .«, sagte ich zu ihm. »Wir werden es mal ein paar Tage probieren . . . Im Augenblick habe ich keine größeren Arbeiten.«

»Das macht nichts«, erwiderte er. »Mir gefällt dieses Haus. Es ist sehr schön hier . . .«

Dann wandte er sich dem Paraná zu, der träge unten durchs Tal floß, und sagte munter: »Ach, der Paraná, dieser Teufel! . . . Wenn der Patron gerne angeln geht, werde ich ihn begleiten . . . In Foz hatte ich immer großen Spaß beim Welsefangen!«

Also, wenn es darum ging, Spaß zu haben, konnte dem Mann wohl keiner so schnell etwas vormachen. Ich fand ihn allerdings auch spaßig, und so belastete ich mein Gewissen mit den Pesos, die er mich kosten würde.

Daraufhin stellte er seinen Koffer auf den Tisch auf der Veranda und sagte: »Heute arbeite ich nicht . . . Ich gehe mir das Dorf anschauen. Morgen fange ich an.«

* Sprache der Indios im Grenzgebiet von Argentinien und Paraguay

Von zehn Peones, die nach Misiones kommen, um Arbeit zu suchen, fängt nur einer sofort an, und das ist der, der mit den vereinbarten Bedingungen wirklich zufrieden ist. Diejenigen, die die Arbeit auf den nächsten Tag verschieben, kommen, auch wenn sie die größten Versprechungen gemacht haben, nicht mehr zurück.

Doch meiner fiel zu sehr aus dem Rahmen, um in den normalen Katalog der Saisonarbeiter aufgenommen zu werden, und deshalb hatte ich auch Hoffnung. Tatsächlich stand er am nächsten Tag – es war noch sehr früh am Morgen – am Tor und sagte händereibend: »So, jetzt geht's los . . . Was ist zu tun?«

Ich trug ihm auf, an einem Brunnenschacht weiterzuarbeiten, den ich in den Sandstein zu hauen begonnen hatte und der knapp drei Meter tief war. Der Mann stieg hinunter, sehr zufrieden mit dieser Arbeit, und ich hörte eine ganze Weile den dumpfen Schlag der Spitzhacke und das Pfeifen des Brunnenbauers.

Am Mittag fing es an zu regnen, und das Wasser spülte etwas Erde in den Schacht. Kurz darauf hörte ich wieder das Pfeifen des Mannes, doch mit der Spitzhacke stimmte etwas nicht. Ich ging hin, um festzustellen, was los war, und sah, wie Olivera – so hieß er nämlich – jeden Schlag genauestens berechnete, damit der Schlamm nicht an seine Hose spritzte.

»Was machen Sie denn da, Olivera«, sagte ich. »So kommen wir aber nicht vorwärts . . .«

Der Junge hob den Kopf und schaute mich eine Weile aufmerksam an, als wollte er sich meine Physiognomie merken. Dann fing er an zu lachen und beugte sich wieder über seine Spitzhacke.

»Ist gut!« murmelte er. »Fica bon! . . .«

Ich ging weg, um mich mit diesem absurden Peón, der wirklich seinesgleichen suchte, nicht zu überwerfen; aber ich war kaum zehn Schritte entfernt, da hörte ich, wie seine Stimme hochtönte: »Ha, ha! . . . Der ist gut, der Patron! . . . Soll ich mir vielleicht die Kleider dreckig machen, nur um diesen verdammten Brunnen zu bauen?«

Die Sache amüsierte ihn noch eine ganze Weile. Ein paar Stunden später kam Olivera ins Haus, ohne sein Kommen auch nur mit einem Räuspern vor der Tür anzukündigen, was für einen Saisonarbeiter etwas ganz Unerhörtes ist. Er schien fröhlicher denn je.

»Dort drüben ist er, der Brunnen«, sagte er und deutete dorthin, damit ich nicht an seiner Existenz zweifelte. »Dieses verdammte Ding! . . . Ich arbeite dort nicht weiter. An dem Brunnen, den Sie da gemacht haben . . . Sie haben ja gar keine Ahnung vom Brunnenbauen! . . . Der ist viel zu schmal. So, und was machen wir jetzt, Patron?« fragte er und schaute mich an, die Ellbogen auf den Tisch gestützt.

Doch ich hatte nach wie vor eine Schwäche für den Mann. Ich schickte ihn ins Dorf, um eine Machete zu kaufen.

»Eine Collins«, sagte ich ihm. »Ich will keine Toro.«

Da sprang der Junge ganz begeistert auf.

»Das ist aber eine gute Idee! Die Collins ist sehr schön! Da werde ich ja eine ganz tolle Machete haben!«

Und er machte sich glückstrahlend auf den Weg, als wäre die Machete tatsächlich für ihn.

Es war halb drei am Nachmittag, die Zeit der Schlaganfälle, die Zeit, in der es unmöglich ist, ein Stück Holz anzufassen, das zehn Minuten in der Sonne gelegen hat. Der Wald, die Felder, der Basalt, der rote Sandstein, alles flimmerte im gleichen gelben Ton. Die Landschaft lag tot und still da; nur ein eintöniges Summen direkt auf dem Trommelfell schien den Blick, wo immer er sich hinwandte, zu begleiten.

Den Hut in der Hand haltend, die Baumkronen links und rechts betrachtend, die Lippen wie zum Pfeifen gespitzt, obwohl er gar nicht pfiff, ging mein Peón über den glühend heißen Weg, um die Machete zu besorgen. Vom Haus bis zum

Dorf ist es eine halbe Meile. Schon von weitem sah ich Olivera vorzeitig zurückkommen. Er ging ganz langsam und war damit beschäftigt, mit seinem Werkzeug Striche auf dem Boden zu ziehen. Etwas an seinem Gang schien jedoch darauf hinzudeuten, daß es sich um eine konkrete Beschäftigung handelte und nicht einfach nur um das Nachmachen von Eidechsenspuren im Sand. Ich ging zum Hoftor, und da sah ich, was Olivera machte: er trieb eine Viper vor sich her, eine von denen, die junge Küken jagen, und hinderte sie mit der Spitze der Machete daran, seitlich auszuweichen.

An diesem Morgen hatte er gesehen, wie ich mit Vipern arbeitete, »eine gute Idee«, wie er meinte.

Er hatte die Schlange tausend Meter vom Haus entfernt gefunden, und da war es ihm überaus sinnvoll erschienen, sie mir lebend zu bringen, »für das Studium des Patron«. Und nichts natürlicher als sie wie ein Schaf vor sich herzutreiben.

»Mistvieh!« rief er zufrieden und wischte sich den Schweiß ab. »Es wollte nicht geradeaus kriechen . . .«

Doch das Erstaunlichste an meinem Peón war, daß er dann arbeitete, und zwar so, wie ich nie zuvor jemanden hatte arbeiten sehen.

Ich hegte schon seit langem die Hoffnung, irgendwann die fünf Palmen zu ersetzen, die in dem Kreis um das Haus herum fehlten. In diesem Teil des Hofes reicht das Erz bis zur Erdoberfläche, mit verbranntem Sandstein durchzogene Quader aus manganhaltigem Eisen, die so hart sind, daß sie den Pickel mit einem schrillen, kurzen Schrei zurückweisen. Der Peón, der ursprünglich damit angefangen hatte, die Löcher zu graben, war nur fünfzig Zentimeter tief gekommen; und man mußte mindestens einen Meter tief graben, um bis zu der Sandsteinschicht vorzudringen.

Ich trug diese Arbeit Olivera auf. Da es dort keinen Schlamm gab, der seine Hose beschmutzen konnte, hoffte ich, daß diese Arbeit sein Wohlwollen finden würde.

Und so war es tatsächlich. Er schaute sich die Löcher lange an und schüttelte angesichts ihrer wenig runden Form den Kopf; dann zog er seine Jacke aus und hängte sie an die Blattstrünke der nächsten Palme. Er schaute kurz zum Paraná, begrüßte ihn mit einem »Oh, du verfluchter Paraná!« und stellte sich dann breitbeinig über eins der Löcher.

Er fing um acht Uhr morgens an. Um elf Uhr tönten seine Pickelhiebe mit unverminderter Kraft herüber. Vielleicht war es der Ärger über die schlecht gemachte Arbeit seines Vorgängers, vielleicht auch das Bestreben, diese blauschwarzen Brocken zu bezwingen, von denen sich messerscharfe Späne lösten, jedenfalls hatte ich noch nie erlebt, daß jemand mit einer solchen Ausdauer und Emsigkeit den Pickel schwang. Das gesamte Plateau dröhnte unter den dumpfen Schlägen, denn der Pickel arbeitete jetzt einen Meter tief in der Erde.

Ich ging immer wieder einmal hin, um sein Werk zu betrachten, doch der Mann sagte kein Wort mehr. Er schaute ab und zu zum Paraná hinunter, diesmal ernst, und spreizte dann wieder die Beine.

Ich dachte, zur Mittagszeit würde er sich weigern, unter der mörderischen Sonne weiterzuarbeiten. Weit gefehlt; um zwei Uhr kam er zu seiner Grube zurück, hängte Hut und Jacke wieder an die Blattstrünke der Palme und machte weiter.

Ich fühlte mich nicht wohl an diesem Mittag. In dieser Tageszeit ist es abgesehen vom nahen Summen einer Wespe auf der Veranda und dem vibrierenden und monotonen Sirren der vom Sonnenlicht erstickten Landschaft gewöhnlich ganz still. Doch jetzt dröhnte es dumpf auf dem Plateau, Schlag um Schlag. Aufgrund der depressiven Stimmung, in der ich mich gerade befand, lauschte ich diesem Gedröhn mit krankhafter Aufmerksamkeit. Ich hatte das Gefühl, daß die Pickelschläge immer wuchtiger wurden; ich glaubte sogar das ›Uch!‹ zu hören, das der Mann ausstieß, wenn er zuschlug. Die Schläge erfolgten in einem ganz genauen Rhythmus, doch mit unendlich langen Intervallen. Und jeder neue Schlag war kraftvoller als der vorangegangene.

»Gleich kommt er«, sagte ich zu mir selbst. »Jetzt, im Moment . . . Der wird noch lauter dröhnen als die anderen . . .«

Und der Schlag klang tatsächlich furchtbar, als wäre er der letzte eines kräftigen Arbeiters, bevor er sein Werkzeug wegwirft.

Doch die Nervenanspannung war sofort wieder da: »Der nächste wird noch kräftiger . . . Gleich kommt er . . .« Und er kam tatsächlich.

Vielleicht hatte ich ein wenig Fieber. Um vier Uhr hielt ich es nicht mehr aus und ging zur Grube hinüber.

»Warum machen Sie nicht mal eine Pause, Olivera?« fragte ich ihn. »Sie werden ja noch den Verstand verlieren . . .«

Der Mann hob den Kopf und schaute mich mit einem langen, ironischen Blick an.

»Então? . . . Sie wollten doch, daß ich Ihnen Ihre Löcher grabe . . .«

Er stand da, den Pickel wie ein ruhendes Gewehr in den Händen haltend, und wandte den Blick immer noch nicht ab.

Ich ging weg, und wie immer, wenn ich mich lustlos fühlte, griff ich nach der Machete und machte mich auf in den Wald.

Als ich nach einer Stunde zurückkam, ging es mir wieder gut. Ich kam über den Waldweg, der hinter dem Haus endet, und Olivera war gerade dabei, mit einem Blechlöffel die letzten Reste aus der Grube zu kratzen. Kurz darauf suchte er mich im Eßzimmer auf.

Ich war gespannt, was mir der gute Mann sagen würde, nachdem er diesen ganzen schrecklichen Tag lang geschuftet hatte. Doch er baute sich vor mir auf und sagte nur, während er mit etwas verächtlichem Stolz auf die Palmen deutete: »So, jetzt haben Sie Platz für Ihre Palmen . . . So was nennt man eine ordentliche Arbeit! . . .«

Dann setzte er sich mir gegenüber, legte die Beine auf einen

Stuhl und meinte abschließend, während er sich den Schweiß abwischte: »Ein verteufelt hartes Zeug, dieser Stein! . . . Ich hab ihn aber weich gekriegt . . .«

Das war der Beginn meiner Beziehungen zu dem seltsamsten Peón, den ich je in Misiones hatte. Er blieb drei Monate bei mir. Was seine Bezahlung anging, war er sehr genau; er wollte, daß immer am Ende der Woche abgerechnet wurde. Sonntags ging er ins Dorf, in einer Aufmachung, die mich hätte neidisch machen können, wozu es im übrigen aber nicht viel brauchte. Er zog durch sämtliche Kneipen, trank aber nie etwas. Er blieb zwei Stunden in einer Kneipe und hörte den Gesprächen der anderen Peónes zu; dabei ging er von einer Gruppe zur anderen, je nachdem, wie die Stimmung war, und hörte sich alles mit einem stummen Lächeln an. Nie redete er ein Wort. Dann ging er in eine andere Kneipe, dann in die nächste und immer so weiter, bis zum Abend. Montags kam er immer schon ganz früh am Morgen und rieb sich die Hände, sobald er mich sah.

Wir machten auch einige Arbeiten gemeinsam. Zum Beispiel das Säubern der großen Bananenplantage, was sechs ganze Tage in Anspruch nahm, anstatt der drei, die ich veranschlagt hatte. Das war die härteste Arbeit, die ich in meinem ganzen Leben gemacht hatte – und er womöglich auch –, weil es in jenem Sommer so furchtbar heiß war. Die Atmosphäre zur Mittagszeit auf einer Bananenplantage, die bis zur Undurchdringlichkeit zugewuchert ist, in einer Sandsenke, in der einem die Füße durch die Stiefel hindurch verbrannt werden, stellt die Widerstandsfähigkeit eines Menschen gegen die Hitze auf die härteste Probe. Oben, beim Haus, wurden die Palmblätter vom Nordwind zerfranst, einem Wind wie aus einem Backofen, wenn man so will, der aber doch erfrischt, weil der Schweiß verdunstet. Doch unten, da wo wir waren, zwischen dem zwei Meter hohen Gestrüpp, in einer drückenden und nitratgeschwängerten Atmosphäre, mit gekrümmtem Rücken, um dicht über dem Boden mit der Machete zu arbeiten, braucht man schon einen eisernen Willen, um das durchzustehen.

Olivera richtete sich ab und zu mit in die Seiten gestemmten Händen auf – Hemd und Hose waren völlig durchnäßt. Er trocknete den Griff der Machete ab und freute sich auf das, was ihm der Fluß dort unten im Tal verhieß: »Oh, nachher werde ich ein ordentliches Bad nehmen! . . . Ach, Paraná!«

Nachdem wir mit dieser Arbeit fertig waren, bekam ich Ärger mit dem Mann, den einzigen, zu dem er mir Anlaß bot.

Wir hatten seit vier Monaten ein sehr gutes Dienstmädchen im Haus. Wer einmal in Misiones, in Chubut oder sonst irgendwo im Urwald oder auf dem Land gelebt hat, wird verstehen, warum wir von diesem Mädchen so angetan waren.

Sie hieß Cirila. Sie war das dreizehnte Kind eines paraguayischen Peóns, der seit seiner Jugend sehr katholisch war und der mit sechzig Jahren lesen und schreiben gelernt hatte. Er war bei jeder Beerdigung dabei, wo er als Vorbeter den Trauerzug begleitete.

Das Mädchen genoß unser uneingeschränktes Vertrauen, und uns war auch nie aufgefallen, daß sie eine sichtbare Schwäche für Olivera hatte, der sonntags immer ein schmucker Bursche war. Sie schlief im Schuppen, der zur Hälfte von ihr bewohnt wurde; in der anderen Hälfte hatte ich meine Werkstatt.

Eines Tages hatte ich dann doch einmal gesehen, wie sich Olivera auf die Hacke stützte und dem Mädchen nachschaute, das zum Brunnen ging, um Wasser zu holen. Ich kam gerade dort vorbei.

»Da haben Sie aber eine gute Magd«, sagte er und spitzte die Lippen. »Ein gutes Mädchen! Und häßlich ist sie auch nicht, die Kleine . . .«

Dann wandte er sich wieder seiner Arbeit zu und hackte zufrieden weiter.

Eines Nachts mußten wir Cirila um elf Uhr aus dem Bett holen. Sie kam sofort angezogen aus ihrem Zimmer – so schlafen sie ja alle –, hatte aber das Gesicht dick gepudert.

Warum zum Teufel mußte sich das Mädchen pudern, wenn es schlafen ging? Wir konnten uns keinen Grund vorstellen, außer daß es sich vielleicht um eine nächtliche Koketterie handelte.

Doch irgendwann stand ich einmal spät in der Nacht auf, um einen der vielen hungrigen Hunde zu verscheuchen, die in jener Zeit immer den Drahtzaun zerrissen, um hereinzukommen. Als ich durch die Werkstatt ging, hörte ich Geräusche, und im selben Augenblick huschte ein Schatten heraus und lief in Richtung Tor.

Ich hatte viel Werkzeug, eine ewige Versuchung für die Peones. Schlimmer aber war, daß ich in jener Nacht den Revolver in der Hand hatte, denn ich muß zugeben, daß ich es irgendwann leid war, jeden Morgen drei oder vier Löcher im Zaun zu sehen.

Ich lief zum Tor, doch der Mann rannte bereits den Hang hinunter, in Richtung Weg, so schnell, daß er die Steine lostrat und mit sich riß. Ich konnte die Gestalt kaum sehen. Ich gab fünf Schüsse ab; den ersten mit vielleicht nicht sehr gesunder Absicht, doch die übrigen feuerte ich in die Luft. Ich kann mich noch genau daran erinnern, wie sie bei jedem Schuß verzweifelt versuchte, noch schneller zu laufen.

Das war alles. Doch etwas war mir aufgefallen: der nächtliche Dieb trug Schuhe, wie das Kullern der losgetretenen Steine vermuten ließ. Und Peones, die an einem Werktag Stiefel tragen, sind in dieser Gegend äußerst selten.

Am nächsten Morgen schaute unser Dienstmädchen ganz schuldbewußt drein. Ich war gerade im Hof, als Olivera kam. Er öffnete das Tor und kam pfeifend herein. Sein Pfeifen galt mal dem Paraná, mal den Mandarinenbäumen, als hätte er diese nie zuvor bemerkt.

Ich tat ihm den Gefallen, von mir aus anzufangen.

»Hören Sie mal, Olivera«, sagte ich zu ihm, »wenn Sie großes Interesse an meinem Werkzeug haben, dann kommen Sie am Tag zu mir und bitten mich darum und holen es sich nicht nachts . . .«

Das saß. Der Mann schaute mich mit aufgerissenen Augen an und stützte sich mit einer Hand auf das Geländer.

»Oh nein!« rief er und schüttelte entrüstet den Kopf. »Sie wissen doch genau, daß ich Sie nicht bestehle. Oh nein! Wie können Sie so etwas sagen!«

»Nun, Tatsache ist aber«, beharrte ich, »daß Sie gestern nacht in der Werkstatt waren.«

»Ach ja? . . . Und wenn Sie mich irgendwo gesehen haben . . ., Sie sind doch ein ganzer Kerl . . ., Sie wissen doch, daß ich nicht hierherkomme, um Sie zu bestehlen!«

Er rüttelte an dem Geländer und murmelte: »Verdammt nochmal!«

»Gut, lassen wir das«, beendete ich das Gespräch. »Aber ich will nachts keinen Besuch, egal welcher Art. Bei sich zu Hause können Sie tun, was Sie wollen, hier aber nicht.«

Olivera blieb noch eine Weile kopfschüttelnd stehen. Dann zuckte er mit den Achseln und ging den Schubkarren holen, denn in dieser Zeit waren wir mit Erdarbeiten beschäftigt.

Es waren noch keine fünf Minuten vergangen, als er mich rief. Er hatte sich auf die Holme des beladenen Schubkarrens gesetzt, und als ich zu ihm kam, schlug er mit der Faust auf die Erde und sagte halb ernst: »Wie wollen Sie mir denn beweisen, daß ich wegen der Kleinen gekommen bin? Das möchte ich mal wissen!«

»Da gibt es gar nichts zu beweisen«, erwiderte ich. »Ich weiß nur, daß Sie jetzt nicht so viel reden und auf dem Schubkarren einschlafen würden, wenn Sie gestern nacht nicht so flott davongerannt wären.«

Ich ging weg, doch Olivera hatte seine Heiterkeit gleich wiedererlangt.

»Ah, das stimmt natürlich!« rief er mit einem lauten Lachen und stand auf, um weiterzuarbeiten. »Ein Teufelskerl, dieser Patron! ... Pim, pam, pum! ... Unglaublich, wie der schießt!«

Und während er den beladenen Schubkarren vor sich herschob, sagte er noch: »Sie sind schon ein ganzer Kerl!«

Um diese Geschichte zu Ende zu bringen: Am gleichen Nachmittag blieb Olivera, bevor er heimging, kurz bei mir stehen.

»Und was ist mit Ihnen?« sagte er augenzwinkernd. »Ihnen sage ich das, weil Sie ein guter Patron sind ... Die Cirila ... Da können Sie sich ruhig ranhalten! ... Die ist sehr hübsch!«

Wie man sieht, war der Junge nicht egoistisch.

Doch Cirila fühlte sich nicht mehr wohl bei uns. Es gibt im übrigen in dieser ganzen Gegend kein einziges Beispiel für ein Dienstmädchen, dessen man sich hätte sicher sein können. Wegen diesem oder jenem, aber ohne richtigen Grund, wollen sie eines schönen Tages einfach gehen. Das ist ein plötzlich auftretender, unwiderstehlicher Wunsch. Wie sagte doch eine alte Frau einmal: »Das ist bei ihnen wie das Bedürfnis, Pipi zu machen; da gibt es kein Halten mehr.«

Unser Mädchen ging auch; aber nicht an dem Tag, der auf ihre Entscheidung folgte, wie sie es gern getan hätte, denn in derselben Nacht wurde sie von einer Viper gebissen.

Diese Viper war die Tochter eines Tierchens, dessen abgestreifte Haut ich zwischen zwei Bananenstauden in der Pflanzung beim Haus gefunden hatte, als ich vor vier Jahren dort angekommen war. Die Yarará war sicher weitergezogen, denn ich fand sie nie. Dafür sah ich aber recht häufig ein paar Exemplare ihrer Nachkommenschaft, die sie in der Umgebung zurückgelassen hatte. Sieben kleine Vipern hatte ich im Haus getötet, und alle sieben unter wenig beruhigenden Umständen.

Drei aufeinanderfolgende Sommer hatte die Jagd gedauert. Im ersten Jahr waren sie 35 Zentimeter lang gewesen; im dritten erreichten sie schon 70 Zentimeter. Die Mutter mußte, der abgestreiften Haut nach zu urteilen, ein stattliches Exemplar sein.

Das Dienstmädchen, das häufig nach San Ignacio ging, hatte die Kreuzviper eines Tages auf dem Weg gesehen. Sehr dick, sagte sie, und mit einem kleinen Kopf.

Zwei Tage später war meine Foxterrier-Hündin in derselben Gegend in die Schnauze gebissen worden, als sie die Spur eines Rebhuhns aufgenommen hatte. Sie war innerhalb von siebzehn Minuten tot gewesen.

Als das mit Cirila passierte, war ich in San Ignacio, wo ich ab und zu hinging. Olivera kam angestürzt, um mir zu sagen, daß Cirila von einer Viper gebissen worden war. Wir ritten in gestrecktem Galopp nach Hause, wo ich das Mädchen im Eßzimmer fand; sie saß dort auf der Stufe und hielt stöhnend den verletzten Fuß zwischen den Händen.

Sie hatten ihr schon den Knöchel abgebunden und dann sofort versucht, ihr eine Permanganatinjektion zu verabreichen. Doch man kann sich gar nicht vorstellen, was für einen Widerstand eine durch das Ödem steinhart gewordene Ferse einer Nadel entgegensetzen kann. Ich untersuchte den Biß, der sich am Ansatz der Achillessehne befand. Ich hatte erwartet, die beiden klassischen Pünktchen der Giftzähne sehr dicht nebeneinander zu sehen. Diese beiden Löcher, aus denen immer noch schleimiges Blut rann, waren vier Zentimeter voneinander entfernt; zwei Fingerbreit. Die Viper mußte demnach riesig sein.

Cirila ließ den Fuß los, um sich den Kopf zu halten, und sagte, sie fühle sich sehr schlecht. Ich tat, was ich konnte; Erweiterung der Wunde, Ausdrücken, Spülung mit Permanganat und Verabreichung von Alkohol in hohen Dosen.

Zu diesem Zeitpunkt hatte ich kein Serum, doch ich hatte

schon zweimal einen Vipernbiß mit Unmengen von Zuckerrohrschnaps behandelt und vertraute sehr auf seine Wirksam-
keit.

Wir brachten das Mädchen ins Bett, und Olivera kümmerte
sich um den Alkohol. Nach einer halben Stunde war das Bein
bereits ein unförmiger Klumpen, und Cirila – die, wie ich
glaube, diese Behandlung durchaus nicht unangenehm fand –
war außer sich vor Schmerz und Trunkenheit. Sie schrie unaufhörlich: »Sie hat mich gebissen! . . . Schwarze Viper! Ver-
dammtes Vieh! . . . Au! . . . Ich halt's nicht mehr aus! . . . Sie hat
mich gebissen! . . . Das ist nicht mehr zum Aushalten!«

Olivera, der neben dem Bett stand, die Hände in den Taschen, schaute die Kranke an und nickte zu allem. Ab und zu
drehte er sich zu mir um und raunte: »Furchtbar, so was!«

Am darauffolgenden Tag, um fünf Uhr morgens, war Cirila
außer Lebensgefahr, obwohl die Schwellung immer noch anhielt. Olivera hatte sich seit Tagesanbruch in Sichtweite des
Tors aufgehalten, begierig, jedem, der vorüberging, von unse-
rem Erfolg zu erzählen: »Der Patron, . . . das muß man gesehen
haben! Der ist wirklich ein ganzer Kerl! . . . Gibt ihr Zuckerrohrschnaps und Pirganat! Das können Sie sich merken.«

Meine Sorge war jedoch die Viper, denn meine Kinder gingen oft über diesen Weg.

Nach dem Mittagessen machte ich mich auf die Suche. Ihr
Unterschlupf – um es einmal so zu nennen – war eine von
Steinen umgebene Senke, deren dicht stehendes Espartogras
bis zur Taille reichte. Es war nie abgebrannt worden.

Man konnte sie leicht finden, wenn man richtig suchte, aber
noch leichter konnte man auf sie treten. Und zwei Zentimeter
lange Giftzähne sind nicht gerade angenehm, auch wenn man
Stiefel trägt.

Diese Mittagsstunde bot alles auf, was es an Hitze und
Nordwind aufzubieten gab. In der Senke angekommen, fing
ich an, ein Espartobüschel nach dem anderen mit der Machete

beiseitezuschieben, um das Tier zu suchen. Unten auf dem Boden sieht man zwischen den einzelnen Büscheln nur ein Stückchen dunkler und trockener Erde. Sonst nichts. Beim nächsten Schritt wieder eine Inspektion mit der Machete und wieder ein Stückchen steinharter Erde. Und so geht es Schritt für Schritt weiter.

Doch es ist eine ganz ordentliche Nervenanspannung, wenn man genau weiß, daß man dem Tier jeden Augenblick begegnen kann. Jeder Schritt brachte mich diesem Augenblick näher, denn ich hatte nicht den geringsten Zweifel, daß das Tier dort lebte; und bei dieser Sonne verließ keine Yarará ihren Unterschlupf.

Dann plötzlich, als ich das Espartogras beiseiteschob, sah ich sie, direkt an der Spitze meiner Stiefel. Auf einem dunklen Untergrund von der Größe eines Tellers sah ich, wie sie an mir vorbeikroch.

Also, es gibt nichts Längeres und Unendlicheres als eine Viper von einem Meter achtzig, die sozusagen stückweise vorbeikriecht, denn ich sah ja nur das, was auf dieser kleinen lichten Stelle zu sehen war.

Doch was ich sah, war wirklich ein Genuß. Es handelte sich um eine Yararacusú – das kräftigste Exemplar, das ich je gesehen hatte, und unbestreitbar die schönste der Yararás, die ihrerseits die schönsten unter den Vipern sind, mit Ausnahme der Korallenschlangen. Auf ihrem samtschwarzen Körper bilden sich überkreuzende Goldstreifen breite Rhomben. Schwarz und gold, einfach schön. Außerdem ist sie die giftigste aller Yararás.

Meine kroch vorbei und kroch und kroch. Als sie haltmachte, konnte man noch das Schwanzende sehen. Ich wandte den Blick in die Richtung, wo sich vermutlich irgendwo ihr Kopf befand, und sah sie direkt neben mir, aufgerichtet und mich fixierend. Sie hatte eine Kurve gemacht und wartete jetzt regungslos darauf, wie ich mich verhalten würde.

Die Viper hatte, das stand fest, keine Kampfgelüste, was sie beim Menschen nie haben. Dafür hatte ich aber welche, und zwar ziemlich große. Ich ließ also die Machete herabsausen und wollte ihr nur die Wirbelsäule ausrenken, um das Exemplar zu erhalten.

Ich schlug mit der flachen Seite der Machete zu, und zwar nicht gerade zaghaft: als wäre nichts geschehen. Das Tier schnellte aufgeschreckt einen halben Meter zurück. Dann verharrte es sofort wieder reglos in seiner abwartenden Haltung, diesmal allerdings mit höher gerecktem Kopf, und fixierte mich mit einem Blick, wie man ihn sich starrer nicht vorstellen kann.

Auf freiem Feld hätte ich dieses mehr oder weniger psychologische Duell noch eine Weile hinausgezögert, inmitten dieses Dickichts aber nicht. Also ließ ich die Machete ein zweites Mal herabsausen, diesmal mit der Schneide, um die Halswirbel zu treffen. Blitzschnell bäumte sich die Yararacusú in einer Spirale auf und fiel wieder in sich zusammen. Dann streckte sie sich langsam aus, tot.

Ich nahm sie mit nach Hause; sie war gut einen Meter fünfundachtzig lang. Olivera erkannte sie sofort, obwohl diese Art im Süden von Misiones nicht sehr häufig vorkommt.

»Ah, ah!... Eine Yararacusú!... Das dachte ich mir schon... In Foz do Iguassú habe ich eine ganze Menge davon getötet!... Schön ist es, dieses Mistvieh!... Für meine Sammlung, die wird Ihnen gefallen, Patron!«

Was die Kranke anging, die konnte nach vier Tagen wieder einigermaßen laufen. Ich denke, die Sache ist deshalb so glimpflich verlaufen, weil sie an einer Stelle mit wenig Blutgefäßen gebissen worden war, und von einer Schlange, die zwei Tage zuvor ihre Giftdrüsen teilweise bei dem Foxterrier entleert hatte. Ich war dennoch ein wenig überrascht, als ich dem Tierchen das Gift abzapfte: aus jedem Zahn kamen noch 21 Tropfen heraus; fast zwei Gramm Gift.

Olivera zeigte keinerlei Verdruß, als das Mädchen ging. Er schaute ihr nach, wie sie mit ihrem Wäschebündel über die Viehweide von dannen zog, immer noch hinkend.

»Das ist ein gutes Mädchen«, sagte er, wobei er mit dem Kinn auf sie deutete. »Eines Tages werde ich sie heiraten.«

»Eine gute Idee«, sagte ich.

»Dann bräuchten Sie nicht mehr mit dem Revolver herumzulaufen, pim, pam!«

Obwohl Olivera schon öfter einem Kollegen geholfen hatte, wenn der einmal kein Geld hatte, war er bei den anderen Peones nicht sehr beliebt. Einmal schickte ich ihn ins Dorf, um ein Faß zu kaufen, wofür man zumindest ein Pferd braucht, wenn nicht gar einen Karren. Olivera zuckte nur mit den Schultern, als ich ihn darauf aufmerksam machte, und ging zu Fuß los. Der Laden, in den ich ihn schickte, war eine Meile vom Haus entfernt, und der Weg führte durch die Ruinen.* Im Dorf sahen sie dann, wie sich Olivera mit dem Faß auf den Heimweg machte: er hatte in Boden und Deckel einen Nagel geschlagen und daran einen doppelten Draht befestigt, der ihm als Deichsel diente. So zog er das Faß seelenruhig hinter sich her.

Ein solches Unternehmen bringt einen Peón in Verruf, ebenso wie die Tatsache, daß er zu Fuß geht, obwohl er ein Pferd hat.

Ende Februar trug ich Olivera auf, das Stück Wald zu roden, auf dem ich Mate gepflanzt hatte. Wenige Tage nachdem er damit begonnen hatte, kam ein Maurer zu mir, ein Deutschstämmiger aus Frankfurt, dessen Hautfarbe einem Krebs glich und der genauso langsam redete wie er den Blick abwandte, wenn er ihn mal auf einen gerichtet hatte. Er bat mich um Quecksilber, um einen vergrabenen Schatz aufzuspüren.

* die Ruinen des Jesuitenreiches (siehe Nachwort)

Die Vorgehensweise war ganz einfach: an der mutmaß-
lichen Stelle grub man ein kleines Loch in den Boden und legte
das in ein Tuch gewickelte Quecksilber hinein. Dann schüttete
man das Loch wieder zu und legte ein Stück Gold obendrauf,
in diesem Fall die Kette des Maurers.

Wenn dort tatsächlich ein Schatz vergraben war, dann zog
er mit seiner Kraft das Gold an, und dieses wurde vom Quecksilber aufgefressen. Ohne Quecksilber war also nichts zu machen.

Ich gab ihm das Quecksilber, und der Mann ging wieder,
obwohl es ihm ziemlich schwerfiel, seinen Blick von meinem
loszureißen.

In Misiones und im gesamten Norden, der früher von den
Jesuiten besiedelt gewesen war, herrscht der feste Glaube, daß
die Patres vor ihrer Flucht Goldmünzen und andere wertvolle
Dinge vergraben haben. Es gibt kaum einen Bewohner dieser
Gegend, der nicht einmal versucht hätte, einen Schatz aufzu-
stöbern, einen *entierro,* wie man hier sagt. Oft gibt es deutliche
Hinweise: einen Haufen Steine, wo sonst keine Steine sind;
einen alten Balken aus Lapachoholz, der in einer ungewöhn-
lichen Weise daliegt; eine Sandsteinsäule irgendwo mitten im
Wald und so weiter.

Olivera, der gerade von der Rodung kam, um eine Feile für
die Machete zu holen, wurde Zeuge dieser Begegnung. Er
hörte mit seinem üblichen Lächeln zu, sagte aber kein Wort.
Erst als er zur Matepflanzung zurückging, wandte er den Kopf,
um zu mir zu sagen: »Dieser verrückte Deutsche ... Hier liegt
der Schatz! Hier, im Handgelenk!«

Deshalb war ich völlig überrascht, als Olivera eines Abends
plötzlich in die Werkstatt kam, um mich zu fragen, ob ich mit
ihm in den Wald gehen wolle. »Heute nacht«, flüsterte er,
»werde ich einen Schatz herausholen ... Ich habe einen gefunden.«

Ich war gerade mit irgend etwas beschäftigt, doch es inter-

essierte mich sehr, durch welche mysteriöse Schicksalswende
ein solcher Skeptiker zu jemand geworden war, der an *entier-
ros* glaubte. Ich kannte meinen Olivera aber nicht. Er schaute
mich lächelnd an, wobei seine weit geöffneten Augen strahlten wie die eines Erleuchteten, und bewies mir seine Zuneigung auf seine Art: »Pst! ... Nur für uns zwei ... Es ist ein
weißer Stein, dort im Matefeld ... Wir werden es uns teilen.«

Was sollte ich mit diesem Kerl machen? Der Schatz reizte
mich nicht, wohl aber die Tongefäße, die er vielleicht dort
fand; so etwas kam ziemlich häufig vor. Ich wünschte ihm also
viel Glück und bat ihn nur, mir einen schönen Tonkrug heil
mitzubringen, falls er einen finden würde. Er bat mich um
meine Collins, und ich gab sie ihm mit. Dann machte er sich
auf den Weg.

Der Spaziergang lockte mich jedoch sehr, denn es ist ein
nicht zu überbietendes Schauspiel, wenn man im Mondschein
von Misiones in die Dunkelheit des Waldes eindringt. Außerdem hatte ich von meiner Arbeit genug, und so beschloß ich,
ihn ein Stück zu begleiten.

Das Terrain, an dem Olivera arbeitete, war tausendfünfhun-
dert Meter vom Haus entfernt, an der südlichen Ecke des
Waldes. Wir gingen nebeneinander her, ich pfeifend und er
schweigend, obwohl er wie üblich seine Lippen gespitzt hatte.
Als wir an dem Terrain ankamen, blieb Olivera stehen und
spitzte die Ohren.

Das Matefeld – wir waren plötzlich aus der Dunkelheit des
Waldes herausgetreten und standen vor dieser von galva-
nischem Licht überfluteten Fläche – wirkte wie eine Steppe.
Die erst kürzlich gefällten Baumstämme verdoppelten sich
durch das helle Seitenlicht in einem schwarzen Schatten. Die
Matepflänzchen, die sich vorne tiefschwarz abzeichneten und
weiter hinten, in der offenen Steppe, einen samtigen Ascheton
hatten, standen reglos und tauglänzend da.

»Então ...«, sagte Olivera. »Ich werde allein gehen.«

Das einzige, was ihn zu beunruhigen schien, war, daß vielleicht ein Geräusch zu hören sein könnte. Ansonsten wollte er ganz offensichtlich allein sein. Mit einem »Bis morgen, Patron« ging er los, quer durch das Matefeld, so daß ich ihn noch eine ganze Weile über die gefällten Bäume springen sah.

Ich machte mich auf den Heimweg und ging ganz gemächlich durch die Waldschneise. Nach einem heißen Sommertag, abends um zehn, wenn es gerade sechs Stunden her ist, daß einen das grelle Licht blendete und man das Kissen an den Seiten noch heißer als unter dem Kopf empfand, gibt es nichts Erquicklicheres als die frische Nachtluft von Misiones.

Und diese Nacht war auf dem Weg inmitten des hohen, fast unberührten Urwalds noch eindrucksvoller. Der ganze Boden war, so weit man sehen konnte, von Schrägstreifen überzogen, die in einem kühlen Weiß leuchteten, so intensiv, daß die Erde an den dunklen Stellen in einem schwarzen Abgrund versunken schien. Oben, links und rechts des Weges, glitten langgezogene Lichtdreiecke über die dunkle Architektur des Waldes, blieben an einem Baumstamm hängen und liefen in silbernem Rinnsal hinab. Der hohe und geheimnisvolle Wald, vom schräg einfallenden Licht durchflutet wie eine gotische Kathedrale, hatte eine gespenstische Tiefe. Aus dieser Tiefe drang hin und wieder wie ein Glockenschlag der bebende Klageruf des Urutaú*.

Ich schlenderte noch lange herum und konnte mich nicht dazu entschließen, nach Hause zu gehen. Unterdessen mußte sich Olivera an den Steinen die Fingernägel zerkratzen. »Viel Glück«, dachte ich.

Das ist nun das letzte Mal, daß ich Olivera gesehen habe. Am nächsten Morgen tauchte er nicht auf, am darauffolgenden auch nicht und auch später nicht mehr. Ich habe nie mehr etwas von ihm gehört. Ich fragte im Dorf. Niemand hatte ihn

---

* in Guaraní: Nachtvogel

gesehen, niemand wußte, was mit meinem Peón geschehen war. Ich schrieb nach Foz do Iguassú, was ebenso erfolglos war.

Dazu kommt noch: Olivera war, wie ich bereits gesagt habe, in Geldangelegenheiten sehr genau. Ich schuldete ihm noch seinen Lohn für die Woche. Wenn er in dieser Nacht plötzlich Lust auf eine Luftveränderung bekommen hätte, wäre er niemals weggegangen, ohne vorher abzurechnen.

Aber was ist dann geschehen? Was für einen Schatz mag er gefunden haben? Wieso hat er überhaupt keine Spur hinterlassen in Puerto Viejo, in Itacurubí, in Balsa oder wo er sich sonst eingeschifft haben konnte?

Ich weiß es noch nicht und werde es wahrscheinlich auch nie erfahren. Doch vor drei Jahren hatte ich ein sehr unangenehmes Erlebnis, und zwar im selben Matefeld, das Olivera nicht mehr fertiggerodet hatte.

Ich erlebte folgende Überraschung: Da ich aus Gründen, die hier nicht von Bedeutung sind, die Pflanzung ein ganzes Jahr lang vernachlässigt hatte, war das Dickicht wieder so gewuchert, daß es die jungen Matepflänzchen erdrückt hatte. Der Peón, den ich dorthin geschickt hatte, kam zurück, um mir zu sagen, daß er zu dem vereinbarten Preis nicht bereit sei, etwas zu tun, also noch weniger, als sie im allgemeinen tun, zumal wenn der Patron selbst nicht weiß, was eine Machete ist.

Ich erhöhte den Preis, was auch vollkommen gerechtfertigt war, und meine Leute fingen an. Sie waren zu zweit; der eine fällte die Bäume, der andere schlug die Äste ab. Drei Tage lang trug der Südwind das im Wald widerhallende unermüdliche und mühselige Schlagen der Axt zu mir herüber. Sie machten überhaupt keine Pause, auch am Mittag nicht. Vielleicht wechselten sie sich ab. Wenn nicht, mußte derjenige, der die Axt schwang, eine unglaubliche Kraft in Armen und Lenden haben.

Doch am Ende des dritten Tages kam der Peón, der mit der Machete arbeitete und mit dem ich verhandelt hatte, zu mir und bat mich, seine Arbeit abzunehmen, weil er nicht länger mit seinem Kollegen zusammenarbeiten wollte.

»Warum nicht?« fragte ich ihn verwundert.

Ich konnte nichts Konkretes aus ihm herausbekommen. Schließlich sagte er mir, sein Kollege arbeite nicht *allein*.

Da erinnerte ich mich an die Legende, auf die er sich bezog, und ich verstand, was er meinte: Er arbeitete mit dem Teufel im Bund. Deshalb wurde er nie müde.

Ich wandte nichts ein und ging dorthin, um die Arbeit abzunehmen. Ich erkannte den teuflischen Kompagnon auf den ersten Blick. Er war oft am Haus vorbeigeritten, und ich hatte immer seine für einen einfachen Peón sehr edle Kleidung und das prächtige Geschirr seines Pferdes bewundert. Ein ganz gutaussehender Bursche, der sich die langen Haare wie ein Stutzer aus dem Süden mit Brillantine glattkämmte. Er ritt immer im Schritt. Nie würdigte er mich eines Blickes, wenn er vorbeikam.

Bei dieser Gelegenheit sah ich ihn von nahem. Er arbeitete ohne Hemd, und mir wurde sofort klar, daß man mit einem Jungen, der einen so athletischen Körper hatte und außerdem ernst, besonnen und gut durchtrainiert war, wahre Wunder vollbringen konnte. Die langen Haare, der ausrasierte Nacken, der provozierende Schritt des Pferdes, das alles war dort oben im Wald vergessen angesichts dieses verschwitzten Jungen mit kindlichem Lächeln.

So sah er aus in seinem Element, der Mann, der mit dem Teufel zusammenarbeitete.

Er zog sein Hemd an, und ich ging mit ihm über das ganze Feld. Da er in Zukunft das Matefeld *allein* fertigroden würde, schauten wir es uns ganz an. Die Sonne war gerade untergegangen, und es war ziemlich kalt – die Kälte von Misiones, die mit der Abenddämmerung einsetzt. Am südwestlichen Rand des Waldes, der an das Feld angrenzte, blieben wir eine Weile stehen, denn ich wußte nicht, bis wohin es sich noch lohnte, diesen halben Hektar zu roden, auf dem fast alle Matepflanzen eingegangen waren.

Ich warf einen Blick auf den Umfang der Stämme und schaute hoch ins Geäst. Dort oben, in der letzten Astgabel eines Weihrauchbaums, sah ich dann etwas sehr Merkwürdiges: zwei lange schwarze Gegenstände. So etwas wie das Nest einer Köhleramsel. Sie zeichneten sich sehr gut gegen den Himmel ab.

»Was ist denn das? . . .« fragte ich und deutete nach oben.

Der Mann schaute eine Weile hin und ließ dann den Blick über den ganzen Stamm gleiten.

»Stiefel«, sagte er.

Es überlief mich, und ich dachte sofort an Olivera. Stiefel? . . . Ja. Sie hingen umgekehrt da, mit dem Fuß nach oben, und steckten mit der Sohle in der Astgabel. Unten, an der Öffnung der Schäfte, fehlte der Mensch; das war alles.

Ich weiß nicht, welche Farbe sie im Licht haben mochten; doch in dieser Abendstunde, wo sie sich, aus der Tiefe des Waldes gesehen, reglos gegen den fahlen Himmel abzeichneten, waren sie schwarz.

Wir standen eine ganze Weile da und betrachteten den Baum von oben bis unten und von unten bis oben.

»Kann man da hochklettern?« fragte ich den Mann.

Es verging eine Weile.

»Das hält der nicht aus . . .«, antwortete der Peón schließlich.

Irgendwann mußte er es aber doch einmal ausgehalten haben, und zwar in dem Augenblick, als der Mann hochgeklettert war. Denn es war ja nicht anzunehmen, daß die Stiefel einfach so dort oben hingen. Das einzig Logische, die einzig mögliche Erklärung ist, daß ein Mann, der *Stiefel trug,* dort hinaufgestiegen ist, um etwas zu beobachten, um einen Bienenkorb zu holen oder sonst irgend etwas. Ohne es zu merken, hat er die Füße zu fest auf die Astgabel gestützt; und plötzlich ist er aus irgendeinem Grund nach hinten gefallen und ist mit dem Genick gegen den Baumstamm geschlagen. Der Mann ist entweder sofort tot gewesen oder er ist wieder zu sich gekommen, hatte aber nicht die Kraft, sich bis zur Astgabel hochzuziehen und seine Stiefel loszumachen. Irgendwann – vielleicht nach längerer Zeit als man glaubt – ist er dann reglos hängengeblieben und war tot. Der Mann ist anschließend verwest, und seine Stiefel haben sich nach und nach geleert.

Dort hingen sie immer noch, dicht nebeneinander, starr vor Kälte, wie ich in dieser winterlichen Abenddämmerung.

Wir haben am Fuß des Baumes natürlich nicht die geringste Spur des Mannes gefunden.

Ich glaube allerdings nicht, daß das zu meinem alten Peón gehört hat. Er war kein Kletterer, und schon gar nicht nachts. Wer ist aber dann dort hochgeklettert?

Ich weiß es nicht. Doch manchmal, wenn es mir hier in Buenos Aires bei Nordwind in den Händen kribbelt und ich am liebsten die Machete holen würde, denke ich, daß ich Olivera eines Tages ganz unerwartet wiedersehen werde; daß ich ihm begegnen werde, hier, und daß er mir lächelnd die Hand auf die Schulter legen wird: »Oh, alter Patron! ... Wie schön haben wir doch zusammengearbeitet, dort unten, in Misiones!«

Anaconda

1

Es war zehn Uhr abends und drückend heiß. Die bleierne Atmosphäre lag schwer und ohne einen Windhauch über dem Dschungel. Von Zeit zu Zeit riß fahles Wetterleuchten den kohlschwarzen Himmel von einem Ende des Horizonts zum anderen auf, doch der peitschende Platzregen im Süden war noch fern.

Über einen Rinderpfad mitten durch das weiße Espartogras kroch Lanceolata mit der den Vipern eigenen Langsamkeit. Sie war eine prachtvolle Jarará, anderthalb Meter lang, und auf ihren Flanken zeichneten sich die schwarzen Zacken Schuppe für Schuppe zu einem deutlichen Sägezahnmuster ab. Mit der Zunge, die bei den Schlangen bestens die Finger ersetzt, prüfte sie fortwährend die Sicherheit des Terrains.

Sie war auf der Jagd. An einer Wegkreuzung hielt sie an, ringelte sich umständlich zusammen, bewegte sich noch einen Moment hin und her, um die richtige Stellung zu finden, und nachdem sie den Kopf auf ihre Körperringe gesenkt hatte, legte sie den Unterkiefer auf und wartete unbeweglich.

Minute um Minute, fünf Stunden lang, verharrte sie so regungslos wie im ersten Augenblick. Eine schlechte Nacht! Der Tag brach bereits an, und sie wollte sich gerade zurückziehen, als sie sich anders besann. Auf dem fahlen Himmel im Osten zeichnete sich ein riesiger Schatten ab.

»Ich will mir doch mal das Haus aus der Nähe ansehn«, sagte sich die Jarará. »Seit Tagen schon höre ich Geräusche dort. Man muß auf der Hut sein.«

Und sie kroch vorsichtig auf den Schatten zu.

Das Haus, das Lanceolata meinte, war ein altes Gebäude aus Holzplanken, umgeben von einer Galerie und ganz weiß getüncht. In der Nähe standen zwei oder drei Schuppen. Seit undenklichen Zeiten war das Gebäude unbewohnt gewesen. Jetzt hörte man ungewöhnliche Geräusche, Hufschläge, Pferdegewieher, alles Dinge, die auf Anhieb die Anwesenheit des Menschen erkennen ließen. Eine üble Sache...

Aber man mußte sich erst einmal Gewißheit verschaffen, und die bekam Lanceolata schneller, als ihr lieb sein konnte.

Das unverkennbare Geräusch einer sich öffnenden Tür drang zu ihr. Als die Viper den Kopf hob, stellte sie fest, daß eine blaßgoldene Helligkeit am Horizont die Morgenröte ankündigte, und sah einen großen, schmalen und kräftigen Schatten auf sich zukommen. Sie hörte auch das Geräusch der sicheren, festen, in großem Abstand aufeinanderfolgenden Schritte, die ebenfalls auf Anhieb den Feind verrieten.

»Der Mensch«, dachte Lanceolata. Und schnell wie der Blitz rollte sie sich in Angriffsstellung.

Der Schatten war über ihr. Ein riesiger Fuß schlug neben ihr auf, und mit der ganzen Wucht eines Angriffs, bei dem sie ihr Leben aufs Spiel setzte, ließ die Jarará ihren Kopf dagegenschnellen und zog ihn wieder in die Ausgangsstellung zurück.

Der Mann blieb stehen: er glaubte, einen Schlag gegen die Stiefel gespürt zu haben. Er betrachtete das niedrige Gestrüpp um sich herum, ohne sich von der Stelle zu rühren, doch er konnte im Dämmerlicht des zaghaft anbrechenden Tages nichts sehen und ging weiter.

Lanceolata dagegen sah, daß Leben in das Haus kam, und zwar ganz eindeutig das Leben des Menschen. Die Jarará trat den Rückzug zu ihrem Unterschlupf an, in der Gewißheit, daß diese nächtliche Szene nur das Vorspiel des großen Dramas war, das sich sehr bald abspielen würde.

2

Am nächsten Tag war Lanceolatas erste Sorge das Unheil, das sich durch das Auftauchen des Menschen über der ganzen Familie zusammenzog. Mensch und Zerstörung, das war für das ganze Volk der Tiere seit jeher untrennbar miteinander verbunden. Für die Vipern im besonderen waren zwei schreckliche Dinge der Inbegriff des Verderbens: die Machete, die tief in den Dschungel vordrang und alles zerwühlte, und das Feuer, das im Nu den Wald zerstörte und mit ihm die verborgenen Schlupfwinkel.

Es war also höchste Zeit, etwas dagegen zu unternehmen. Lanceolata wartete die nächste Nacht ab, um den Feldzug einzuleiten. Ohne große Mühe fand sie zwei Gefährtinnen, die Alarm schlugen. Sie selbst klapperte bis zwölf Uhr alle Plätze ab, die für ein Treffen in Frage kamen. Um zwei Uhr morgens war der Kongreß schließlich versammelt, zwar nicht vollzählig, doch die Mehrheit der Arten war vertreten, so daß man beschließen konnte, was zu tun sei.

Mitten im Wald, am Fuße einer fünf Meter hohen Wand aus nacktem Gestein, gab es eine durch das Farnkraut so gut getarnte Höhle, daß der Eingang fast versperrt war. Dort hauste seit langem schon Terrifica, eine uralte Klapperschlange, deren Schwanz zweiunddreißig Rasselringe aufwies. Sie war kaum länger als einen Meter vierzig, dafür aber so dick wie eine Flasche. Ein prächtiges, mit gelben Rhomben gezeichnetes Exemplar; kräftig und zäh wie sie war, konnte sie sieben Stunden lang auf ein und demselben Platz vor ihrem Feind verharren, bereit, ihre Zähne mit dem geschlossenen Giftkanal aufzurichten, die bekanntlich nicht sonderlich lang sind, zweifellos aber so erstaunlich beschaffen wie die keiner anderen Giftschlange.

Dort tagte also angesichts der drohenden Gefahr der Kongreß der Vipern unter dem Vorsitz der Klapperschlange. Außer Lanceolata und Terrifica waren auch die anderen Jararás des Landes da: Coatiarita, die kleinste der Familie, mit der auffälligen rötlichen Linie auf ihren Flanken und ihrem besonders spitzen Kopf. Lässig hingestreckt, als gehe es ihr überhaupt nicht darum, Bewunderung für die weißen und kaffeebraunen Wellenlinien auf den langen, lachsfarbenen Streifen ihres Rückens zu wecken, lag dort die schlanke Neuwied, ein Ausbund an Schönheit; sie hatte sich einfach den Namen des Naturforschers angeeignet, der ihre Art bestimmt hatte. Da war Cruzada – die man im Süden Kreuzviper nennt –, eine starke und kühne Rivalin Neuwieds, was die Schönheit der Zeichnung angeht. Da war Atrox, mit ihrem unheilverkündenden Namen, und schließlich noch Gold-Urutú, die Jararacussú, die ihren einhundertsiebzig Zentimeter langen samtschwarzen, von schrägen Goldstreifen gezeichneten Körper diskret im Hintergrund der Höhle verborgen hielt. Die Jararás, die verschiedenen Arten der furchterregenden Gattung Lachesis, zu der außer Terrifica alle Kongreßteilnehmerinnen gehörten, wetteifern übrigens seit jeher darum, welche von ihnen die schönste Zeichnung und Farbe hat. Und tatsächlich sind nur wenige Geschöpfe damit so reich bedacht worden wie sie.

Nach den Gesetzen der Vipern darf eine seltene Art, die nicht zu den wirklich einflußreichen im Lande zählt, bei den Versammlungen des Reiches auch nicht den Vorsitz übernehmen. Deshalb beanspruchte Gold-Urutú, ein wunderschönes Todestier, dessen Art jedoch nicht so häufig vorkommt, diese Ehre nicht für sich, sondern überließ sie gerne der Klapperschlange, die zwar schwächer, aber außergewöhnlich weit verbreitet ist.

Der Kongreß war also beschlußfähig, und Terrifica eröffnete die Sitzung.

»Genossinnen«, sagte sie, »wir alle sind von Lanceolata über das verhängnisvolle Auftauchen des Menschen unterrichtet worden. Ich gehe sicherlich nicht fehl in der Annahme, daß es unser aller Bestreben ist, unser Reich vor der feindlichen Invasion zu bewahren. Dagegen gibt es nur ein Mittel, denn die Erfahrung lehrt uns, daß es nichts nützt, das Feld zu räumen. Dieses Mittel ist – ihr wißt es genau – der unerbittliche Krieg gegen den Menschen, der noch heute nacht beginnen muß und zu dessen Gelingen jede Art nach besten Kräften beitragen wird. In dieser Situation ist es mir eine besondere Freude zu vergessen, welcher Gattung mich die Menschen zugeordnet haben: ich bin jetzt keine Klapperschlange mehr, ich bin eine Jarará, wie ihr. Die Jararás, die den Tod auf ihre schwarze Fahne geschrieben haben. Wir sind der Tod, Genossinnen! Und nun möge eine der Anwesenden einen Schlachtplan vorschlagen.«

Es ist allgemein bekannt, jedenfalls im Reich der Vipern, daß Terrificas Verstand so kurz ist wie ihre Eckzähne lang sind. Sie selbst weiß es ebenfalls, und wenn sie folglich auch unfähig ist, sich irgendeinen Plan auszudenken, so besitzt sie als alte Königin doch genügend Taktgefühl zu schweigen.

Da sagte Cruzada, sich müde rekelnd: »Ich bin derselben Meinung wie Terrifica und finde, daß wir, solange wir keinen Plan haben, nichts tun können und auch nichts tun sollten. Ich bedaure allerdings, daß bei diesem Kongreß unsere ungiftigen Cousinen, die Nattern, nicht anwesend sind.«

Es entstand ein langes Schweigen. Offensichtlich gefiel den Vipern dieser Vorschlag nicht. Cruzada lächelte vage und fuhr fort: »Schade, daß ihr so reagiert . . . Aber ich möchte nur an eines erinnern: Selbst wenn wir alle zusammen versuchen würden, eine Natter zu besiegen, so würden wir das nicht schaffen. Weiter will ich dazu nichts sagen.«

»Wenn du damit ihre Immunität gegen unser Gift meinst«, warf Gold-Urutú aus dem Hintergrund der Höhle träge ein, »ich glaube, da könnte ich allein sie schon eines Besseren belehren . . .«

»Es geht nicht um das Gift. Das würde ich auch allein schaffen ...«, erwiderte Cruzada verächtlich und warf der Jararacussú einen Seitenblick zu. »Es geht um ihre Kraft, ihre Gewandtheit, ihre Beherztheit, wie auch immer man es nennen will. Kampfeigenschaften, die wohl niemand unseren Cousinen absprechen wird. Ich bleibe dabei, daß uns die Nattern in einem Feldzug, wie wir ihn unternehmen wollen, eine große, ja sogar unentbehrliche Hilfe sein werden.«

Aber der Vorschlag fand immer noch keine Zustimmung.

»Wozu denn die Nattern?« rief Atrox. »Die sind doch widerlich.«

»Die haben ja Fischaugen«, sagte die eingebildete Coatiarita.

»Mich ekeln sie einfach an«, protestierte verächtlich Lanceolata.

»Vielleicht flößen sie dir auch noch etwas anderes als Ekel ein ...«, sagte Cruzada und sah sie dabei von der Seite an.

»Mir?« zischte Lanceolata und richtete sich auf. »Hör mal, du machst hier wirklich nicht die beste Figur, wenn du diese rasenden Würmer verteidigst!«

»Wenn das die Jägerinnen hören ...«, meinte Cruzada ironisch.

Als der Name *Jägerinnen* fiel, geriet die gesamte Versammlung in Aufruhr.

»Es gibt überhaupt keinen Grund, sie so zu nennen!« riefen sie. »Sie sind Nattern und sonst nichts!«

»Sie selbst nennen sich die Jägerinnen!« erwiderte Cruzada trocken. »Und außerdem sind wir hier auf einem Kongreß.«

Ebenfalls seit undenklichen Zeiten ist bei den Vipern die besondere Rivalität zwischen diesen beiden Jararás bekannt: zwischen Lanceolata, die aus dem äußersten Norden stammt, und Cruzada, deren Lebensraum weiter im Süden liegt. Reine Eifersüchtelei, der Schönheit wegen – behaupten die Nattern.

»Schluß jetzt!« warf Terrifica ein. »Cruzada soll erst einmal erklären, wozu sie die Hilfe der Nattern will, obwohl sie ja nicht wie wir den Tod verkörpern.«

»Genau deswegen!« sagte Cruzada, schon wieder ganz ruhig. »Wir müssen unbedingt herausfinden, was der Mensch in dem Haus tut; und dazu muß jemand direkt in das Haus gehen. Aber das ist kein leichtes Unterfangen; unser Banner ist der Tod, doch auch der Mensch hat den Tod auf seine Fahne geschrieben – und sein Tod ist noch um einiges schneller als unserer! Die Nattern sind weitaus wendiger als wir. Gewiß, jede von uns könnte hingehen und sich umsehen; aber würde sie auch wieder zurückkommen? Niemand eignet sich dafür besser als die Ñacaniná. Solche Erkundungszüge macht sie jeden Tag; sie könnte aufs Dach klettern, sich umsehen und umhören und vor Tagesanbruch wieder zurück sein, um uns zu informieren.«

Der Vorschlag war so vernünftig, daß diesmal die ganze Versammlung zustimmte, wenn auch noch mit einem gewissen Unbehagen.

»Wer geht sie holen?« fragten mehrere Stimmen.

Cruzada löste ihren Schwanz von einem Baumstamm und glitt hinaus.

»Ich gehe!« sagte sie. »Ich bin gleich wieder da.«

»Das war ja klar!« rief ihr Lanceolata nach. »Du als ihre Beschützerin wirst sie sicher gleich finden!«

Cruzada hatte gerade noch Zeit, ihr den Kopf zuzuwenden, und streckte ihr die Zunge heraus – eine Herausforderung für später.

3

Cruzada traf die Ñacaniná, als diese gerade einen Baum hinaufkletterte.

»He, Ñacaniná!« zischte sie leise.

Die Ñacaniná hörte ihren Namen, wartete aber vorsichtigerweise ab, bis sie erneut gerufen würde.

»Ñacaniná!« zischte Cruzada noch einmal, jetzt einen halben Ton höher.

»Wer ruft da nach mir?« antwortete die Natter.

»Ich bin es, Cruzada!«

»Ah, meine Cousine! ... Was willst du denn, liebste Cousine?«

»Es ist jetzt keine Zeit für Witzeleien, Ñacaniná ... Weißt du, was in dem Haus los ist?«

»Ja, der Mensch ist da ... Und?«

»Und weißt du auch, daß der Kongreß tagt?«

»Ah nein; das wußte ich nicht«, sagte die Ñacaniná und glitt kopfüber und so sicher wie auf einer waagerechten Ebene am Baum herab. »Dann muß ja etwas Ernstes passiert sein ... Was ist denn los?«

»Im Moment noch nichts, aber wir haben den Kongreß einberufen, gerade um zu verhindern, daß uns etwas passiert. Kurz gesagt: Wir wissen, daß mehrere Menschen in dem Haus sind und daß sie dableiben wollen. Das ist unser Tod.«

»Ich dachte, ihr selbst seid der Tod ... Ihr sagt das doch ständig«, sagte die Natter ironisch.

»Lassen wir das jetzt! Wir brauchen deine Hilfe, Ñacaniná.«

»Wozu? Ich hab mit dieser Sache nichts zu tun!«

»Wer weiß? Zu deinem Unglück siehst du uns Giftschlangen ja ziemlich ähnlich. Wenn du unsere Interessen verteidigst, verteidigst du auch deine.«

»Ich verstehe«, sagte die Ñacaniná, nachdem sie einen Augenblick lang alle Mißlichkeiten erwogen hatte, die sich für sie aus dieser Ähnlichkeit ergeben konnten.

»Also: können wir mit dir rechnen?«

»Was soll ich tun?«

»Nicht viel. Du gehst jetzt gleich zu dem Haus und versuchst zu sehen und zu hören, was vor sich geht.«

»Das ist ja wirklich nicht viel!« sagte Ñacaniná träge und rieb dabei ihren Kopf am Baumstamm. »Aber zufällig«, fügte

sie hinzu, »sitzt dort oben ein sicheres Abendessen für mich . . .
Eine wilde Truthenne, die es sich seit vorgestern in den Kopf
gesetzt hat, dort zu nisten . . .«

»Vielleicht findest du dort auch etwas zu essen«, redete ihr
Cruzada sanftmütig zu. Ihre Cousine sah sie mißtrauisch an.

»Also, dann mal los«, fuhr die Jarará fort. »Wir gehen zuerst
noch zum Kongreß.«

»O nein!« protestierte die Ñacaniná. »Das nicht! Ich tu euch
den Gefallen und damit hat sich's! Ich werde zum Kongreß
gehen, wenn ich zurückkomme . . . falls ich überhaupt zurückkomme. Ich kann wirklich darauf verzichten, früher als unbedingt nötig Terrificas faltige Pelle, Lanceolatas Killeraugen
und Coralinas dummes Gesicht zu sehen!«

»Coralina ist nicht da.«

»Egal. Der Rest reicht mir schon.«

»Ist ja schon gut«, sagte Cruzada, die nicht weiter darauf be-
harren wollte. »Aber wenn du nicht etwas langsamer machst,
komme ich nicht nach.«

Tatsächlich konnte die Jarará, auch wenn sie sich noch so
anstrengte, mit der Ñacaniná nicht mithalten, und dabei glitt
diese für ihre Begriffe fast langsam dahin.

»Dann bleib du doch hier; ganz in der Nähe sind ja auch die
anderen«, antwortete die Natter. Und sie stürmte mit voller
Geschwindigkeit davon und hatte ihre Cousine, die Viper, in
Sekundenschnelle hinter sich gelassen.

4

Eine Viertelstunde später war die Jägerin an ihrem Ziel angelangt. Im Haus waren alle noch wach. Durch die weitgeöffne-
ten Türen fiel helles Licht, und schon von weitem konnte die
Ñacaniná vier Männer sehen, die um den Tisch saßen.

Um unversehrt dorthin zu kommen, mußte sie nur den

problematischen Zusammenstoß mit einem Hund vermeiden. Ob es hier welche gab? Es war zu befürchten. Deshalb kroch die Ñacaniná ganz vorsichtig weiter, bis sie die Galerie erreicht hatte.

Sie glitt hinauf und schaute sich aufmerksam um. Weder vor ihr noch rechts, noch links war ein Hund zu sehen. Nur dort auf der gegenüberliegenden Galerie, die sie zwischen den Beinen der Männer hindurch sehen konnte, schlief ausgestreckt ein schwarzer Hund.

Sie hatte also freie Bahn. Da die Natter von ihrem Platz zwar alles hören konnte, aber keinen freien Blick auf die sich unterhaltenden Männer hatte, schaute sie kurz nach oben und hatte im Nu, was sie brauchte. Sie kletterte eine Leiter hinauf, die an die Hauswand gelehnt war, und ließ sich in dem freien Raum zwischen Wand und Dach lang ausgesteckt auf dem Querbalken nieder. Aber obwohl sie sich sehr vorsichtig bewegte, fiel ein alter Nagel auf den Boden, und einer der Männer sah hinauf.

»Jetzt ist es aus!« sagte sich Ñacaniná und hielt den Atem an.

Ein zweiter Mann schaute ebenfalls hinauf.

»Was ist los?« fragte er.

»Nichts«, erwiderte der erste. »Ich dachte, ich hätte da oben etwas Schwarzes gesehen.«

»Eine Ratte.«

»Da irrt sich der Mensch«, sagte die Natter leise.

»Oder eine Ñacaniná.«

»Der andere Mensch hat's getroffen«, murmelte die Genannte noch einmal und machte sich zum Kampf bereit.

Aber die Männer wandten ihren Blick wieder ab, und die Ñacaniná beobachtete und lauschte eine halbe Stunde lang.

5

Das Haus, das den ganzen Urwald so beunruhigte, war jetzt eine wissenschaftliche Einrichtung von höchster Bedeutung. Da schon seit längerer Zeit bekannt war, daß es in diesem Landesteil besonders viele Vipern gab, hatte die Regierung beschlossen, dort ein Institut für Schlangenserotherapie zu gründen, das Seren gegen das Gift der Vipern herstellen sollte. Bekanntlich scheitert die Herstellung größerer Mengen an Serum oft daran, daß nicht genügend Vipern zur Gewinnung des Giftes vorhanden sind; das häufige Vorkommen der Giftschlangen in der Nähe des Standortes ist deshalb für ein solches Institut besonders wichtig.

Die neue Einrichtung konnte schon bald mit ihrer Arbeit beginnen, weil sie über zwei Tiere verfügte – ein Pferd und einen Maulesel –, die bereits nahezu vollständig immunisiert waren. Das Labor und die Schlangenfarm waren eingerichtet, und der Bestand an Schlangen würde sich sicherlich bald erheblich vergrößern lassen, zumal das Institut schon einige Schlangen mitgebracht hatte, mit deren Gift die erwähnten Tiere immunisiert wurden. Aber wenn man bedenkt, daß ein Pferd im letzten Stadium der Immunisierung pro Injektion sechs Gramm Gift braucht (eine Menge, die ausreicht, zweihundertfünfzig Pferde zu töten), wird man verstehen, daß ein derartiges Institut über sehr viele Vipern verfügen muß.

Es war eine mühselige Angelegenheit, sich im Dschungel einzurichten, und so saß das Personal des Instituts in der ersten Zeit oft bis in die Nacht über Laborplänen und anderen Dingen.

»Und wie sieht es heute mit den Pferden aus?« fragte einer mit dunkler Brille, der der Chef des Instituts zu sein schien.

»Ziemlich schlecht«, antwortete ein anderer. »Wenn wir in den nächsten Tagen nicht genug zusammenbringen . . .«

Die Ñacaniná, die unbeweglich, ganz Auge und Ohr, auf dem Querbalken lag, beruhigte sich langsam wieder.

»Mir scheint«, sagte sie sich, »die giftigen Cousinen haben sich da einen ganz schönen Schrecken einjagen lassen. Von diesen Menschen ist kaum etwas zu befürchten . . .«

Und sie streckte den Kopf weiter vor, bis ihre Nase über die Kante des Balkens ragte, um alles noch aufmerksamer beobachten zu können.

Aber ein Unglück kommt selten allein.

»Heute haben wir einen schlechten Tag gehabt«, sagte einer der Männer. »Fünf Reagenzgläser sind zerbrochen . . .«

Die Ñacaniná empfand jetzt fast schon Mitleid mit ihnen.

»Die Ärmsten«, dachte sie, »fünf Gläschen sind ihnen zerbrochen . . .«

Und sie wollte gerade ihr Versteck verlassen, um dieses unschuldige Haus auszukundschaften, als sie hörte: »Den Vipern dagegen geht es bestens . . . Sie scheinen sich hier wohl zu fühlen.«

»Wie?« fuhr die Natter zusammen und züngelte blitzschnell. »Was sagt da dieser Kerl im weißen Anzug?«

Aber der Mann fuhr fort: »Ja, ich glaube, für sie ist die Gegend hier ideal . . . Und sie sind ja für die Pferde und für uns unentbehrlich.«

»Zum Glück können wir ja hier ausgiebig auf Vipernjagd gehen. Ganz ohne Zweifel sind wir hier im Land der Vipern.«

»Hm . . . hm . . . hm«, murmelte Ñacaniná und rollte sich so gut es ging auf dem Balken zusammen. »Jetzt sieht die Sache schon etwas anders aus . . . Da muß ich doch noch etwas länger bei diesen netten Menschen bleiben . . . Man erfährt hier ja interessante Dinge.«

So viele interessante Dinge hörte sie, daß sie, als sie sich nach einer halben Stunde zurückziehen wollte, im Überschwang ihrer neuerworbenen Weisheit eine falsche Bewegung machte, so daß ein Drittel ihres Körpers herunterfiel und gegen die Bretterwand schlug. Da sie mit dem Kopf voran gefallen war, konnte sie im Nu eifrig züngelnd Angriffshaltung zum Tisch hin einnehmen.

Die Ñacaniná, die bis zu drei Meter lang werden kann, ist mutig, mit Sicherheit die mutigste unter unseren Schlangen. Sie wehrt sich auch gegen einen entschlossenen Angriff des Menschen, obwohl er bedeutend größer ist als sie, und stellt sich immer zum Kampf. Da ihr eigener Mut sie glauben läßt, sie sei sehr gefürchtet, war unsere Ñacaniná ein wenig überrascht, als die Männer beruhigt zu lachen anfingen, nachdem sie gemerkt hatten, daß es sich um eine ganz gewöhnliche Ñacaniná handelte.

»Es ist eine Ñacaniná . . . Um so besser. Die kann uns das Haus von Ratten freihalten.«

»Ratten? . . .« zischte die Schlange. Und da sie in ihrer herausfordernden Haltung verharrte, stand schließlich einer der Männer auf.

»Sie mag ja noch so nützlich sein, aber sie ist trotzdem ein widerliches Vieh . . . Demnächst liegt sie dann abends noch in meinem Bett und sucht nach Mäusen . . .«

Und er nahm einen gerade greifbaren Stock und schleuderte ihn mit voller Wucht auf die Ñacaniná. Der Stock flog zischend am Kopf des Eindringlings vorbei und krachte gegen die Wand.

Es gibt solche und solche Angriffe. Außerhalb des Dschungels und unter vier Menschen fühlte sich die Ñacaniná nicht sehr wohl. Sie zog sich schleunigst zurück und konzentrierte dabei ihre ganze Energie auf die Eigenschaft, die neben dem Mut die zweite ihrer herausragenden Fähigkeiten ist: ihre Schnelligkeit.

Verfolgt vom Gebell des Hundes, der ihr noch ein gutes Stück nachspürte – was noch mehr Aufschluß über diese Leute gab –, kam die Natter an der Höhle an. Sie glitt über Lanceolata und Atrox hinweg und rollte sich halb tot vor Erschöpfung zusammen, um auszuruhen.

6

»Endlich!« riefen alle und scharten sich um die Kundschafterin.

»Wir haben schon geglaubt, du bleibst bei deinen Freunden, den Menschen . . .«

»Hm! . . .« murmelte Ñacaniná.

»Was gibt's zu berichten?« fragte Terrifica.

»Müssen wir auf einen Angriff gefaßt sein oder brauchen wir uns um die Menschen gar nicht zu kümmern?«

»Vielleicht wäre das am besten . . . Und auf das andere Ufer des Flusses gehen«, sagte Ñacaniná.

»Was? Wie?« fuhren alle auf. »Bist du noch ganz bei Trost?«

»Hört doch erst mal zu.«

»Dann erzähl schon!«

Und Ñacaniná erzählte alles, was sie gesehen und gehört hatte: die Einrichtung des Serotherapeutischen Instituts, seine Pläne, seine Absichten und der Entschluß der Menschen, sämtliche Vipern in dieser Gegend zu fangen.

»Uns fangen!« platzten Gold-Urutú, Cruzada und Lanceolata heraus, die zutiefst in ihrem Stolz verletzt waren. »Uns töten, willst du wohl sagen!«

»Nein! Nur fangen und dann einsperren! Ihr werdet gut gefüttert, und alle zwanzig Tage zapfen sie euch das Gift ab. Könnt ihr euch ein schöneres Leben vorstellen?«

Die Versammlung war sprachlos. Ñacaniná hatte sehr gut den Zweck dieses Giftabzapfens erklärt, nicht aber, auf welche Art und Weise das Serum gewonnen wurde.

Ein Serum gegen das Gift! Das bedeutet sichere Heilung, Immunisierung von Mensch und Tier gegen den Biß; die gesamte Familie dazu verurteilt, mitten im heimatlichen Dschungel Hungers zu sterben.

»Richtig!« bestätigte Ñacaniná. »Genau darum geht es dabei.«

Für die Ñacaniná war die drohende Gefahr viel geringer. Was ging es sie und ihre Schwestern, die Jägerinnen, an – sie, die mit bloßen Zähnen und Muskelkraft jagten –, ob die Tiere immunisiert waren oder nicht? Da war nur ein wunder Punkt, und zwar die übergroße Ähnlichkeit zwischen Nattern und Vipern, durch die es zu tödlichen Verwechslungen kommen konnte. Und deshalb war auch die Natter daran interessiert, daß das Institut beseitigt wurde.

»Ich bin bereit, als erste ins Feld zu ziehen«, sagte Cruzada.

»Hast du einen Plan?« fragte begierig Terrifica, der es immer an Ideen mangelte.

»Nein. Ich werde ganz einfach morgen nachmittag hingehen und warten, bis mir einer über den Weg läuft.«

»Sei vorsichtig«, sagte Ñacaniná eindringlich. »Es sind noch einige Käfige leer . . . Ach ja, fast hätte ich es vergessen!« fügte sie, zu Cruzada gewandt, hinzu. »Vorhin, als ich mich davonmachte, war da noch ein schwarzer, zottiger Hund . . . Ich glaube, er kann die Spur einer Viper verfolgen . . . Sei bloß vorsichtig!«

»Das werden wir dann schon sehen! Auf jeden Fall beantrage ich, daß für morgen abend die Vollversammlung einberufen wird. Wenn ich nicht teilnehmen kann, dann hab ich eben Pech gehabt . . .«

Doch die Versammlung war erneut wie vom Schlag gerührt. »Ein Hund, der unsre Spur verfolgen kann? . . . Bist du sicher?«

»Fast. Seid auf der Hut vor diesem Hund, der kann uns mehr schaden als alle Menschen zusammen!«

»Um den kümmere ich mich schon«, rief Terrifica, froh darüber, daß sie ohne größere geistige Anstrengung ihre Giftdrüsen ins Spiel bringen konnte, deren Inhalt schon bei der geringsten Nervenanspannung durch ihre Giftkanäle rann.

Aber jede einzelne Viper schickte sich bereits an, die Nachricht in ihrem Bezirk zu verbreiten, und Ñacaniná als Kletterkünstlerin gab man den besonderen Auftrag, auf den Bäumen Alarm zu schlagen, wo sich die Nattern am liebsten aufhalten.

Um drei Uhr morgens löste sich die Versammlung auf. Die Vipern, die sich bei der Rückkehr ins normale Leben schon nicht mehr kannten, gingen still und mit düsterer Miene in verschiedene Richtungen auseinander, während im Innern der Höhle die Klapperschlange zusammengerollt und reglos zurückblieb und mit ihren harten, gläsernen Augen auf ein Traumbild von tausend gelähmten Hunden starrte.

7

Es war ein Uhr nachmittags. Über das glühende Feld, im Schutze der Espartobüschel, kroch Cruzada auf das Haus zu. Sie hatte nur einen einzigen Gedanken und hielt auch keinen anderen für notwendig, als den ersten Menschen zu töten, der ihr über den Weg laufen würde. Sie erreichte die Galerie und wartete zusammengerollt. So verging eine halbe Stunde. Die drückende Hitze, die schon seit drei Tagen herrschte, begann sich gerade schwer auf die Augen der Jarará zu legen, als sich von drinnen ein dumpfes Beben näherte. Die Tür war offen, und vor der Viper, nur dreißig Zentimeter von ihrem Kopf entfernt, tauchte der Hund auf, der schwarze, zottige Hund, mit vor Müdigkeit halb geschlossenen Augen.

»Verdammte Bestie!« dachte Cruzada. »Ein Mensch wäre mir lieber gewesen.«

In diesem Augenblick blieb der Hund schnuppernd stehen und drehte den Kopf zu ihr ... Zu spät! Er unterdrückte ein erschrockenes Jaulen und schüttelte wie von Sinnen die vom Biß getroffene Schnauze.

»Der hat sein Teil«, zischte Cruzada und ging wieder in die Ausgangsstellung zurück. Der Hund wollte sich gerade auf die

Viper stürzen, doch als er die Schritte seines Herrn hörte, duckte er sich nur und bellte die Jarará an. Der Mann mit der getönten Brille tauchte neben Cruzada auf.

»Was ist los?« fragte jemand auf der gegenüberliegenden Galerie.

»Eine Alternatus ... Schönes Exemplar«, antwortete der Mann. Und bevor sie sich zur Wehr setzen konnte, spürte die Viper, wie ihr eine Art Klemme, die am Ende eines Stabs befestigt war, den Hals zudrückte.

Die Jarará ächzte vor Wut, als sie sich so in ihrem Stolz verletzt sah. Sie warf ihren Körper nach allen Seiten, versuchte vergeblich, sich hochzuziehen und um den Stab zu rollen. Unmöglich; sie konnte sich nicht auf ihren Schwanz stützen, auf jenen berühmten Aufstützpunkt, ohne den selbst eine mächtige Boa zu erbärmlichster Ohnmacht verurteilt ist. Hilflos am Ende des Stocks baumelnd, wurde sie weggetragen und in das Schlangengehege geworfen.

Dieses bestand einfach aus einem mit glatten Blechplatten umfriedeten Areal, das mit einigen Käfigen ausgestattet war und dreißig oder vierzig Vipern beherbergte. Cruzada fiel auf die Erde und blieb einen Augenblick lang zusammengerollt und ganz benommen in der glühenden Sonne liegen.

Die Einrichtung war offensichtlich provisorisch; große, flache, mit Teer abgedichtete Kisten dienten den Vipern als Bad, und einige Kästchen und Steinhaufen boten den Gästen dieses improvisierten Paradieses Schutz.

Kurz darauf umzingelten die Jarará fünf oder sechs Gefährtinnen und krochen über sie hinweg, um herauszufinden, welcher Art sie angehörte.

Cruzada kannte sie alle; bis auf eine große Viper, die in einem mit Drahtgeflecht verschlossenen Käfig badete. Wer war das? Die Jarará hatte noch nie eine solche Schlange gesehen und kroch, nun ihrerseits neugierig geworden, langsam auf den Käfig zu.

Sie kam so nah heran, daß die Unbekannte sich aufrichtete. Cruzada unterdrückte ein Zischen der Verwunderung und rollte sich in Abwehrhaltung zusammen. Die große Viper hatte jetzt ihren Hals aufgebläht, und zwar derart monströs, wie Cruzada es noch bei keiner anderen gesehen hatte. Das war wirklich ein außergewöhnlicher Anblick.

»Wer bist du?« fragte Cruzada. »Bist du eine von uns?«

Eine Giftschlange also. Die andere zog ihre beiden großen Ohren wieder ein, da sie nun überzeugt war, daß die Jarará sie nicht angreifen wollte.

»Ja«, sagte sie, »aber nicht von hier; von sehr weit . . ., von Indien.«

»Wie heißt du?«

»Hamadrias . . . oder Königskobra.«

»Ich bin Cruzada.«

»Ja, ich weiß. Ich habe schon viele deiner Schwestern gesehen . . . Wann haben sie dich erwischt?«

»Gerade eben. Ich konnte nicht zubeißen.«

»Es wäre besser für dich gewesen, wenn sie dich getötet hätten.«

»Aber ich habe den Hund getötet.«

»Welchen Hund? Den von hier?«

»Ja.«

Die Königskobra fing an zu lachen, während Cruzada erneut zusammenzuckte: der zottige Hund, den sie glaubte getötet zu haben, bellte gerade los . . .

»Das überrascht dich wohl, was?« sagte Hamadrias. »Es ist schon vielen genauso gegangen.«

»Aber ich habe ihn doch in den Kopf gebissen«, antwortete Cruzada nun völlig verwirrt. »Ich habe keinen Tropfen Gift mehr!« Es ist nämlich eine Besonderheit der Jararás, daß sie bei einem Biß ihre Drüsen fast ganz entleeren.

»Für ihn ist es gleich, ob du sie entleert hast oder nicht.«

»Kann er denn nicht sterben?«

»Doch, aber nicht durch uns. Er ist immunisiert. Aber du weißt ja nicht, was das ist . . .«

»Klar weiß ich das!« widersprach Cruzada lebhaft. »Ñacaniná hat es uns erzählt!«

Die Königskobra schaute sie aufmerksam an.

»Du scheinst ja ganz gescheit zu sein.«

»Mindestens so gescheit wie du«, erwiderte Cruzada.

Der Hals der Asiatin blähte sich erneut jäh auf, und erneut ging die Jarará in Abwehrhaltung.

Die beiden Vipern schauten sich lange an, und der Schild der Kobra schwoll langsam wieder ab.

»Gescheit und mutig«, sagte Hamadrias. »Mit dir kann man reden . . . Kennst du den Namen meiner Art?«

»Hamadrias, nehme ich an.«

»Oder Naia bungarus . . . oder Königskobra. Im Vergleich zur gewöhnlichen Kobra in Indien sind wir das, was du im Vergleich zu einer dieser Coatiaritas bist . . . Und weißt du auch, wovon wir uns ernähren?«

»Nein.«

»Von amerikanischen Vipern – unter anderem«, schloß sie und wiegte dabei den Kopf vor Cruzada hin und her.

Diese schätzte mit einem kurzen Blick die Größe der schlangenfressenden Ausländerin ab.

»Zwei Meter fünfzig?«

»Sechzig . . ., zwei sechzig, kleine Cruzada«, erwiderte die andere, die ihrem Blick gefolgt war.

»Eine beachtliche Größe. Ungefähr so lang wie Anaconda, eine meiner Cousinen. Weißt du, wovon die sich ernährt?«

»Ich nehme an . . .«

»Genau, von asiatischen Vipern.« Und sie schaute nun ihrerseits Hamadrias herausfordernd an.

»Gut gekontert!« sagte diese und wiegte sich erneut hin und her. Nachdem sie sich den Kopf im Wasser abgekühlt hatte, fügte sie träge hinzu: »Eine Cousine, hast du gesagt?«

»Ja.«

»Ohne Gift also?«

»So ist es ... Und genau deswegen hat sie eine so große Schwäche für giftige Ausländerinnen.«

Aber die Asiatin war in Gedanken versunken und hörte ihr schon nicht mehr zu.

»Hör mal!« sagte sie plötzlich. »Ich hab die Nase voll von Menschen, Hunden, Pferden und diesem ganzen Abgrund an Dummheit und Grausamkeit! Du verstehst mich, aber die da ... Ich bin jetzt schon seit anderthalb Jahren in einem Käfig eingesperrt wie eine Ratte und werde immer wieder mißhandelt und gefoltert. Und am schlimmsten ist, daß mich diese gemeinen Menschen verachten und wie ein Stück Dreck behandeln ... Ausgerechnet ich, die ich Mut, Kraft und Gift genug habe, um mit ihnen allen fertig zu werden, bin dazu verurteilt, mein Gift für die Herstellung von Schlangenserum herzugeben. Du kannst dir nicht vorstellen, wie das meinen Stolz verletzt! Verstehst du mich?« schloß sie und schaute der Jarará in die Augen.

»Ja. Was soll ich tun?«

»Nur eines; ein einziges Mittel haben wir, um endlich unseren Rachedurst zu stillen ... Komm etwas näher, damit man uns nicht hört ... Du weißt ja, daß wir uns, wenn wir unsere Kraft entfalten wollen, unbedingt irgendwo aufstützen müssen ... Allein davon hängt unsere Rettung ab. Nur ...«

»Was?«

Die Königskobra sah Cruzada noch einmal fest in die Augen.

»Nur daß du dabei umkommen kannst ...«

»Nur ich?«

»O nein! Ein paar von den Menschen werden auch sterben ...«

»Das ist mein einziger Wunsch! Sprich weiter.«

»Komm aber noch ein wenig näher ... Noch näher!«

Das Gespräch ging noch eine Weile so leise weiter, und die Jarará preßte dabei ihren Körper so fest gegen das Drahtgeflecht, daß sich ihre Schuppen abrieben. Plötzlich schnellte die Kobra vor und biß Cruzada dreimal. Die Vipern, die den Zwischenfall von weitem verfolgt hatten, riefen: »Da haben wir's! Jetzt hat sie sie getötet! So ein hinterhältiges Stück!«

Cruzada, die drei Bisse im Hals hatte, schleppte sich mühselig durch das Gras und blieb bald reglos liegen. So fand sie noch der Gehilfe des Instituts, als er drei Stunden später das Schlangengehege betrat. Der Mann sah die Jarará, drehte sie mit dem Fuß um wie ein Stück Seil und betrachtete ihren weißen Bauch.

»Die ist tot, mausetot ...«, sagte er. »Aber wodurch?«

Und er bückte sich, um sich die Viper genauer anzusehen. Er brauchte sie nicht lange zu untersuchen: am Hals und direkt am Kopfansatz waren die unverwechselbaren Spuren von Giftzähnen zu erkennen.

»Hm ...«, sagte sich der Mann. »Das kann nur die Hamadrias gewesen sein ... Dort drüben liegt sie zusammengerollt und schaut mich an, als ob ich auch eine Alternatus wäre. Wie oft habe ich dem Direktor nicht schon gesagt, daß die Maschen des Geflechts zu groß sind. Da ist der Beweis ... Na ja, ein Vieh weniger zu hüten«, und er packte Cruzada am Schwanz und warf sie über die Blecheinfriedung.

Er ging zum Direktor: »Die Hamadrias hat die Jarará gebissen, die wir vorhin reingeworfen haben. Wir werden ihr nur sehr wenig Gift abzapfen können.«

»Das hat gerade noch gefehlt. Wir brauchen doch heute das Gift ... Wir haben nur noch eine einzige Ampulle Serum ... Ist die Alternatus tot?«

»Ja; ich hab sie rausgeworfen ... Soll ich die Hamadrias bringen?«

»Es bleibt uns gar nichts anderes übrig. Aber erst wenn wir das zweite Mal abzapfen, in zwei bis drei Stunden.«

8

. . . Sie fühlte sich zerschlagen und völlig entkräftet. Ihr Maul war voller Erde und Blut. Wo war sie?

Der dichte Schleier vor ihren Augen begann sich aufzulösen, und Cruzada konnte die Umgebung wahrnehmen. Sie sah – und erkannte – die Zinkwand, und plötzlich fiel ihr alles wieder ein: der schwarze Hund, die Schlinge, die riesige asiatische Schlange und ihr Schlachtplan, in dem sie selbst, Cruzada, ihr Leben aufs Spiel setzen mußte. Sie erinnerte sich an alles, jetzt, da die durch das Gift hervorgerufene Lähmung nachzulassen begann. Und mit der Erinnerung wurde ihr auch wieder bewußt, was sie zu tun hatte. Reichte die Zeit noch?

Sie versuchte sich fortzuschleppen, doch vergeblich. Ihr Körper wand sich zwar in schlängelnden Bewegungen, jedoch immer auf derselben Stelle, ohne vorwärts zu kommen. So verging noch eine ganze Weile, und ihre Unruhe wuchs.

»Dabei bin ich nur dreißig Meter entfernt«, dachte sie. »Hätte ich doch nur noch für zwei Minuten, für eine einzige Minute die Kraft zum Leben, dann käme ich noch rechtzeitig.«

Nach einer erneuten Anstrengung gelang es ihr, fortzukriechen und sich mit letzter Kraft zum Labor zu schleppen.

Sie überquerte den Hof und erreichte gerade in dem Augenblick die Tür, als der Gehilfe die Hamadrias mit beiden Händen so festhielt, daß sie frei in der Luft hing, während der Mann mit der getönten Brille ihr das Uhrglas in das Maul einführte. Seine Hand war bereits im Begriff, auf die Giftdrüsen zu drücken, und Cruzada war erst an der Türschwelle.

»Ich schaffe es nicht mehr!« sagte sie sich verzweifelt. Und während sie sich mit letzter Anstrengung vorwärts schleppte, klappte sie ihre schneeweißen Eckzähne nach vorne. Als der Gehilfe spürte, wie sich die Zähne der Jarará in seinen nackten Fuß brannten, stieß er einen Schrei aus und sprang hoch. Nicht sehr heftig, aber doch so, daß der hängende Körper der Königskobra hin und her pendelte, so daß sie das Tischbein erreichen und sich blitzschnell darumschlingen konnte. Derart abgestützt, gelang es ihr, den Kopf aus den Händen des Gehilfen zu reißen und ihre Eckzähne bis zur Wurzel in das linke Handgelenk des Mannes mit der dunklen Brille zu hauen – genau in eine Vene.

Geschafft! Bei den ersten Schreien flohen beide, die asiatische Kobra und die Jarará, ohne verfolgt zu werden.

»Eine Stütze!« sagte die Kobra, während sie in fliegender Hast über das Feld eilte. »Nur das hatte mir gefehlt. Und jetzt hat es endlich geklappt!«

»Ja«, sagte an ihrer Seite die Jarará, die noch immer große Schmerzen hatte. »Aber ich würde das Spiel nicht noch einmal mitmachen . . .«

Drüben, im Haus, hingen vom Handgelenk des Mannes zwei schwarze Fäden klebrigen Blutes herab. Der Biß einer Hamadrias in eine Vene ist eine zu ernste Sache, als daß ein Sterblicher ihr lange mit offenen Augen standhalten könnte – und die des Verwundeten schlossen sich nach vier Minuten für immer.

9

Der Kongreß war vollzählig versammelt. Außer Terrifica, Ñacaniná und den Jararás Gold-Urutú, Coatiarita, Neuwied, Atrox und Lanceolata war auch Coralina gekommen, die mit dem dummen Gesicht, wie Ñacaniná behauptete, was aber nichts daran ändert, daß ihr Biß zu den schmerzhaftesten gehört. Außerdem ist sie schön, unbestreitbar schön mit ihren roten und schwarzen Ringen. Da die Vipern sich bekanntlich sehr viel auf ihre Schönheit einbilden, war Coralina höchst erfreut über die Abwesenheit ihrer Schwester Frontalio, denn die dreifachen schwarzen und weißen Ringe auf purpurfarbenem Grund stellen diese Korallenschlange auf die höchste Stufe der Schlangenschönheit.

Die Jägerinnen waren in dieser Nacht durch Drymobia vertreten, deren Schicksal es ist, Wald-Jararacussú genannt zu werden, obwohl sie ganz anders aussieht. Ebenfalls anwesend waren Cipó, die große Vogeljägerin in ihrem schönen Grün, die kleine, dunkle Radinea, die sich immer in Tümpeln aufhält, Boipeva, die sich ganz flach gegen den Boden drücken kann, wenn sie sich bedroht fühlt, Trigemina, eine Korallenschlange mit ebenso grazilem Körper wie ihre Genossinnen, die Baumschlangen, und schließlich Aesculapia, auch eine Korallenschlange, deren Erscheinen aus Gründen, die wir gleich erfahren werden, allgemein mit mißtrauischen Blicken aufgenommen wurde.

Es fehlten aber auch einige Arten der Giftschlangen und der Jägerinnen, und das bedarf noch einer Erklärung.

Als wir von der Vollzähligkeit des Kongresses sprachen, meinten wir damit die große Mehrheit der Arten, und vor allem derjenigen, die man wegen ihrer Bedeutung *königlich* nennen könnte.

Schon auf dem ersten Kongreß der Vipern war vereinbart worden, daß die häufig vorkommenden Arten, wenn sie in ihrer Mehrheit versammelt sind, unanfechtbare und für alle geltende Beschlüsse fassen können. Und deshalb galt auch dieser Kongreß als vollzählig, wenngleich die Abwesenheit der Jarará Surucucú, die man nirgendwo hatte finden können, sehr zu bedauern war, insbesondere weil diese Viper, die bis zu drei Meter lang werden kann, zugleich Königin Amerikas und Vizekaiserin des Weltreiches der Vipern ist, denn nur eine übertrifft sie an Größe und an Stärke des Gifts: die asiatische Hamadrias.

Es fehlten, außer Cruzada, noch ein paar andere, aber die Vipern taten alle so, als merkten sie ihre Abwesenheit nicht.

Dennoch konnten sie nicht umhin, sich umzudrehen, als

zwischen dem Farnkraut ein Kopf mit großen, lebhaften Augen auftauchte.

»Ist es gestattet?« fragte die Besucherin fröhlich.

Als wäre ein Stromstoß durch ihre Körper gefahren, hoben alle Vipern beim Klang dieser Stimme den Kopf.

»Was willst du hier?« schrie Lanceolata ganz aufgebracht.

»Du hast hier nichts verloren!« rief Gold-Urutú und ließ dabei zum erstenmal einen Anflug von Lebhaftigkeit spüren.

»Raus! Raus!« schrien einige in höchster Erregung.

Aber Terrifica konnte sich mit einem deutlichen, wenngleich zitternden Zischen Gehör verschaffen.

»Genossinnen! Vergeßt nicht, daß wir hier auf einem Kongreß sind, und wir alle kennen seine Gesetze. Solange er andauert, darf niemand Gewalt anwenden. Komm herein, Anaconda!«

»Gut gesprochen!« rief Ñacaniná mit versteckter Ironie. »Die edelmütigen Worte unserer Königin sind eine Garantie unserer Sicherheit. Komm herein, Anaconda!«

Und der lebhafte, sympathische Kopf Anacondas kam näher und zog den zweieinhalb Meter langen, dunklen, geschmeidigen Körper hinter sich her. Sie glitt an allen vorbei, wechselte einen verständnisinnigen Blick mit der Ñacaniná und ließ sich mit leisem, zufriedenem Zischen neben Terrifica nieder, die unwillkürlich zusammenfuhr.

»Stör ich dich?« fragte Anaconda sie höflich.

»Nein, keineswegs!« antwortete Terrifica. »Meine Giftdrüsen stören mich, die sind so voll . . .«

Anaconda und Ñacaniná wechselten noch einmal einen ironischen Blick und hörten dann aufmerksam zu.

Die offenkundige Feindseligkeit der Versammlung gegenüber der Neuangekommenen hatte einen ganz bestimmten Grund, den man nicht unterschätzen sollte. Die Anaconda war schon immer die Königin aller Schlangen, einschließlich der malaiischen Python, und wird es auch bis in alle Zukunft bleiben. Sie verfügt über außergewöhnliche Kräfte, und kein Wesen aus Fleisch und Blut kann ihrer Umklammerung standhalten. Wenn sie langsam ihren glatten Körper mit den großen schwarzsamtenen Flecken aus dem Laubwerk herabgleiten läßt, herrscht im ganzen Urwald Zittern und Zagen. Doch die Anaconda ist viel zu stark, um irgend jemand zu hassen – mit einer einzigen Ausnahme –, und im Bewußtsein ihrer Stärke bewahrt sie immer ein freundschaftliches Verhältnis zu den Menschen. Wenn sie aber jemand verabscheut, dann sind das natürlich die Giftschlangen; deshalb also regten sich die Vipern derart auf, als die höfliche Anaconda erschien.

Anaconda stammte allerdings nicht aus dieser Gegend. Beim Umherstreifen in den schäumenden Wassern des Paraná war sie einmal bei besonders hohem Wasserstand bis hierher gelangt und dann in der Gegend geblieben. Sie fühlte sich hier wohl und kam mit allen gut aus, insbesondere mit Ñacaniná, mit der sie innige Freundschaft geschlossen hatte. Sie war übrigens noch eine sehr junge Anaconda, die bei weitem noch nicht die zehn Meter Länge ihrer glücklichen Vorfahren maß. Aber ihre zweieinhalb Meter kann man getrost doppelt zählen, bedenkt man die Stärke dieser prächtigen Boa, die in der Abenddämmerung aus reinem Spaß an der Freude den ganzen Amazonas durchquert und dabei noch den halben Körper aus dem Wasser streckt.

Aber Atrox hatte gerade vor einer Versammlung, die schon gar nicht mehr bei der Sache war, das Wort ergriffen. »Ich glaube, wir könnten jetzt endlich anfangen«, sagte sie.

»Vor allem müssen wir wissen, was Cruzada herausbekommen hat. Sie hat versprochen, gleich wieder hier zu sein.«

»Sie hat versprochen«, warf die Ñacaniná ein, »wieder hier zu sein, sobald sie kann. Wir müssen auf sie warten.«

»Wozu denn?« erwiderte Lanceolata, ohne der Natter auch nur den Kopf zuzuwenden.

»Was heißt hier ›wozu denn‹?« rief diese und richtete sich auf. »Man muß schon so stockdumm sein wie eine Lanceolata, um so etwas zu sagen ... Ich bin es jetzt leid, auf diesem Kongreß ständig nur schwachsinniges Geschwätz zu hören! Man könnte ja meinen, daß die Giftschlangen allein die ganze Familie vertreten! Jeder weiß, außer der da« – sie zeigte mit dem Schwanz auf Lanceolata –, »daß unser Plan davon abhängt, was uns Cruzada zu berichten hat ... Und da fragt die noch, warum wir warten sollen! Wenn sich Leute, die so etwas fragen können, auf diesem Kongreß durchsetzen, dann sind wir aufgeschmissen.«

»Keine Beleidigungen«, ermahnte Coatiarita sie ernst.

Die Ñacaniná drehte sich zu ihr um: »Halt du dich da gefälligst raus!«

»Keine Beleidigungen«, wiederholte Coatiarita würdevoll.

Ñacaniná hörte nun doch auf die immer so korrekte Kleine und änderte ihren Ton.

»Das Cousinchen hat recht«, sagte sie schließlich ruhig. »Lanceolata, ich bitte dich um Verzeihung.«

»Nicht der Rede wert!« erwiderte die Jarará wütend.

»Trotzdem, ich bitte dich noch einmal um Verzeihung.«

Zum Glück kam Coralina herein, die am Eingang der Höhle Ausschau gehalten hatte, und zischelte: »Da kommt Cruzada!«

»Endlich!« riefen die Kongreßteilnehmerinnen erleichtert.

Aber ihre Freude schlug in sprachloses Staunen um, als sie hinter der Jarará eine riesige, ihnen völlig unbekannte Viper hereinkommen sahen.

Während Cruzada sich neben Atrox niederließ, rollte sich der Eindringling langsam und bedächtig in der Mitte der Höhle zusammen und blieb reglos liegen.

»Terrifica!« sagte Cruzada. »Heiße sie willkommen. Sie ist eine von uns.«

»Wir sind Schwestern!« beeilte sich die Klapperschlange zu sagen und beäugte sie unruhig.

Die Vipern brannten vor Neugier und krochen alle auf die Neuangekommene zu.

»Sie sieht aus wie eine unserer ungiftigen Cousinen«, sagte eine leicht verächtlich.

»Ja«, fügte eine andere hinzu. »Sie hat runde Augen.«

»Und einen langen Schwanz.«

»Und außerdem ...«

Aber plötzlich verstummten alle, denn die Unbekannte hatte gerade ihren Hals ungeheuerlich aufgebläht, jedoch kaum länger als eine Sekunde. Ihr Schild erschlaffte wieder, als sie sich in gereiztem Ton an ihre Freundin wandte.

»Cruzada, sag ihnen, sie sollen mir nicht zu nah kommen. Ich kann mich sonst nicht beherrschen.«

»Ja, laßt sie in Ruhe!« rief Cruzada. »Immerhin hat sie mir gerade das Leben gerettet und vielleicht auch uns allen.«

Das genügte. Der Kongreß hörte eine Weile gespannt dem Bericht Cruzadas zu, die alles erzählen mußte: von der Begegnung mit dem Hund, der Schlinge des Mannes mit der getönten Brille und dem großartigen Plan von Hamadrias mit seinem tödlichen Ausgang bis zu dem tiefen Schlaf, in dem die Jararí noch vor einer Stunde gelegen hatte.

»Ergebnis: zwei Mann außer Gefecht, und zwar von den gefährlichsten. Jetzt müssen wir nur noch die übrigen ausschalten.«

»Oder die Pferde!« sagte Hamadrias.

»Oder den Hund!« fügte die Ñacaniná hinzu.

»Ich glaube, eher die Pferde«, beharrte die Königskobra. »Und zwar aus folgendem Grund: Solange die Pferde am Leben bleiben, kann ein einziger Mensch Tausende von Reagenzgläsern mit Serum herstellen, und damit werden sie sich dann gegen uns immunisieren. Ihr wißt ja, daß sich nur selten die Gelegenheit bietet, in eine Vene zu beißen, so wie gestern. Ich bleibe also dabei, daß wir unseren Angriff ganz auf die Pferde konzentrieren müssen. Danach werden wir weitersehen! Und was den Hund angeht«, schloß sie mit einem Seiten-blick auf die Ñacaniná, »der braucht uns, glaube ich, nicht sonderlich zu kümmern.«

Ganz offensichtlich konnten sich die asiatische Schlange und die einheimische Ñacaniná vom ersten Augenblick an nicht leiden. Während die Asiatin, als Giftschlange, für die Jägerin etwas Minderwertiges war, erregte diese wegen ihrer Kraft und Behendigkeit den Haß und die Eifersucht der Hamadrias, so daß es ganz den Anschein hatte, als sollte sich die alte, hartnäckige Rivalität zwischen giftigen und nichtgif-tigen Schlangen auf diesem letzten Kongreß noch mehr zu-spitzen.

»Ich für mein Teil glaube«, antwortete Ñacaniná, »daß Pferde und Menschen in diesem Kampf zweitrangig sind. Es mag uns ja ein leichtes sein, die einen wie die anderen auszuschalten, aber sie sind gar nichts verglichen mit dem, was der Hund mit uns anstellen kann, wenn es den Männern einfällt, eine regel-rechte Treibjagd zu veranstalten. Und ihr könnt euch darauf verlassen, daß sie es schon innerhalb der nächsten vierund-zwanzig Stunden tun werden. Ein Hund, der gegen jeden Biß immun ist, auch gegen den dieser Dame mit dem Hut am Hals«, fuhr sie fort und zeigte dabei von der Seite auf die Königskobra, »ist der Feind, den wir am meisten zu fürchten haben, vor allem, wenn man bedenkt, daß dieser Feind dazu abgerichtet ist, unsere Spur zu verfolgen. Was meinst du, Cruzada?«

Auf dem Kongreß war die ungewöhnliche Freundschaft zwischen der Viper und der Natter allgemein bekannt; viel-leicht war es auch nicht so sehr Freundschaft als vielmehr die gegenseitige Achtung vor der Intelligenz der anderen.

»Ich bin derselben Ansicht wie Ñacaniná«, erwiderte sie. »Wenn der Hund in Aktion tritt, sind wir verloren.«

»Dann müssen wir ihm eben zuvorkommen!« entgegnete Hamadrias.

»Dazu dürfte uns kaum die Zeit reichen ... Ich finde den Vorschlag der Cousine eindeutig besser.«

»Das hab ich mir gedacht«, sagte diese ruhig.

Das war mehr, als die Königskobra ertragen konnte, ohne daß ihr vor Wut das Gift in die Eckzähne schoß.

»Ich weiß ja nicht, welches Gewicht die Meinung dieser redseligen jungen Dame überhaupt haben soll«, sagte sie und gab der Ñacaniná ihren Seitenblick zurück. »Die eigentlich Gefährdeten bei dieser Sache sind schließlich wir, die Giftschlangen, die wir den Tod auf unser schwarzes Banner geschrieben haben. Die Nattern wissen genau, daß der Mensch sie nicht fürchtet, weil sie ja vollkommen unfähig sind, Furcht einzuflößen.«

»Endlich mal ein vernünftiges Wort!« sagte eine Stimme, die man noch nicht vernommen hatte.

Hamadrias drehte sich jäh um, weil sie glaubte, im ruhigen Ton der Stimme eine leichte Ironie bemerkt zu haben, und sah zwei große, glänzende Augen, die sie freundlich anschauten.

»Sprichst du mit mir?« fragte sie verächtlich.

»Ja, mit dir«, erwiderte sanft die Zwischenruferin. »Was du gesagt hast, ist von tiefer Wahrheit durchdrungen.«

Die Königskobra spürte wieder die Ironie und ließ ahnungsvoll einen flüchtigen Blick über den Körper ihrer Gesprächspartnerin gleiten, die zusammengerollt im Halbdunkel lag.

»Du bist Anaconda!«

»Du sagst es!« entgegnete diese mit einer leichten Verbeugung.

Aber die Ñacaniná wollte ein für allemal Klarheit schaffen.

»Einen Augenblick!« rief sie.

»Nein!« unterbrach Anaconda. »Laß mich zuerst noch etwas sagen, Ñacaniná. Wenn ein Wesen gut gebaut ist, behende, stark und schnell, dann bezwingt es seine Feinde mit der Kraft seiner Sehnen und Muskeln, in die alle kämpferischen Geschöpfe ihre ganze Ehre setzen. So jagen der Falke, der Jaguar, der Tiger, wir, kurz, alle Wesen von edler Gestalt. Wenn man aber schwerfällig, plump, nicht sonderlich intelligent und folglich unfähig ist, offen um sein Leben zu kämpfen, dann hat man ein Paar Eckzähne, um hinterhältig zu morden wie diese importierte Dame, die uns mit ihrem großen Hut beeindrucken will.«

Tatsächlich hatte die Königskobra, außer sich vor Wut, ihren monströsen Hals aufgebläht und wollte sich auf ihre dreiste Widersacherin stürzen. Aber der ganze Kongreß hatte sich angesichts dieser Haltung ebenfalls aufgerichtet.

»Vorsicht!« schrien einige gleichzeitig. »Der Kongreß ist unantastbar!«

»Weg mit dem Blähhals!« brauste Atrox mit zornglühenden Augen auf.

Hamadrias drehte sich mit wütendem Zischen zu ihr um.

»Weg mit dem Blähhals!« kamen ihr Gold-Urutú und Lanceolata zuvor.

Einen Augenblick lang bäumte sich in Hamadrias alles auf, als sie daran dachte, wie leicht sie ihre Gegenspielerinnen nacheinander hätte niedermachen können. Doch angesichts der kampfbereiten Haltung des gesamten Kongresses zog sie ihren Schild langsam wieder ein.

»Gut«, zischte sie. »Ich respektiere den Kongreß. Aber wenn er zu Ende ist . . ., daß mich dann bloß keiner provoziert!«

»Niemand wird dich provozieren«, sagte Anaconda.

Die Kobra wandte sich ihr haßerfüllt zu: »Du bestimmt nicht, du hast ja Angst vor mir!«

»Ich und Angst!« antwortete Anaconda und kam auf die Kobra zu.

»Seid friedlich!« beschwichtigten die anderen. »Wir geben ja ein denkbar schlechtes Beispiel ab! Wir sollten lieber endlich mal entscheiden, was zu tun ist.«

»Ja, es ist höchste Zeit«, sagte Terrifica. »Zwei Vorschläge liegen vor: der von Ñacaniná und der unserer Verbündeten. Greifen wir zuerst den Hund an, oder gehen wir mit allen verfügbaren Kräften gegen die Pferde vor?«

Zwar neigte im Grunde die Mehrheit eher dazu, sich dem Vorschlag der Natter anzuschließen, doch durch ihr Äußeres, ihre Größe und die von ihr bewiesene Intelligenz hatte die asiatische Schlange einen günstigen Eindruck auf den Kongreß gemacht. Ihr hervorragender Schachzug gegen das Personal des Instituts war allen noch gegenwärtig: Was immer bei ihrem neuen Plan herauskommen mochte, fest stand jedenfalls, daß man ihr bereits die Ausschaltung zweier Menschen zu verdanken hatte. Überdies war sich, außer Ñacaniná und Cruzada, die bereits an der Front gewesen waren, keine darüber im klaren, welch schrecklicher Feind ein immunisierter und auf die Verfolgung von Vipern dressierter Hund war. Es ist daher durchaus verständlich, daß sich am Ende der Plan der Königskobra durchsetzte.

Es war schon sehr spät, doch bei der Frage, ob man den Angriff noch durchführen sollte, ging es ja um Leben und Tod, und so wurde beschlossen, unverzüglich aufzubrechen.

»Also los!« schloß die Klapperschlange. »Hat noch jemand etwas zu sagen?«

»Nein!« schrie Ñacaniná. »Außer, daß wir es noch bereuen werden!«

Und die Vipern und Nattern machten sich auf den Weg zum Institut, verstärkt noch durch zahlreiche Schlangen der verschiedenen Arten, die sich ihren Vertretern anschlossen, als diese aus der Höhle kamen.

»Und merkt euch eins«, rief Terrifica noch, »solange der Feldzug dauert, gelten die Regeln des Kongresses, das heißt, wir sind füreinander unantastbar. Ist das klar?«

»Jaja, genug der Worte!« zischten alle.

Die Königskobra warf Anaconda, als diese an ihr vorbeiglitt, einen finsteren Blick zu: »Nachher . . .«

»Das will ich meinen«, fiel Anaconda ihr vergnügt ins Wort und schloß pfeilschnell zur Spitze auf.

10

Die Mitarbeiter des Instituts hielten am Bett des von der Jarará gebissenen Gehilfen Wache. Bald mußte der Tag anbrechen. Einer der Männer lehnte sich aus dem Fenster, durch das die warme Nachtluft hereindrang. In einem der Schuppen meinte er, Geräusche zu hören. Er horchte eine Weile und sagte dann: »Ich glaube, es ist im Pferdestall . . . Gehn Sie mal nachsehen, Fragoso.«

Der Angesprochene zündete die Laterne an und ging hinaus, während die anderen gespannt lauschten.

Kaum eine halbe Minute später hörten sie eilige Schritte auf dem Hof, und Fragoso kam schreckensbleich herein.

»Der Pferdestall ist voller Schlangen!« sagte er.

»Voller Schlangen?« fragte der neue Chef. »Was soll das heißen? Was ist denn da los?«

»Ich weiß nicht . . .«

»Gehen wir.« Und sie stürzten nach draußen.

»Daboy! Daboy!« rief der Chef den Hund, der unter dem Bett des Kranken lag und im Traum wimmerte. Alle rannten zum Pferdestall.

Dort konnten sie im Schein der Laterne sehen, wie sich das Pferd und der Maulesel mit Hufschlägen gegen ein Gewimmel von sechzig bis achtzig Vipern wehrten. Die Tiere wieherten und schlugen so wild aus, daß die Futterkrippen dabei zu Bruch gingen. Doch als würden sie von einer höheren Intelligenz geleitet, wichen die Vipern den Schlägen aus und bissen wütend zu.

Da sie so hastig hereingestürzt waren, standen die Männer nun mitten unter den Schlangen. Die plötzliche Helligkeit ließ die Eindringlinge einen Augenblick lang innehalten, doch dann gingen sie zischend erneut zum Angriff über, wobei im Gewirr von Pferden und Menschen nicht festzustellen war, wem er gelten sollte.

Die Männer sahen sich ringsum von Vipern umzingelt. Fragoso spürte, wie sich ein Paar Eckzähne einen halben Zentimeter unterhalb des Knies in den Schaft seiner Stiefel bohrten, und ließ seinen Stock – einen dieser harten, biegsamen Stöcke, die im Urwald in keinem Haus fehlen – auf die Angreiferin niedersausen. Der neue Direktor hieb eine andere Schlange in zwei Stücke, und der andere Angestellte konnte gerade noch rechtzeitig einer großen Viper den Kopf auf dem Nacken des Hundes zermalmen, nachdem sie sich bereits mit erstaunlicher Geschwindigkeit um den Hals des Tieres geschlungen hatte.

Das alles geschah in weniger als zehn Sekunden. Die Stöcke sausten mit rasender Wucht auf die Vipern nieder, die unentwegt vordrangen, in die Stiefel bissen und versuchten, an den Beinen hochzuklettern. In einem Wirrwarr von Pferdegewieher, Hundegebell, Schlangengezisch und ihren eigenen Schreien gerieten die Verteidiger immer mehr in Bedrängnis. Als Fragoso sich auf eine riesige Viper stürzen wollte, die er wiederzuerkennen glaubte, trat er in vollem Lauf auf einen Körper und fiel hin. Die Laterne zerbarst in tausend Stücke und erlosch.

»Zurück!« schrie der neue Direktor. »Daboy, hierher!«

Und sie wichen auf den Hof zurück, hinter ihnen der Hund, der sich glücklicherweise aus dem Schlangenknäuel hatte herauswinden können. Bleich und keuchend sahen sie sich an.

»Man könnte meinen, da ist der Teufel am Werk«, murmelte der Chef. »So etwas hab ich noch nie erlebt... Was ist denn mit den Vipern in dieser Gegend los? Gestern diese beiden Bisse, als wären sie genau aufeinander abgestimmt, und heute das... Zum Glück wissen sie nicht, daß sie uns mit ihren Bissen die Pferde gerettet haben. Es wird ja bald Tag, und dann sieht alles schon ganz anders aus.«

»Ich glaube, die Königskobra war auch dabei«, bemerkte Fragoso, während er sich das schmerzende Handgelenk verband.

»Ja«, sagte der andere Angestellte, »ich hab sie genau gesehen. Und Daboy hat nichts?«

»Nein, nur völlig zerbissen ... Zum Glück hält er ja eine ganze Menge aus.«

Sie gingen wieder zu dem Kranken zurück, der jetzt gleichmäßiger atmete, aber in Schweiß gebadet war.

»Es wird allmählich hell«, sagte der neue Direktor, nachdem er einen Blick aus dem Fenster geworfen hatte. »Antonio, Sie können hier bleiben. Fragoso und ich gehen rüber.«

»Sollen wir die Schlingen mitnehmen?« fragte Fragoso.

»O nein!« antwortete der Chef und schüttelte den Kopf. »Andere Vipern hätten wir alle im Handumdrehen gefangen, aber die hier sind mir doch zu sonderbar ... Die Stöcke und für alle Fälle die Machete.«

11

Nichts Sonderbares, sondern einfach Vipern, die in allerhöchster Gefahr die gesamte Intelligenz ihrer Gattung zusammengenommen hatten: das war der Feind, der hinter dem Überfall auf das Serotherapeutische Institut steckte.

Durch die plötzliche Dunkelheit, nachdem die Laterne zerbrochen war, wurde den Kämpferinnen klar, welche Gefahr mehr Licht und verstärkte Gegenwehr mit sich bringen würden. Außerdem konnten sie an der Feuchtigkeit der Luft bereits spüren, daß der Tag nicht mehr fern war.

»Wenn wir noch einen Augenblick länger bleiben«, rief Cruzada, »schneiden sie uns den Rückweg ab. Zurück!«

»Zurück, zurück!« schrien alle und drängten, in wilder Hast übereinanderkletternd, ins Freie. So machten sie sich davon, ein verstörtes, geschlagenes Häuflein, und sahen mit Bestürzung, daß in der Ferne allmählich der Tag anbrach.

Sie waren schon zwanzig Minuten auf der Flucht, als helles,

durchdringendes, aber noch weit entferntes Gebell die keuchende Kolonne zum Stehen brachte.

»Einen Augenblick!« rief Gold-Urutú. »Wir wollen erst mal sehen, wie viele wir noch sind und wie's jetzt weitergeht.«

Im Dämmerlicht des frühen Morgens überprüften sie die Truppenstärke. Unter den Hufen der Pferde hatten achtzehn Schlangen den Tod gefunden, darunter die beiden Korallenschlangen. Atrox war von Fragoso in Stücke gehauen worden, und Drymobia hatte man den Schädel zerschmettert, als sie versuchte, den Hund zu erwürgen. Außerdem fehlten Coatiarita, Radinea und Boipeva. Insgesamt ein Verlust von dreiundzwanzig Kämpferinnen. Und die Übriggebliebenen hatten allesamt, ohne eine einzige Ausnahme, Quetschungen durch Fußtritte und Hufschläge erlitten, und zwischen ihren zerbrochenen Schuppen klebten Staub und Blut.

»Das also ist das Ergebnis unseres Feldzuges«, sagte Ñacaniná verbittert und hielt einen Augenblick inne, um ihren Kopf an einem Stein zu reiben. »Herzlichen Glückwunsch, Hamadrias!«

Aber sie behielt für sich, was sie hinter der verschlossenen Tür des Pferdestalls noch gehört hatte, bevor sie als letzte hinausgeschlüpft war. Anstatt sie zu töten, hatten sie den Pferden, die, gerade weil sie nicht genug Gift bekamen, schon ganz entkräftet waren, das Leben gerettet!

Bekanntlich ist für ein Pferd, bei dem die aktive Immunisierung eingeleitet ist, das Gift ebenso lebensnotwendig wie das tägliche Wasser, so daß es unweigerlich stirbt, wenn es seine Dosis nicht bekommt.

Und wieder schallte hinter ihnen das Bellen des Hundes, der ihre Spur verfolgte.

»Wir sind in höchster Gefahr!« rief Terrifica. »Was sollen wir tun?«

»Zur Grotte!« schrien alle und glitten in fliegender Eile davon.

»Ihr seid wohl verrückt!« rief Ñacaniná. »Sie werden euch alle zu Brei schlagen! Ihr rennt in den sicheren Tod! Hört doch mal her: Wir müssen uns zerstreuen!«

Die Flüchtenden machten unschlüssig halt. Trotz ihrer panischen Angst sagte ihnen eine innere Stimme, daß sie sich nur retten konnten, wenn sie auseinandergingen, und sie schauten sich verwirrt nach allen Seiten um. Ein einziges Wort der Zustimmung, nur ein einziges, und sie hätten sich entschieden.

Aber die gedemütigte Königskobra, die bei ihrem zweiten Versuch, sich durchzusetzen, gescheitert war und abgrundtiefen Haß gegen ein Land hegte, das ihr künftig überaus feindlich gesinnt sein würde, zog es vor, ganz unterzugehen und die anderen mit sich ins Verderben zu reißen.

»Ñacaniná ist ja verrückt!« rief sie. »Wenn wir uns trennen, werden sie eine nach der anderen töten, ohne daß wir uns wehren können. In der Höhle sieht die Sache schon anders aus. Auf zur Höhle!«

»Ja, zur Höhle!« antwortete die völlig verstörte Kolonne und hetzte davon. »Auf zur Höhle!«

Die Ñacaniná sah das alles und wußte, daß sie in den Tod gingen. Aber elend, geschlagen und von panischer Angst gepackt, waren die Vipern wohl nicht davon abzubringen, ihr Leben sinnlos zu opfern. Und mit einem hochmütigen Züngeln ging auch sie, die durch ihre Schnelligkeit hätte ungestraft davonkommen können, wie die anderen geradewegs in den Tod.

Sie spürte einen Körper neben sich und freute sich, als sie Anaconda erkannte.

»Da siehst du«, sagte sie mit einem Lächeln, »wohin uns die Asiatin gebracht hat.«

»Ja, sie ist ein hinterhältiges Biest«, sagte Anaconda, während sie zusammen weitereilten.

»Und jetzt bringt sie alle dazu, sich gemeinsam abschlachten zu lassen!«

»Aber sie selbst«, bemerkte Anaconda mit düsterer Stimme, »wird dieses Vergnügen nicht haben . . .«

Die beiden glitten dahin, so schnell sie konnten, und hatten die Kolonne bald eingeholt.

Kurz darauf waren sie am Ziel.

»Einen Augenblick!« Anaconda schnellte vor, und ihre Augen leuchteten. »Ihr wißt es nicht, aber ich weiß mit Sicherheit, daß in zehn Minuten keine einzige von uns mehr am Leben sein wird. Der Kongreß ist also zu Ende, und seine Gesetze sind aufgehoben. Ist es nicht so, Terrifica?«

Ein langes Schweigen trat ein.

»Ja«, sagte Terrifica beklommen. »Er ist zu Ende.«

»Dann möchte ich«, fuhr Anaconda fort und drehte dabei den Kopf nach allen Seiten, »bevor ich sterbe . . . Ah, um so besser!« schloß sie zufrieden, als sie die Königskobra langsam auf sich zukommen sah.

Das war nicht gerade der ideale Zeitpunkt für einen Zweikampf. Aber seit die Welt besteht, kann wohl nichts, auch nicht die bedrohliche Nähe des Menschen, eine Giftschlange und eine Jägerin daran hindern, ihre privaten Angelegenheiten zu bereinigen.

Beim ersten Zusammenprall war die Königskobra im Vorteil: Ihre Giftzähne bohrten sich bis zum Zahnfleisch in Anacondas Hals. Doch mit dem unglaublichen Geschick der Boas, auch einen fast tödlichen Schlag noch in einen Gegenangriff umzumünzen, warf diese ihren Körper wie eine Peitsche nach vorn und umschlang die Hamadrias, die sich im nächsten Augenblick dem Ersticken nahe fühlte. Die Boa legte ihre ganze Lebenskraft in diese Umklammerung und schloß ihre Stahlringe immer fester, aber die Königskobra ließ nicht locker. Einen Augenblick lang spürte Anaconda, wie ihr Kopf zwischen den Zähnen der Hamadrias knirschte, doch es gelang ihr noch einmal, in einer gewaltigen Anstrengung all ihre Kraft in die Waagschale zu werfen und mit diesem letzten

Aufblitzen ihres Willens die Entscheidung herbeizuführen. Das Maul der halb erstickten Kobra ließ geifernd von ihr ab, so daß Anaconda mit wieder freiem Kopf nun ihrerseits den Körper der Hamadrias packen konnte.

In der Gewißheit, daß die mörderische Umklammerung ihre Rivalin lähmte, ließ sie ihr Maul ganz allmählich mit kurzen, heftigen Bissen an deren Hals entlanggleiten, während die Kobra verzweifelt ihren Kopf hin und her warf. Anacondas sechsundneunzig spitze Zähne arbeiteten sich immer weiter hinauf, erreichten den Schild, dann die Kehle, bis sie sich schließlich unter dem dumpfen, langgezogenen Knirschen zermalmter Knochen in den Kopf ihrer Feindin bohrten.

Es war getan. Die Boa löste ihre Ringe, und der mächtige Körper der Königskobra glitt schwer zu Boden; sie war tot.

»Diese Genugtuung habe ich wenigstens . . .«, sagte Anaconda noch und sank ebenfalls leblos über dem Körper der Asiatin zusammen.

In diesem Augenblick hörten die Vipern, keine hundert Meter entfernt, das durchdringende Bellen des Hundes.

Und sie, die noch zehn Minuten zuvor in panischem Schrekken zum Eingang der Höhle gestürzt waren, verspürten plötzlich die wilde Begierde, für den ganzen Urwald diesen Kampf auf Leben und Tod auszufechten.

»Hinein!« riefen einige noch.

»Nein, hier! Hier wollen wir sterben!« übertönte sie das Zischen der anderen. Und vor der Felswand, die ihnen jeglichen Rückzug versperrte, rollten sie sich zusammen und warteten mit glühenden Augen und emporgerecktem Kopf.

Sie brauchten nicht lange zu warten. Im noch fahlen Licht des Tages tauchten vor dem schwarzen Hintergrund des Waldes zwei große, schemenhafte Gestalten auf: der neue Direktor und Fragoso, der den in rasender Wut voranstürmenden Hund am Koppelriemen zurückhielt.

»Jetzt ist es aus! Und diesmal endgültig!« Mit diesen Worten nahm Ñacaniná Abschied von einem recht glücklichen Leben, das sie nun zu opfern gedachte. Sie schnellte mit aller Kraft nach vorn und warf sich dem Hund entgegen, der jetzt losgelassen war und mit schäumendem Maul auf die Schlangen zugestürzt kam. Doch er wich dem Angriff aus und fiel wütend über Terrifica her, die ihre Eckzähne in seine Schnauze hieb. Daboy schüttelte wie toll den Kopf hin und her und wirbelte dabei die Klapperschlange durch die Luft, aber sie ließ nicht los.

Neuwied nutzte die Gelegenheit, um ihre Eckzähne in den Bauch des Tieres zu rammen; doch im selben Augenblick waren auch die Männer da, und in Sekundenschnelle fielen Terrifica und Neuwied mit gebrochenem Rückgrat tot zu Boden.

Gold-Urutú wurde in Stücke geschlagen, desgleichen Cipó. Lanceolata gelang es, sich in der Zunge des Hundes zu verbeißen, doch zwei Sekunden später lag sie, durch zwei Stockhiebe in drei Stücke zerteilt, neben Aesculapia auf der Erde.

Der Kampf oder, besser gesagt, die Vernichtungsaktion ging verbittert weiter, begleitet vom Zischen der Schlagen und dem heiseren Gebell Daboys, der überall gleichzeitig war. So fielen sie eine nach der anderen, ohne Erbarmen – aber darum hatten sie ja auch nicht gebeten –, den Schädel zwischen den Kiefern des Hundes zermalmt oder von den Männern zerschmettert, abgeschlachtet vor der Höhle, in der ihr letzter Kongreß stattgefunden hatte. Und mit den letzten fielen auch Cruzada und Ñacaniná.

Nicht eine war mehr am Leben. Die Männer setzten sich hin und betrachteten das Blutbad, in dem alle einstmals so glorreichen Arten den Tod gefunden hatten. Daboy, der japsend zu ihren Füßen lag, zeigte Anzeichen einer Vergiftung, obwohl er bestens immunisiert war. Er war vierundsechzigmal gebissen worden.

Als die Männer aufstanden, um zu gehen, fiel ihr Blick zum

ersten Mal auf Anaconda, die allmählich aus ihrer Bewußtlosigkeit erwachte.

»Wie kommt denn diese Boa hierher?« sagte der neue Direktor.

»Die trifft man doch in dieser Gegend sonst gar nicht an. Anscheinend hat sie sich mit der Königskobra angelegt... und uns auf ihre Weise gerächt. Wenn wir sie retten könnten, wäre das großartig. Sie scheint ja schrecklich vergiftet zu sein. Komm, wir nehmen sie mit. Vielleicht rettet sie uns dafür eines Tages vor diesem ganzen giftigen Pack.«

Und an einer Stange, die sie auf den Schultern trugen, nahmen sie die verwundete und völlig entkräftete Anaconda mit. Sie dachte an Ñacaniná, der es genauso hätte ergehen können, wäre sie nur nicht so stolz gewesen.

Anaconda starb nicht. Sie lebte ein Jahr lang bei den Menschen, schnüffelte überall herum und sah sich alles an, bis sie schließlich eines Nachts verschwand. Aber die Geschichte dieser Reise, bei der sie monatelang den Paraná hinaufschwamm, bis jenseits des Guayra und jenseits der seichten Stelle, wo der Paraná den Namen »Río Muerto« trägt, ihr ungewöhnliches Leben und die zweite Reise, die sie später mit ihren Gefährten durch die schmutzigen Wasser einer großen Überschwemmung führte, diese ganze Geschichte einer Rebellion und der Eroberung schwimmender Inseln ist Stoff genug für eine weitere Erzählung.

Das Vaterland

Die Rede, die der verwundete Soldat vor den Tieren des Urwalds hielt, die sich ein Vaterland schaffen wollten, kann hier vollständig wiedergegeben werden, da sie sehr kurz ist und dem Verständnis dieser merkwürdigen Geschichte dient.

Die Normalität des Lebens im Urwald ist allseits bekannt. Eine Generation wilder Tiere folgt auf die andere, und die eine bekämpft die andere, aber es herrscht immer Frieden, denn trotz der Kämpfe und Blutspuren gibt es etwas, das die ständige Arbeit des Urwalds regelt, und dieses Etwas ist die Freiheit. Wenn die Arten frei sind, herrscht im blutigen Urwald der Frieden.

Dieses Glück war den Tieren des Waldes seit Urzeiten beschieden gewesen, bis es die Drohnen eines Tages in Gefahr bringen sollten.

Die Fähigkeiten der Bienen sind hinreichend bekannt. Sie haben durch ihre jahrtausendealte Vertrautheit mit dem Menschen biologische Grundkenntnisse erworben, die sie bisweilen durcheinanderbringen, wenn sie eine Arbeiterin in eine Königin verwandeln müssen, denn sie vergrößern dann die Zelle und die Nahrungszufuhr nicht immer im nötigen Maße. Und das liegt an dem philosophischen Rahmen ihrer außergewöhnlichen Fähigkeit, das Geschlecht ihrer Arbeiterinnen nach Belieben zu verändern. Ohne den Bau ihrer herrlich gebauten Waben aufzugeben, sind sie ihr ganzes Leben lang nur mit ihrem Selbstverständnis als Übertiere und mit ihrer wachsenden Verachtung gegenüber den anderen Bewohnern des Urwalds beschäftigt, während sie ganz schnell und vollkommen unnötig den Radius der Blüten messen.

Und diese Art war es dann auch, die einige Jahre nachdem

der Mensch in seinem Kanu flußabwärts entschwunden war, im Urwald Alarm schlug.

Als dieser Mensch im Urwald angekommen war und sich dort niedergelassen hatte, beobachteten die beunruhigten Tiere tagelang sein Treiben.

»Das ist ein guter Mensch«, sagte eine Wildkatze und blickte mit einem zusammengekniffenen Auge zu der Lichtung hinüber, wo das Hemd des Mannes in der Sonne leuchtete. »Ich weiß, was das ist. Das ist ein Mensch.«

»Welchen Schaden kann er uns zufügen?« fragte der schwerfällige und ängstliche Tapir. »Er hat zwei Füße.«

»Und eine Flinte«, knurrte der Jaguar verächtlich. »Der tötet mit einer einzigen Flinte einen ganzen Haufen Tapire.«

»Dann laßt uns weggehen«, meinte der Tapir und machte schon kehrt.

»Warum denn?« sagte der Jaguar. »Wenn er hier im Urwald lebt, ist er frei. Er kann uns töten, und wir können ihn töten. Und manchmal haben sie auch einen Hund. Warum sollten wir weggehen? Laßt uns hierbleiben.«

»Wir bleiben hier«, sagten die Klapperschlangen sanft.

»Wir auch«, schlossen sich alle anderen Tiere an.

Und so lebten die Tiere und der Mensch gemeinsam im grenzenlosen Urwald, der immer durch Angriffe und Blutvergießen aufgewühlt war, und in dem immer Frieden herrschte.

Doch eines Tages, nachdem er etliche Jahre im Urwald gelebt hatte, ging der Mensch fort. Seine Reisevorbereitungen waren den Tieren nicht entgangen, und sie sahen von der Felswand herab, wie er sein Kanu ins Wasser schob und auf der Mitte des Flusses den Urwald hinunterruderte.

Sie brachen jedoch nicht in das Kampffeld des Menschen ein, wo sein Werkzeug liegengeblieben war und wo seine Bäume standen. In der unbegrenzten Weite seiner Freiheit konnte der Verlust einer kleinen Lichtung das pulsierende Leben des Urwalds nicht beeinträchtigen.

Niemand störte sich daran, außer den Bienen. Wir haben bereits ihre ständige Sorge um ihre eigene Weisheit erwähnt. Sie messen vollkommen unnötig den Radius der Blüten, um ihre Überlegenheit zu demonstrieren, und sie sind ganz versessen darauf, den anderen Tieren mit ihrem Wissen zu imponieren.

Die Drohnen wissen alle diese Dinge auch, aber sie arbeiten nicht.

So waren sie es dann auch, die irgendwann die schläfrige Stille des Hauses ausnutzten und mit einem Sonnenstrahl durch einen angelehnten Fensterladen hineinflogen. Sie bewunderten mit Kennermiene alle Sachen des Menschen, ohne eine einzige zu verstehen, bis ihnen eines Morgens das Glück zuteil wurde, daß ein Buch herunterfiel. Sie lasen hastig, mit den Augen dicht über der Schrift, was sie noch kurzsichtiger machte, als sie ohnehin schon waren. Und nachdem sie dieses Musterbeispiel für die Weisheit der Menschen verschlungen hatten, flogen sie hocherfreut zurück, um alle Tiere des Urwalds um sich zu scharen.

»Jetzt wissen wir, was wir tun müssen!« summten sie triumphierend. »Wir haben die Philosophie der Menschen gelernt. Wir brauchen ein Vaterland. Die Menschen bringen mehr zustande als wir, weil sie ein Vaterland haben. Wir wissen jetzt so viel wie sie. Laßt uns ein Vaterland schaffen.«

Die wilden Tiere dachten lange über den Vorschlag nach, dessen Sinn sie nicht so recht begreifen konnten.

»Wozu?« brummte der Jaguar schließlich und drückte damit das allgemeine Mißtrauen aus.

»Um frei zu sein«, antworteten die Drohnen. »Alle freien Geschöpfe haben ein Vaterland. Ihr versteht das nicht, weil ihr nicht wißt, was die Parthenogenese ist. Aber wir wissen es. Wir wissen alles, wie die Menschen. Wir werden ein Vaterland erschaffen, um frei zu sein wie die Menschen.«

»Aber sind wir denn nicht frei?« fragten alle Tiere gleichzeitig.

»Darum geht es nicht«, erwiderten die Drohnen. »Es geht darum, ein Vaterland zu haben. Welches ist euer Vaterland? Wer von uns kann sagen, daß er ein Vaterland hat?«

Die freien Tiere schauten sich verwirrt an, und keines antwortete.

»Na also«, sagten die Drohnen triumphierend. »Was nützt euch denn die Freiheit, wenn ihr kein Vaterland habt?«

Mehr brauchte das einfältige Publikum nicht mehr zu hören, um sich überzeugen zu lassen. Die Papageien, die unverdrossen auf ihrem Ast hockten und immerfort nach vorne wippten, als hätten sie Angst herunterzufallen, waren natürlich die ersten, die die frohe Botschaft verbreiteten. Sie fingen sofort an, sie mit einem kleinen Krächzer untereinander kundzugeben: »Sollen wir ein Vaterland erschaffen . . .? Ja . . .? Wir haben kein Vaterland . . . Überhaupt kein Vaterland! . . . Überhaupt keins!«

Und in der allgemeinen Überzeugung, sie seien bis zu diesem Augenblick nicht auf ehrenvolle Weise frei gewesen, beschlossen die Tiere mit überschwenglicher Begeisterung, das Vaterland zu gründen.

Es wurde natürlich den Bienen und den Ameisen aufgetragen, sich um die beiden wichtigsten Elemente des Vaterlandes zu kümmern: die Grenzen und die Flagge. Die Bienen gerieten zuerst etwas aus der Fassung, als sie mit ihren prismatischen Augen die vielen verschiedenen Farben auf den Fahnen der Menschen sahen. Was tun?

»Wenn die Menschen alle möglichen Farben verwendet haben«, sagten sie sich schließlich, »dann deshalb, weil alle besondere Eigenschaften haben. Wir werden eine bessere Fahne als sie haben, und sie werden uns darum beneiden.«

Nach diesen Worten bemalten sie mit der ihnen eigenen peinlichen Genauigkeit eine Fahne mit allen erdenklichen Farben, in ganz feinen Streifen. Und als die Fahne über dem Urwald wehte, sah man mit Erstaunen, daß sie weiß war.

»Um so besser«, meinten die Bienen. »Unsere Fahne ist das Symbol aller Vaterländer, weil die Farbe eines jeden von ihnen darauf vorkommt.«

Und mit tosendem Beifall wurde die weiße Fahne, das Symbol des Vaterlandes, von den freien Tieren als die ihre angenommen.

»Jetzt haben wir schon die Hälfte unseres Vaterlandes«, sagten sie dann. »Die Ameisen werden nun eine Mauer bauen, die die Grenze unseres Vaterlandes sein wird.«

Und die Ameisen bauten mit ihren kräftigen Beißwerkzeugen einen unüberwindlichen Wall.

Jetzt fehlte anscheinend nichts mehr. Doch die Papageien und alle anderen Vögel verlangten, daß auch die Luft mit einer Grenze abgeriegelt werde, weil sonst nur die auf dem Boden lebenden Tiere ein Vaterland hätten.

Also stellten die Spinnen ein riesiges Netz her, das so undurchdringlich war, daß an der Echtheit dieser Grenze keine Zweifel hätten aufkommen können.

Und es war eine echte Grenze. In dem abgeriegelten Bereich trugen die freien Tiere ihre Fahne tagelang im Triumphzug hin und her. Manchmal kletterten sie auf die Mauer hoch und liefen, vor Begeisterung singend, unermüdlich auf der Plattform auf und ab, während der regnerische Wind ihre Fahne heftig flattern ließ, und hinter der Luftgrenze die ausgestoßenen Bienen vor Kälte starben, weil sie nicht mehr hereinkamen.

Denn unmittelbar nachdem das Vaterland geschaffen war, hatte man, wie man sich denken kann, die ausländischen Bienen hinausgeworfen, obwohl sie den meisten Honig produzierten.

Mit den Tagen vergingen die Monate, und ebenso verging die anfängliche Begeisterung. Hin und wieder lief irgendein Tier an der Mauer entlang und blickte zu dem Netz hoch, das ihm den Himmel versperrte.

»Das ist unser Vaterland«, tröstete es sich dann immer. »Kein Mensch hat je ein so gut umgrenztes Vaterland wie unseres gehabt. Wir müssen dankbar sein für unser Glück.«

Und bei diesen Worten schaute das freie Tier zu der mächtigen Mauer hoch, die sein schönes Vaterland vom unsichtbaren Urwald trennte, während es von einem unerklärlichen Kältegefühl erfaßt wurde.

Vor allem der Jaguar, der mit seinem Gebrüll dem entstehenden Vaterland den lautesten Beifall gespendet hatte, irrte jetzt stumm umher und trottete stundenlang an der Mauer auf und ab. Er spürte zum ersten Mal etwas, was er bis dahin nicht gekannt hatte: Durst. Er konnte trinken, soviel er wollte, es war umsonst. Hinten in seinem Schlund trocknete ihm der unstillbare Durst die gespannten Stimmbänder aus, die einmal sein ganzes Patriotentum ausgemacht hatten. Er trottete stumm und unablässig zwischen den unüberwindlichen Grenzen seines Vaterlandes hin und her und schleppte seinen beängstigenden Durst von einer zur anderen.

Die anderen Tiere liefen kreuz und quer durch das Terrain, desorientiert und mit einem grünen Leuchten der Verlorenheit im Blick.

Eines Tages brachte eine Biene aus dem Süden eine große Neuigkeit:

»Der Mensch ist in den Krieg gezogen!« summten die Bienen voller Freude. »Um sein Vaterland zu verteidigen! Wenn er zurückkommt, wird er uns erklären, was mit uns los ist. Irgend etwas fehlt uns, und er weiß das sehr gut, weil er schon seit vier Jahren für sein Vaterland kämpft.«

Und die Tiere warteten voller Ungeduld – außer dem Jaguar, der gar nichts erwartete und nur unstillbaren Durst hatte. Bis eines Morgens der Mensch, geführt von seinem kleinen Sohn, in sein verlassenes Haus zurückkehrte.

»Ich weiß, was das ist!« sagte die Eule, als sie ihn sah, und stieß einen schrillen Schrei aus. »Ich habe schon mal so einen gesehen. Er ist blind. Er sieht nichts, weil er blind ist, und sein Sohn führt ihn an der Hand.«

Tatsächlich kehrte der Soldat blind und krank zurück. Und er verließ viele Tage lang sein Haus nicht. In einer warmen Nacht kam er dann schließlich heraus, um sich draußen hinzusetzen, umgeben vom dichten, tiefschwarzen Urwald, der bis in den Sternenhimmel reichte.

Nach einer Weile hatte der blinde Mann das Gefühl, daß er nicht allein war. Und tatsächlich ertönte eine Stimme in der Dunkelheit. »Wir haben unser Vaterland gegründet«, sagte die Stimme, die rauh und überhastet war, als sei ihr Besitzer nicht gewöhnt, viel zu reden. »Aber wir wissen nicht, was uns fehlt. Wir haben voller Ungeduld auf Sie gewartet, damit Sie uns sagen, warum wir leiden. Warum sind wir denn nicht glücklich? Sie wissen das bestimmt, da Sie doch Ihr Vaterland vier Jahre lang verteidigt haben. Was ist der Grund?«

Und dieselbe überhastete Stimme unterrichtete den Mann über das, was sich während seiner Abwesenheit ereignet hatte.

Der Mann saß noch eine Weile mit gesenktem Kopf da und sprach dann mit ruhiger und ernster Stimme: »Ich kann euch tatsächlich sagen, warum ihr leidet. Dem Vaterland, das ihr gegründet habt, fehlt nichts: es ist nicht besser zu machen. Es ist nur so, daß ihr in dem Augenblick, als ihr die Grenzen markiert habt . . ., euer Vaterland verloren habt.«

Als der Jaguar das hörte, spürte er, daß sein Durst augenblicklich vergangen war. Ein Hauch von Frische machte seinen Schlund geschmeidig, eine Welle warmer und unbändiger Freiheit stieg aus seinem Innersten auf.

»Das stimmt . . .«, sagte er mit einem dumpfen Knurren und schloß die Augen. »Wir hatten unsere Freiheit verloren . . .«

»Zweifellos«, fuhr der blinde Soldat fort. »Ihr habt euer eigenes Gefängnis geschaffen. Ihr wart frei gewesen, bis dahin. Euer Vaterland ist nicht dieses Stück Wald und auch nicht dieses Flußufer; es ist der ganze Urwald. So wie das Vaterland der Menschen . . .« Der Mann hielt inne. Doch eine ironische Stimme, die man vorher noch nicht gehört hatte, fragte: »Welches ist denn ihr Vaterland?«

Der Mann dachte noch einen Augenblick nach. Dann rief er seinen achtjährigen Sohn zu sich und setzte ihn auf seine Knie.

»Die Stimme«, sagte er, »die gerade gesprochen hat, kenne ich nicht, und ich weiß auch nicht, ob sie zum Urwald gehört. Ich werde aber trotzdem antworten. Ich habe tatsächlich vier Jahre lang gekämpft, um mein Vaterland zu verteidigen. Ich habe ihm mein Blut und mein Leben geopfert. Was ich nun sage, ist also für dich bestimmt, mein Sohn, und zu dir spreche ich jetzt. Du wirst nicht viel verstehen, weil du noch sehr klein bist. Doch etwas wird sich dir einprägen, wie bei einem Traum, und daran wirst du dich erinnern, wenn du groß bist.«

Und in der warmen Dunkelheit des Waldes, mit den reglos und gespannt wartenden Tieren als Publikum und seinem unschuldigen Sohn auf den Knien sprach der sterbende Mann folgende Worte: »Das Vaterland, mein Kind, das sind all die Menschen, die wir lieben. Es fängt im Elternhaus an, doch das macht es nicht allein aus. Im Elternhaus ist unser geliebter Freund nicht. Auch nicht der Mann mit dem außergewöhnlichen Herzen, den wir verehren und den das Leben uns alle hundert Jahre als Beispiel präsentiert. Auch der Mann mit dem kühnen Geist, der unseren trägen Kampfesmut anspornt, ist nicht da. Im Elternhaus finden wir auch unsere Verlobte nicht. Und wo immer sie sein mögen, die Landschaft, die ihre Seelen umschmeichelt, die Luft, die ihre Stirnen umgibt, die Menschen, die wie wir von diesen tiefen Gefühlen beeinflußt worden sind, die ihr Vaterland sind, sind auch unser Vaterland.

Jeder Quadratmeter Boden, auf dem ein guter Mensch wohnt, ist ein Stück unseres Vaterlandes.

Das Vaterland bedeutet Liebe und nicht Zwang. So weit die Seele ihre Strahlen auch aussenden mag, so weit reicht das Vaterland.

Die gleiche Würde, die dem Leben auf dieser Seite der Grenze beschieden ist, genießt es auch auf jener. Ein Fluß ist ein Herzensweg zu einem Freund. Der Mensch, der sich vor seinem Fluß verschließt, macht sein Herz zu einem von Groll beherrschten Kerker.

Zieh die Grenzen deines Vaterlandes mit dem roten Blut deines Herzens, mein Sohn. Alles das, was es unterdrückt und erstickt, sei es nun tausend Meilen entfernt oder direkt neben dir, ist die Fremde.

Der Wert deines Vaterlandes liegt in deinem eigenen Wert begründet. Ein Stück Land ist nicht mehr wert als der Mensch, der es in diesem Augenblick betritt. Wenn du die Liebe zu diesen wertvollen Menschen treu in deinem Herzen bewahrt hast, ohne dich um ihre Herkunft zu kümmern, dann ist das Vaterland, das die Vereinigung aller geliebten Menschen bedeutet, zum Höchsten geworden, was es gibt.

Wo auch immer du Liebe und Gerechtigkeit erstrahlen siehst, lauf mit geschlossenen Augen hin, denn in diesem Augenblick ist dort dein Vaterland. Wenn du dagegen siehst, wie in deinem eigenen Land die Gerechtigkeit geknebelt und die Liebe vorgetäuscht wird, entferne dich von ihm, denn es verdient dich nicht. Wenn du also einmal sehen solltest, wie ich – dein Vater, an den du immer geglaubt hast – eine schändliche Tat begehe, dann verbanne mich aus deinem Herzen. Und ich, mein Sohn, der ich dich allein aufgezogen habe, der ich dir vieles beigebracht und dir meine Liebe gegeben habe, bin für dich mehr als das Vaterland.

Mein Sohn: Ich muß dich vor folgenden Worten warnen, die du oft hören wirst: ›Die Idee des Vaterlandes ist mit der kalten Vernunft nicht zu vereinbaren, sondern spricht nur das Gefühl an.‹

Das stimmt nicht. Es ist die kalte Vernunft, die den liebevollen Begriff des Vaterlandes in die kleinlichen Grenzen der Zweckmäßigkeit zwingt. Allein die kalte Vernunft führt uns den Nutzen der Grenze, der Zölle, des Protektionismus, des industriellen Wettbewerbs vor Augen. Für die Vernunft reduziert sich der Begriff des Vaterlands auf den profitablen Rahmen seiner wirtschaftlichen Grenzen. Nur die kalte Vernunft vermag die Expansion des Vaterlandes auf die ausländischen Minen hin zu orientieren. Nur die durch Sophismen verdorbene Vernunft kann uns dazu bringen, als Brüder gegen einen unbekannten Menschen zu kämpfen, der achthundert Meilen von uns entfernt ist, und da merken wir, daß der Nachbar, dessen Herz bis in unser Heim hineinstrahlt, Ausländer ist.

Doch dieses Vaterland erdrosselt das Gefühl wie ein Strick. Wenn das Gefühl Liebe ist und die Liebe Sehnsucht nach Idealen, dann reicht das Vaterland unendlich weit, so weit, bis ihm ein Unrecht Einhalt gebietet. Nur Menschen mit blindem Herzen können alle ihre Ideale innerhalb der unseligen Schranken einer einzigen Grenze und einer einzigen Fahne verwirklicht sehen.

Die Vernunft mißt das Vaterland nach dem Territorium, das es umfaßt, und das Gefühl nach dem Wert des Menschen, der es betritt. Jeder Mensch, dessen Herz im Einklang mit einem fernen Bruderherz schlägt und bei jeder noch so weit entfernten Ungerechtigkeit in Wallung gerät, besitzt etwas ganz Seltenes und Reines: ein Ideal. Und nur er kann die glückselige Brüderlichkeit all dessen ermessen, was an der Menschheit am edelsten ist und das wirkliche Vaterland ausmacht. Denk an diese Worte, wenn du groß bist, mein Sohn.«

Der blinde Soldat sprach nicht weiter. Die Tiere, die die ganze Zeit stumm dagesessen hatten und deren schlichte Gemüter nun ziemlich verwirrt waren, gingen nacheinander schweigend weg. Doch kein einziges kehrte in sein Vaterland zurück. Im tiefen Dunkel des grenzenlosen Urwalds weilte der verlorene Frieden, die blutige Freiheit ihres früheren Lebens. Und dorthin machten sie sich auf den Weg.

Nur die Eule, der schrille Vogel der Vorhersehung, blickte

unruhig nach allen Seiten und heftete schließlich ihre runden Augen auf den blinden Soldaten. »Das ist ja alles gut und schön«, kreischte sie. »Aber ein Mann, der sein Vaterland vier Jahre lang verteidigt hat und so redet, kann nicht länger leben.«

Und sie flog weg.

Tatsächlich starb der Mann nach wenigen Tagen. Doch er starb nicht ganz, denn sein kleiner Sohn behielt genug von jener Nacht in Erinnerung, um später im Leben ein freier Mensch zu sein.

Die Einwanderer

Der Mann und die Frau waren seit vier Uhr morgens unterwegs. In der stickigen Schwüle der Gewitterstimmung wurde der Salpeterdunst der Sumpfniederung noch drückender. Endlich ging der Regen nieder, und das Paar marschierte, durchnäßt bis auf die Knochen, eine Stunde lang verbissen weiter.

Der Regen hörte auf. Da schauten sich der Mann und die Frau in banger Hoffnungslosigkeit an.

»Hast du Kraft genug, noch ein Stück weiter zu gehen?« fragte er. »Vielleicht erreichen wir . . .«

Die Frau, bleich und mit tiefen Ringen um die Augen, nickte. »Komm«, erwiderte sie und ging weiter.

Doch kurz darauf blieb sie stehen und hielt sich schmerzverkrümmt an einem Ast fest. Der Mann, der voranging, drehte sich um, als er das Stöhnen hörte.

»Ich kann nicht mehr«, murmelte sie mit verzerrtem Mund und schweißgebadet. »Oh, mein Gott! . . .«

Nachdem er lange suchend um sich geblickt hatte, wurde dem Mann klar, daß er nichts tun konnte. Seine Frau war schwanger. Ohne zu wissen, wohin er seine Füße setzte, als hätte ihn das Übermaß des Unglücks um den Verstand gebracht, schnitt der Mann Zweige ab, breitete sie auf dem Boden aus und bettete seine Frau darauf. Er setzte sich an das Kopfende und legte ihren Kopf auf seine Beine.

Eine Viertelstunde verging in Schweigen. Dann durchfuhr die Frau ein heftiger Schauer, und gleich darauf mußte der Mann seine ganze Kraft zusammennehmen, um diesen Körper zu bändigen, den die eklamptischen Krämpfe in wilden Zukkungen hin und her warfen.

Als der Anfall vorüber war, verharrte er noch eine Weile über seine Frau gebeugt und hielt ihre Arme mit den Knien auf dem Boden fest. Schließlich richtete er sich auf, entfernte sich schwankend ein paar Schritte, schlug sich mit der Faust an die Stirn und ging zurück, um den Kopf seiner Frau, die jetzt in tiefe Benommenheit gesunken war, wieder auf seine Beine zu betten.

Die Frau bekam einen weiteren eklamptischen Anfall, nach dem sie noch regloser liegenblieb, und kurz darauf noch einen, doch als dieser zu Ende war, war auch ihr Leben zu Ende.

Der Mann bemerkte es, als er noch rittlings auf seiner Frau saß und all seine Kräfte aufbot, um den Zuckungen Einhalt zu gebieten. Entsetzt starrte er auf den Schaum, der aus ihrem Mund hervorquoll und dann in blutigen Bläschen langsam wieder in die schwarze Höhlung zurückwich.

Ohne zu wissen, was er tat, berührte er ihr Kinn mit dem Finger.

»Charlotte!« rief er mit leerer, völlig tonloser Stimme. Der Klang seiner Worte brachte ihn wieder zu sich. Er richtete sich auf und schaute sich mit verlorenem Blick nach allen Seiten um.

»Das ist zuviel des Unglücks, das ist einfach zuviel . . .«, sagte er und versuchte zu begreifen, was geschehen war.

Sie kamen aus Europa, ja; das stand außer Zweifel. Und sie hatten dort ihren zwei Jahre alten Erstgeborenen zurückgelassen. Seine Frau war schwanger, und sie waren zusammen mit einigen anderen auf dem Weg nach Makallé . . . Sie waren allein zurückgeblieben, weil sie nicht gut laufen konnte . . ., und unter ungünstigen Umständen wäre es für seine Frau vielleicht . . . vielleicht gefährlich gewesen.

Und er drehte sich mit irrem Blick jäh um: »Da liegt sie, tot! . . .«

Er setzte sich wieder hin, legte den leblosen Kopf seiner Frau erneut auf seine Oberschenkel und dachte vier Stunden lang darüber nach, was er jetzt tun sollte.

Es gelang ihm nicht, irgendeinen klaren Gedanken zu fassen, aber als der Abend hereinbrach, lud er seine Frau auf die Schultern und machte sich auf den Rückweg.

Bald waren sie wieder am Rande der Sumpfniederung. Das Röhricht erstreckte sich endlos in die silbrige Nacht, unbeweglich im Gesirr der Moskitos. Der Mann ging mit gebeugtem Nacken und gleichmäßigen Schritten, bis die Frau plötzlich von seinem Rücken fiel. Er blieb einen Augenblick wie erstarrt stehen und ließ sich dann neben sie fallen.

Als er aufwachte, brannte bereits die Sonne herab. Er aß Wildbananen, obwohl er gerne etwas Nahrhafteres gehabt hätte, denn es würden noch Tage vergehen, bevor er den Leichnam seiner Frau in geweihte Erde betten könnte.

Er lud ihn wieder auf, aber seine Kräfte schwanden zusehends. Da schnürte er den Körper mit ineinander verflochtenen Lianen zu einem Bündel und kam so weniger mühsam vorwärts. Drei Tage lang raffte sich der Mann nach kurzen Ruhepausen immer wieder auf, um sich unter dem weißglühenden Himmel voranzuschleppen, nachts von den Insekten gepeinigt, besinnungslos vor Hunger, vergiftet von den Ausdünstungen des Leichnams, beherrscht von einem einzigen hartnäckigen Gedanken: dem feindseligen, wilden Land den über alles geliebten Körper seiner Frau zu entreißen.

Am Morgen des vierten Tages sah er sich gezwungen, haltzumachen, und konnte erst am Nachmittag seinen Weg fortsetzen. Aber als die Sonne versank, ging ein heftiges Schaudern durch die zermürbten Nerven des Mannes; er legte den leblosen Körper auf die Erde und setzte sich daneben.

Die Nacht war schon hereingebrochen, und das monotone Sirren der Moskitos erfüllte die einsame Luft. Der Mann hätte spüren können, wie sie ihr Netz von Stichen auf seinem Gesicht woben, aber die Schauer, die unablässig tief aus seinem eisigkalten Rückenmark kamen, wurden immer stärker.

Der ockerfarbene abnehmende Mond war schließlich hinter

114

der Sumpfniederung aufgegangen. Das bösartige Fieber stieg jetzt sehr schnell an.

Der Mann warf einen Blick auf die grauenvolle, weißliche Masse, die neben ihm lag, verschränkte die Hände über den Knien und blickte starr auf den giftigen Sumpf, wo das Delirium weit draußen ein Dorf in Schlesien zeichnete, in das er und seine Frau, Charlotte Proening, glücklich und reich zurückkehrten, um ihren angebeteten ersten Sohn zu sich zu holen.

Anacondas Rückkehr

Als Anaconda im Bunde mit den einheimischen Elementen der Tropen die Wiedereroberung des Flusses überdachte und plante, hatte sie gerade ihr dreißigstes Lebensjahr vollendet.

Sie war damals eine junge Schlange von zehn Metern Länge und befand sich in der Vollkraft ihrer Jahre. In ihrem ausgedehnten Jagdrevier gab es keinen Tiger oder Hirsch, der es vermocht hätte, ihre Umarmung tapfer zu überstehen. Unter dem Druck ihrer sich zusammenziehenden Muskeln wurde alles Leben herausgequetscht und verdünnt, bis der Tod eintrat. Vor den hin und her schwankenden Halmen, die das Nahen der großen Boa verkündeten, stellte das Schilfrohr ringsum große furchtsame Ohren auf. Und wenn zu stiller Stunde beim Einbruch der Dämmerung Anaconda ihre zehn Meter dunklen Samt im feurigen Fluß badete, umgab sie das Schweigen wie der Lichthof das Gestirn.

Aber nicht immer vertrieb die Gegenwart Anacondas wie ein todbringendes Gas alles Leben aus seinen Stätten. Die Friedfertigkeit in ihrem Ausdruck und in ihren Bewegungen, dem Menschen unmerkbar verborgen, kündigte sie den Tieren schon von weitem an, etwa auf folgende Art:

»Guten Tag«, sagte Anaconda zu den Kaimanen, wenn sie durch die Moraste kam.

»Guten Tag«, antworteten zahm die in der Sonne liegenden Untiere und brachen mit ihren kugelförmigen Lidern mühsam den Schlamm auf, der ihre Augen verkrustete.

»Heut wird es sehr warm werden!« begrüßten sie die im Geäst herumkletternden Affen, wenn sie die große dahingleitende Schlange daran erkannten, daß sich die Büsche auseinanderbogen.

»Ja, sehr warm«, antwortete Anaconda und zog das Geplapper und die schiefen Köpfe der Affen hinter sich drein, die sich jedoch nur halb beruhigt zeigten.

Denn Affe und Schlange, Vogel und Natter, Maus und Viper sind unheilvolle Konstellationen, die selbst der Schrecken der großen Wirbelstürme und die Schlaffheit der endlosen Trokkenperiode kaum zu mildern vermögen.

Nur die gemeinsame Anpassung an dieselbe Umgebung, in der die Gattung seit undenkbar ferner Zeit lebt und sich fortpflanzt, vermag es, dieses Verhängnis des Hungers in Zeiten großer Naturkatastrophen zu überwinden. So vereinen sich angesichts einer großen Dürre die Ängste der Flamingos, der Schildkröten, der Ratten und der Anacondas zu einem einzigen verzweifelten Klageruf nach einem Tropfen Wasser.

Als wir auf unsere Anaconda stießen, war die Wildnis nahe daran, diese unheilvolle Bruderschaft in ihr Elend zu stürzen.

Seit zwei Monaten trommelte kein Regen mehr auf das staubige Laub. Selbst der Tau, Lebenssaft und Trost der verdorrten Pflanzenwelt, war verschwunden. Von Nacht zu Nacht, von einer Dämmerung zur anderen trocknete das Land weiter aus, als wäre es ein einziger Backofen. Von dem, was einst das Bett schattiger Bäche gewesen war, blieben nichts als blanke brennende Steine übrig; und die von schwarzem Wasser und Schilfinseln dickflüssigen Salzlagunen hatten sich in Ödflächen aus Ton verwandelt, der von scharfen Rastern durchfurcht war, die wie ein Netz von ausgefransten Wergfasern aussahen; sie waren das einzige, was von der großen Wasserpflanzenwelt übrigblieb. Den ganzen Waldrand entlang waren die Kakteen, die sonst hochgereckt wie Kandelaber standen, umgeknickt, und ihre Arme fielen zum völlig ausgetrockneten Boden hinab, der so hart war, daß er bei der geringsten Berührung widerhallte.

Die Tage glitten dahin, einer nach dem anderen. Sie waren rauchverhangen vom Qualm der fernen Brände unter dem

Feuer eines Himmels von blendendem Weiß, durch den sich eine gelbe strahlenlose Sonne bewegte, die bei Einbruch des Abends dunstumhüllt wie eine riesige glühende Kohle zu sinken begann.

Infolge der Eigentümlichkeiten ihres Vagabundenlebens hätte Anaconda, wenn sie gewollt hätte, nicht übermäßig unter den Auswirkungen der Trockenheit zu leiden brauchen. Jenseits der Lagune und ihrer verlandeten Sümpfe, der aufgehenden Sonne entgegen, lag der große Fluß ihrer Geburt, der labende Paranahyba, den sie in einer halben Tagesreise erreichen konnte.

Aber die Boa ging nicht mehr zu ihrem Fluß. Früher, so weit die Erinnerung ihrer Vorfahren reichte, hatte der Fluß ihnen gehört. Wasser, Jungtiere, Wölfe, Stürme und Einsamkeit, alles gehörte ihnen. Jetzt nicht mehr.

Zuerst war ein Mensch, getrieben von seiner elenden Sucht zu sehen, zu berühren und zu zerschneiden, mit seinem langen Kanu hinter der Sandbank aufgetaucht. Dann kamen andere Menschen mit wieder anderen, und sie kamen immer häufiger. Alle waren sie übelriechend und schmutzig von Macheten und unaufhörlichen Bränden, und immer fuhren sie den Fluß von Süden hinauf ...

Viele Tagereisen entfernt trug der Paranahyba einen anderen Namen, das wußte sie wohl. Aber noch weiter weg, jenem unbegreiflichen Abgrund entgegen, zu dem das Wasser ständig hinunterfloß, mußte es dort nicht eine Begrenzung geben, ein Querriff, das die ewig hinabsteigenden Wasser aufhielt?

Von dorther kamen ohne Zweifel die Menschen und die zweirädrigen Karren und die entlaufenen Maultiere, die den Urwald infizieren. Wenn sie den Paranahyba doch sperren, ihm sein wildes Schweigen zurückgeben könnte, um das Wonnegefühl von einst wiederzufinden, als sie in dunklen Nächten zischend den Fluß überquerte, den Kopf drei Meter hoch über dem dampfenden Wasser ...

Jawohl; eine Sperre errichten, die den Fluß staut. Und plötzlich dachte sie an die Schilfinseln.

Anaconda lebte erst kurze Zeit; aber sie wußte von zwei oder drei Flutwellen, die Millionen entwurzelter Baumstämme, schäumende Wasserpflanzen und Schlamm in den Paraná geschleudert hatten.

Wohin mochte dies alles getrieben sein, wo mochte es verfaulen? Welcher Pflanzenfriedhof wäre groß genug, um all das Treibgut fassen zu können, das eine Überschwemmung ohnegleichen als Abwässer in den Schlund jenes unbekannten Abgrunds entleerte?

Sie erinnerte sich gut: das Hochwasser von 1883; die Überschwemmung von 1894 ... Und nach zehn Jahren, die ohne große Regenfälle vorübergegangen waren, mußten auch die Tropen, wie ihre eigene Kehle, nach einer Sintflut dürsten.

Ihr schlangenhaftes Wettergefühl ließ sie ihre Schuppen vor Hoffnung sträuben. Sie spürte die drohende Sintflut. Und wie ein zweiter Pedro der Eremit stürzte sich Anaconda auf die Aufgabe, die Bäche und Flußquellen entlang einen Kreuzzug zu predigen.

Die Trockenheit ihres Reviers hatte sich begreiflicherweise keineswegs über das ganze riesige Flußtal ausgebreitet. So weiteten sich nach drei langen Tagesreisen ihre Nüstern vor der dichten Feuchtigkeit der Lagunen, auf deren Oberfläche die Victoria Regia schwamm, und vor dem Formalindunst der kleinen Ameisen, die über sie hinweg ihre Tunnel zogen.

Es kostete Anaconda sehr wenig Mühe, die Tiere zu überzeugen. Der Mensch war, ist und wird sein der grausamste Feind des Urwalds.

»... Wenn wir also den Fluß stauen«, schloß Anaconda, nachdem sie lang und breit ihren Plan dargelegt hatte, »werden die Menschen nicht mehr bis hierher vordringen können.«

»Aber die nötigen Regenfälle!« wandten die Wasserratten

ein, die ihre Zweifel nicht verbergen konnten. »Wir wissen nicht, ob sie kommen werden!«

»Sie werden kommen! Und eher, als ihr es euch vorstellen könnt. Ich weiß es schon jetzt!«

»Sie weiß es«, bestätigten die Nattern. »Sie hat unter Menschen gelebt. Sie kennt sie.«

»Ja, ich kenne sie. Und ich weiß, daß eine einzige Schilfinsel, eine einzige nur, wenn sie mit einer großen Flutwelle forttreibt, für einen Menschen das Grab bedeutet.«

»Das glaube ich auch!« lächelten milde die Nattern. »Vielleicht für zwei . . .«

»Oder für fünf . . .«, gähnte ein alter Tiger aus der Tiefe seiner Flanken heraus. »Aber sag mir«, und er reckte sich unmittelbar zu Anaconda hinüber, »bist du sicher, daß die treibenden Schilfbüschel ausreichen, um den Fluß zu verstopfen? Ich frage danach, wie man eben so fragt.«

»Klar, die von hier schaffen es nicht allein, und auch nicht alle diejenigen, die im Umkreis von zweihundert Meilen losgerissen werden . . . Aber ich gestehe dir, du hast soeben die einzige Frage gestellt, die mich zu beunruhigen vermag. Nein, Bruder! Alle Schilfbüschel des Paranahybabeckens und des Rio Grande samt allen ihren Nebenflüssen würden nicht ausreichen, um eine zehn Meilen lange Barriere quer über den Fluß zu bilden. Wenn ich nur auf sie gezählt hätte, würde ich mich schon längst dem ersten besten Caipira* vor die Machete geworfen haben . . . Aber ich hege große Hoffnungen, daß überall riesige Regenmengen fallen und auch das Becken des Paraguay unter Wasser setzen . . . Ihr kennt ihn nicht . . . Es ist ein großer Fluß. Wenn es dort regnet, so wie es unfehlbar hier regnen wird, dann ist uns der Sieg sicher. Brüder, da unten gibt es ganze Lagunen voller Schilfinseln, die könnten wir niemals durchschreiten, selbst wenn wir unsere Leben aneinanderreihen!«

---

* hier: Zweibeiner

»Sehr gut«, stimmten die Krokodile mit bleierner Schläfrigkeit zu. »Das ist ein schöner Landstrich ... Aber wie werden wir erfahren, ob es auch dort geregnet hat? Wir sind schwach auf den Füßen ...«

»Aber nein, ihr Ärmsten ...«, lächelte Anaconda und wechselte einen ironischen Blick mit den Schweinskaninchen, die sich vorsichtigerweise in zehn Meter Entfernung gesetzt hatten. »Wir werden es nicht soweit kommen lassen ... Ich glaube, daß der erstbeste Vogel uns im Nu von dort die gute Nachricht überbringen kann ...«

»Wir sind aber keine erstbesten Vögel«, sagten die Pfefferfresser, »und wir werden hier erst nach hundert Flugtagen ankommen, denn wir fliegen herzlich schlecht. Und wir haben vor niemand Furcht. Und wir werden angeflogen kommen, weil uns niemand dazu zwingt, und so werden wir es machen. Und Angst haben wir vor niemand.« Und als ihnen der Atem ausgegangen war, blickten die Pfefferfresser alle unerschrocken aus ihren großen blaugeränderten Goldaugen an.

»Wir sind's, die Angst haben ...«, heulte ein bleifarbener Haubenadler mit gedämpfter Stimme und plusterte sich schläfrig auf.

»Angst weder vor euch noch vor sonst jemand. Unser Flug ist kurz; aber Angst, nein«, beharrten die Pfefferfresser und riefen wiederum alle Anwesenden als Zeugen an.

»Gut, gut«, schaltete sich Anaconda ein, als sie sah, daß die Debatte hitzig wurde, so wie seit eh und je im Urwald eine Debatte, in der Verdienste anderer gelobt werden, hitzig wird. »Niemand hat vor jemand Angst, das wissen wir schon ... Und die bewunderungswürdigen Pfefferfresser werden also kommen, um uns über das Wasser zu informieren, das im verbündeten Flußtal herrscht.«

»Wir werden es so machen, weil es uns so gefällt; aber keiner zwingt uns dazu, es zu tun«, ließen sich die Pfefferfresser wieder vernehmen.

Wenn es so weitergegangen wäre, hätte man den Schlacht-plan sehr bald vergessen, und Anaconda begriff das.

»Brüder!« Sie schnellte mit vibrierendem Zischen hoch. »Wir verlieren unnütz Zeit damit. Alle sind wir gleich, aber vereint. Jeder einzelne von uns ist für sich genommen nicht viel wert. Verbündet sind wir jedoch die ganzen Tropen. Werfen wir sie gegen den Menschen in den Kampf, Brüder! Er zerstört alles! Nichts gibt es, das er nicht zerbricht und beschmutzt! Werfen wir unseren ganzen Erdkreis in den Fluß, seine Fauna, sein Schilf, seine Fieber und seine Schlangen! Stürzen wir den Wald in den Fluß, bis er verstopft ist! Werfen wir uns alle hinein, entwurzeln wir uns bis auf den Tod, wenn es notwendig ist, aber stürzen wir die Tropen flußabwärts!«

Der Tonfall der Schlangen war stets verführerisch. Der in Leidenschaft entbrannte Urwald erhob sich zu einer einzigen Stimme: »Jawohl, Anaconda! Du hast recht! Stürzen wir den Erdkreis in den Fluß! Hinab! Hinab!«

Anaconda atmete endlich befreit auf; die Schlacht war ge-wonnen. Die Seele – so kann man sagen – eines ganzen Erd-kreises mit seinem Klima, seiner Tier- und seiner Pflanzenwelt ist schwer in Bewegung zu setzen, aber wenn seine Nerven in der harten Prüfung einer fürchterlichen Trockenheit bis zum Zerreißen gespannt sind, dann ist nichts gewisser als die Wohl-tat der Entspannung, die ein großer Wolkenbruch mit sich bringt.

Aber in ihrem Revier, zu dem die große Boa zurückkehrte, hatte die Dürre bereits ihre äußerste Grenze erreicht.

»Nun?« fragten die verängstigten Tiere. »Sind sie da unten mit uns einverstanden? Wird es wieder regnen, sag an? Bist du sicher, Anaconda?«

»Ganz sicher. Bevor dieser Mond voll geworden ist, werden wir das Wasser im Gebirge niederdonnern hören. Wasser, Brüder, das so bald nicht wieder aufhören wird.«

Bei dem magischen Wort Wasser schrie der ganze Urwald wie ein Echo der Verzweiflung auf.

»Wasser! Wasser!«

»Jawohl! Und unermeßlich viel! Aber übereilen wir uns nicht, wenn es zu tosen beginnt. Wir können auf unschätzbare Verbündete zählen, und sie werden uns Boten schicken, wenn der Augenblick gekommen ist. Durchforscht ständig den Himmel gen Nordwesten. Von dorther müssen die Pfefferfresser kommen. Wenn sie eintreffen, ist der Sieg unser. Bis dahin habt Geduld!«

Aber wie soll man Geduld von Wesen verlangen, deren Haut vor Trockenheit rissig wurde, deren Bindehaut entzündet war und ihre Augen rötete und deren einst kraftvoller Schritt nur noch ein richtungsloses Fortschleppen der Füße war?

Tag für Tag erhob sich die Sonne mit unerträglichem Gleißen über dem Lehmboden und ging in blutigen Dünsten erstickend unter, ohne einen einzigen Hoffnungsschimmer zu hinterlassen. Wenn die Nacht hereingebrochen war, glitt Anaconda bis zum Paranahyba, um in seinem Schatten selbst das leiseste Beben wahrzunehmen, das den Regen anzeigte, der über das Wasser her aus dem unbarmherzigen Norden kommen mußte. Zur Küste hatten sich im übrigen alle die Tiere hingeschleppt, die noch nicht ganz erschöpft waren. Und alle zusammen verbrachten sie die Nächte ohne Schlaf und ohne Hunger und witterten in der Brise, wie das Leben selbst, den leisesten Duft feuchter Erde.

Bis schließlich eines Nachts das Wunder geschah. Der voraustreibende Wind trug dem elenden Getier den unverwechselbaren feinen Dunst feuchten Laubwerks zu.

»Wasser! Wasser!« schrie es von neuem in der verödeten Umgebung.

Und das Glück war vollständig, als man fünf Stunden später, bei Tagesanbruch, in weiter Ferne durch das Schweigen hindurch das dumpfe Donnern des Urwalds unter der Sintflut hörte, die sich endlich über die Erde ergoß.

An diesem Morgen erstrahlte die Sonne nicht in Gelb, sondern in Orange, und gegen Mittag war sie nicht mehr zu sehen. Und der Regen kam, sehr dicht und undurchsichtig und weiß wie oxydiertes Silber, und tränkte die dürstende Erde.

Zehn Tage und zehn Nächte hintereinander ging der Platzregen über dem im Dunst verschwimmenden Urwald nieder, und was vorher von unerträglichem Licht übergossenes Ödland war, erstreckte sich jetzt lindernd wie ein flüssiger Mantel bis hin zum Horizont. Die Wasserpflanzenwelt keimte wieder auf in flachen grünen Flecken, die sich zusehends über das Wasser ausbreiteten, bis es ihnen gelang, sich mit ihren Schwestern zu vereinen. Und als neun Tage vergingen, ohne daß die Abgesandten aus dem Nordosten erschienen, begann die zukünftigen Kreuzfahrer die Unruhe zu plagen.

»Sie werden niemals kommen!« riefen sie. »Stürzen wir los, Anaconda! Sehr bald wird es zu spät sein. Die Regenfälle hören auf.«

»Und werden wieder einsetzen. Geduld, Brüderchen! Es ist unmöglich, daß es dort regnet! Die Pfefferfresser fliegen schlecht, sie sagen es selbst. Vielleicht sind sie schon unterwegs. Zwei Tage noch!«

Aber Anaconda war sehr weit davon entfernt, das zu glauben, was sie zu glauben vorgab. Wenn sich nun die Pfefferfresser in den Nebeln des dampfenden Urwalds verirrt hatten? Und wenn infolge eines unvorstellbaren Unglücks der Nordwest nicht den Platzregen aus dem Norden begleitet hatte? Eine halbe Tagereise von dort entfernt donnerte der Paranahyba in den Regenkatarakten, die ihm seine Nebenflüsse zuführten.

Wie in Erwartung einer Taube aus der Arche Noah waren die sehnsüchtigen Augen der Tiere unaufhörlich gen Nordosten gerichtet, zum Himmel hin, der ihr großes Unternehmen ankündigen sollte. Nichts. Bis plötzlich im Dunst eines Wolkenbruchs, durchnäßt und vor Kälte klamm, die Pfefferfresser krächzend eintrafen.

»Große Regenfälle! Regen überall im Flußtal! Alles ist blank von Wasser!«

Und ein wildes Geheul peitschte durch das ganze Gebiet: »Steigen wir hinab! Der Triumph ist unser! Stürzen wir sogleich los!«

Und es war schon hohe Zeit, könnte man sagen, denn der Paranahyba war bis hierhin über die Ufer getreten und hatte sein Bett verlassen. Vom Fluß bis zur großen Lagune hin bildeten die Sümpfe nunmehr ein ruhiges Meer, auf dem sich zartes Schilf wiegte. Im Norden gab dies grüne Meer sacht unter dem Druck des Hochwassers nach, beschrieb eine große Kurve, die den Wald streifte, und trieb langsam nach Süden ab, angesogen von der schnellen Strömung.

Die Stunde war gekommen. Vor den Augen Anacondas defilierte die Wildnis zum Angriff vorbei. Victoria Regias, gestern geboren, und alte rötliche Krokodile; Ameisen und Tiger; treibende Schilfinseln und Nattern, Schäume, Schildkröten und Fieber und das sintflutartige Wetter selber, das sich von neuem entlud – so zog der Urwald vorbei, begrüßte mit Beifall die Boa und trieb dem Abgrund der großen Hochwasser zu.

Und als Anaconda das alles gesehen hatte, ließ sie sich ihrerseits schwimmend bis zum Paranahyba tragen. Dort rollte sie sich um eine mit Stumpf und Stiel herausgerissene Zeder, die, um sich selber rotierend, in den Strömungen trieb, in die sie verschlagen worden war, atmete schließlich lächelnd auf und schloß langsam im Dämmerlicht ihre gläsernen Augen.

Sie war zufrieden.

Damit begann die wunderbare Reise ins Unbekannte, denn von dem, was jenseits der großen Steilwände aus rosa Schleifstein lag, die weit hinter dem Guayra den Fluß zur Hälfte einengten, hatte sie keine Ahnung. Den Tacuarí entlang war sie einmal bis zum Tal des Paraguay gelangt, wie wir gesehen haben. Vom mittleren und unteren Paraná kannte sie nichts.

Die große Schlange war jedoch freudig bewegt angesichts der Wildnis, die da triumphierend, auf den gestauten Wassern tanzend, hinabstürzte. Und vom Wasser an Körper und Seele erfrischt, ließ sie sich unter dem blanken Regenguß, der sie einschläferte, wie auf einer Hängematte davontragen.

In diesem Zustand trieb sie den heimatlichen Paranahyba hinab, sah im Vorüberschwimmen, wie sich die Wirbel beim Eintritt des Río Muerto glätteten, und war noch nicht wieder ganz wach, als schon der gesamte schwimmende Urwald und die Zeder und sie selber durch die Gischtschwaden hindurch in den Guayrafall gespült wurden, dessen treppenartige Wasserkaskaden sich schließlich in eine abgründige schiefe Ebene ergossen. Lange Zeit waren die roten Wasser des strangulierten Flusses bis in die Tiefen aufgewühlt. Aber zwei Tage später wurden die hohen Uferböschungen von neuem auseinandergezwängt, und langgezogen wie Öl flossen die Wasser ohne jeden Strudel und ohne jedes Geräusch mit neunzig Meilen Geschwindigkeit in der Stunde durch die sich öffnende Rinne.

Anderes Land, anderes Klima. Jetzt klarer Himmel und strahlende Sonne, kaum einmal von den Morgennebeln verschleiert. Wie eine blutjunge Schlange öffnete Anaconda in einer nebelhaften und nahezu entschwundenen Erinnerung an ihre erste Jugend neugierig die Augen vor dem Tag von Misiones.

Sie sah wieder den Strand vor sich, wie er beim ersten Sonnenstrahl über milchigem Nebel emportauchte und darüber schwebte, bis sich dieser nach und nach auflöste, um dann in den schattigen Buchten hängenzubleiben und sich in lan-

126

gen Schals um das nasse Heck der Kanus zu wickeln. Als sie den großen Stauwellen der Riffe entgegentrieb, spürte sie abermals unmittelbar in Augenhöhe die Dünung des Wassers, das sich in glatten und weit ausschwingenden Wellenlinien drehte, beim Anprall gegen die Strömung wieder aufkochte und Blasen zog, die vom Blut toter Tauben gerötet waren. Sie sah, wie sich die Sonne Abend für Abend von neuem an ihr Werk machte, glühendes Metall zu schmelzen und die Abendröten fächerartig zu entzünden, deren Mittelpunkt in Weißglut aufflimmerte, während dort oben, hoch am Himmel, weiße Haufenwolken einsam dahinwogten, deren Ränder von Feuerfunken zerbissen wurden.

All das kam ihr bekannt vor, aber wie hinter dem Nebel eines Traumes verborgen. Die Boa spürte, zumal des Nachts, deutlich den warmen Puls der Flutwelle und ließ sich von dieser treiben, bis sie sich plötzlich beunruhigt aufzuckend entrollte.

Die Zeder war soeben im Fluß mit etwas Unerwartetem oder zumindest Ungewöhnlichem zusammengestoßen.

Jeder weiß, was alles über oder unter Wasser von einer Flutwelle mitgeschleppt wird. Bereits mehrere Male waren in Anacondas Blickfeld unbekannte Tiere vorbeigetrieben, die, irgendwo im äußersten Norden ertrunken, allmählich unter den Schnabelhieben flügelschlagender Raben im Wasser versanken. Sie hatte gesehen, wie die Schnecken zu Hunderten die hohen, in der Strömung wippenden Zweige hinaufklommen und wie die Annós* sie aufpickten. Und beim Schein des Mondes hatte sie dem Vorbeimarsch der Carambatás** beigewohnt, die den Fluß hinabschwammen, die Rückenflosse über Wasser, um allesamt plötzlich mit der Wucht eines Kanonenschlags unterzutauchen.

* Kuckucksvögel
** Lungenkiemenfische

127

Wie bei den großen Hochwassern.

Aber was da gerade mit ihr in Berührung geriet, war ein zweistöckiges Verdeck, dem Dach eines eingestürzten Ranchos ähnlich, das auf einer Schilfinsel von der Strömung fortgetrieben worden war. Ein auf Pfählen über einem Salzsee errichteter Rancho, den das Wasser unterspült hatte? Bewohnt vielleicht von einem Schiffbrüchigen, dem es gelungen war, sich darauf zu flüchten? Mit unendlicher Vorsicht, Schuppe um Schuppe vorwärts schiebend, durchstreifte Anaconda die schwimmende Insel. Sie war in der Tat bewohnt, und unter dem Strohdach lag ein Mensch. Aber er wies eine lange Wunde am Hals auf und lag im Sterben. Lange Zeit ließ Anaconda den Blick starr auf ihrem Feind ruhen, ohne die Schwanzspitze auch nur einen Millimeter zu bewegen.

Genau in der großen Ausbuchtung des Flusses, der an dieser Stelle von roten Sandsteinfelsen bedrängt wurde, hatte die Boa Bekanntschaft mit dem Menschen gemacht. Sie bewahrte keine deutliche Erinnerung an diese Geschichte: nur ein Gefühl des Unbehagens, ein starker Widerwille gegen sich selbst traten jedesmal dann auf, wenn der Zufall, und nur dieser, in ihrem Gedächtnis irgendeine vage Einzelheit ihres Abenteuers wach rief.

Jetzt neuerdings gute Freunde sein, niemals! Feinde, selbstverständlich, denn gegen sie hatte man ja den Kampf entfesselt.

Aber trotz alledem rührte sich Anaconda nicht vom Fleck, und die Stunden vergingen. Es herrschte immer noch Finsternis; da entrollte sich die große Schlange plötzlich, glitt bis zum Rand der schwimmenden Insel und streckte ihren Kopf den schwarzen Wassern entgegen. Sie hatte die Nähe der Vipern an ihrem Fischgeruch gespürt.

Und wirklich, die Vipern strömten in Scharen herbei.

»Was ist?« fragte Anaconda. »Ihr wißt sehr gut, daß ihr eure

Schilfinseln während der Überschwemmung nicht verlassen dürft.«

»Wir wissen es«, antworteten die Eindringlinge. »Aber hier ist ein Mensch. Er ist ein Feind des Urwalds. Geh beiseite, Anaconda.«

»Warum? Hier kommt ihr nicht vorbei. Der Mann ist verletzt ... Er ist tot.«

»Und was macht dir das aus? Wenn er noch nicht tot ist, wird er's bald sein. Laß uns vorbei, Anaconda!«

Die große Boa richtete sich auf und wölbte den Kopf in hohem Bogen vor.

»Nicht da, habe ich gesagt! Zurück! Dieser kranke Mann steht unter meinem Schutz. Wer sich nähert, mag sich in acht nehmen!«

»Nimm dich selber in acht!« schrien die Vipern mit scharfem Zischen und bliesen ihre mörderischen Backentaschen auf.

»Wovor in acht?«

»Vor dem, was du tust! Du hast dich an die Menschen verkauft! ... Du langschwänziger Leguan!«

Kaum hatte die Klapperschlange das letzte Wort herausgezischt, da schoß der Kopf der Boa wie ein furchtbarer Rammbock vor und zerschmetterte der Schlange die Kinnladen. Tot trieb diese kurz darauf, den schlaffen Bauch nach oben, davon.

»Hütet euch!« Die Stimme der Boa wurde schneidend scharf. »In ganz Misiones bleibt keine Viper übrig, wenn sich auch nur eine einzige nähert! Ich und gekauft, ihr Elenden! ... Ins Wasser! Und merkt euch das eine gut: weder am Tage noch in der Nacht, noch überhaupt zu irgendeiner Stunde möchte ich Vipern in der Nähe des Menschen sehen. Verstanden?«

»Verstanden!« antwortete aus der Finsternis die dumpfe Stimme einer großen Jararacussú. »Aber eines Tages werden wir von dir Rechenschaft fordern, Anaconda!«

»Früher einmal«, antwortete Anaconda, »habe ich vor einer von euch Rechenschaft abgelegt ... Und sie war es nicht zufrieden. Gib auf dich selber acht, schöne Jarará. Und nun: größte Vorsicht und . . . gute Reise!«

Auch diesmal fühlte sich Anaconda unbefriedigt. Warum hatte sie das getan? Was verband sie mit diesem Mann, mit dem sie doch niemals etwas verbinden konnte? Aller Wahrscheinlichkeit nach war es ein unglücklicher Holzfäller, der dort mit offener Kehle im Todeskampf lag.

Der Tag brach bereits an.

»Bah!« murmelte schließlich die große Boa und betrachtete den Verwundeten zum letztenmal, »es lohnt nicht, daß ich mir wegen diesem Subjekt Umstände mache . . . Es ist ein armes Geschöpf wie alle anderen, das kaum noch eine Stunde zu leben hat.«

Und mit einem verächtlichen Schwanzschlag glitt sie in die Mitte der schwimmenden Insel und rollte sich dort zusammen.

Aber den ganzen Tag lang wachten ihre Augen unaufhörlich über der Schilfinsel.

Kaum war die Nacht hereingebrochen, da näherten sich hohe Kegel aus Ameisen dem Schilfmeer; sie bildeten die Spitze von Millionen Ameisen, die bereits tief unten ertrunken waren.

»Wir sind die Ameisen, Anaconda«, sagten sie, »und sind gekommen, um dir einen Vorwurf zu machen. Dieser Mensch da auf dem Stroh ist einer unserer Feinde. Wir sehen ihn nicht, aber die Vipern wissen, daß er dort ist. Sie haben ihn gesehen, und der Mensch schläft unter dem Dach. Töte ihn, Anaconda.«

»Nein, Schwestern. Zieht ruhig davon!«

»Du tust unrecht, Anaconda. Dann gestatte, daß die Vipern ihn töten.«

»Auch das nicht. Kennt ihr die Gesetze der Überschwemmungen? Diese Insel ist mein, und ich liege auf ihr. Gebt Frieden, ihr Ameisen.«

»Aber die Vipern haben es doch allen erzählt . . . Sie sagen, du hast dich an die Menschen verkauft . . . Ärgere dich nicht, Anaconda.«

»Und wer glaubt das?«

»Niemand, das ist gewiß … Nur die Tiger sind nicht zufrieden.«

»Aha! Und warum kommen sie nicht her, um es mir zu sagen?«

»Wir wissen es nicht, Anaconda.«

»Aber ich weiß es sehr wohl! Nun gut, kleine Schwestern, zieht ruhig davon und gebt acht, daß ihr nicht alle ertrinkt, denn ihr würdet uns bald sehr fehlen. Fürchtet nichts von eurer Anaconda. Heute bin ich, und werde es immer sein, eine treue Tochter der Wildnis. Sagt das allen! Gute Nacht, Gevatterinnen.«

»Gute Nacht, Anaconda!« beeilten sich die Ameisen zu antworten. Und sie wurden von der Nacht verschluckt.

Anaconda hatte zu viele Proben ihrer Klugheit und Treue geliefert, als daß eine Verleumdung der Vipern sie um die Achtung und Liebe der Wildnis hätte bringen können.

Obgleich ihre geringe Sympathie für Klapperschlangen und Jararás niemandem verborgen geblieben war, spielten die Vipern während der Überschwemmung eine derart unschätzbare Rolle, daß sich die Boa persönlich mit langen Schwimmstößen auf den Weg machte, um die Gemüter zu versöhnen.

»Ich suche keinen Zwist«, sagte sie zu den Vipern. »Heute wie gestern und solange der Feldzug dauert, habe ich mich mit Leib und Seele dem Hochwasser verschrieben. Nur, die schwimmende Insel ist mein, und ich mache darauf, was ich will. Nichts weiter.«

Die Vipern erwiderten nichts, sie wendeten ihrer Gesprächspartnerin nicht einmal die kalten Augen zu, so als ob sie nichts gehört hätten.

»Böses Zeichen!« krächzten im Chor die Flamingos, die von fern der Begegnung zusahen.

»Bah!« heulten prustend die Krokodile auf und kletterten auf einen Baumstamm. »Lassen wir Anaconda in Ruhe … Es ist ihre eigene Angelegenheit. Und der Mann muß bereits tot sein.«

Aber der Mann starb nicht. Zum großen Erstaunen Anacondas waren drei weitere Tage verstrichen, ohne daß der Sterbende den letzten Atemzug tat. Keinen Augenblick unterbrach sie ihre Wache; aber abgesehen davon, daß sich die Vipern nicht mehr näherten, beschäftigten Anaconda andere Gedanken.

Nach ihren Berechnungen – jede Wasserschlange weiß mehr von Hydrographie als irgendein Mensch – mußten sie sich bereits nahe dem Paraguay befinden. Und ohne den phantastischen Zuwachs an Schilfinseln, die dieser Fluß bei seinen großen Flutwellen mit sich reißt, wäre der Kampf bereits beendet, ehe er begonnen hat. Wenn es darum ging, den Paraná zum Stillstand zu bringen und seinen Abfluß zu verstopfen, was bedeuteten da schon die großen grünen Flecken, die den Paranahyba hinabschwammen, im Vergleich zu den 180 000 Quadratkilometern Schilf auf den großen Sümpfen von Xarayes? Die jetzt hinabtreibenden Wildnisbewohner wußten das auch: aus den Erzählungen Anacondas während ihres Kreuzzuges. Und so wurden das Strohdach, der verletzte Mann und aller Groll vergessen über der Sehnsucht der Reisenden, die Stunde für Stunde die Wasser durchforschten, um die verbündete Pflanzenwelt auszumachen.

Und wenn nun die Pfefferfresser sich so beeilt hatten, nur um einen einzigen lächerlichen Regenschauer anzukündigen? dachte Anaconda.

»Anaconda«, hörte man hier und dort aus der Finsternis rufen, »erkennst du das Wasser noch nicht wieder? Ob sie uns getäuscht haben, Anaconda?«

»Das glaube ich nicht«, antwortete die Boa finster. »Noch einen Tag, und wir finden sie.«

»Einen Tag noch? Der Aufenthalt in dieser Bucht zehrt an unseren Kräften! Noch einen Tag! . . . Immer sagst du dasselbe, Anaconda!«

»Geduld, Brüder! Ich leide mehr als ihr!«

Der folgende Tag war ein harter Tag; dazu kam noch die außerordentliche Trockenheit der Gegend. Die große Boa verbrachte ihn unbeweglich auf ihrer schwimmenden Insel wachend, die bei Einbruch des Abends vom Widerschein der wie ein schimmernder Metallstreifen über den Fluß gebreiteten Sonne entflammt wurde.

In der Finsternis derselben Nacht stieß Anaconda, die seit Stunden zwischen den Schilfinseln hin und her schwamm, um gierig das Wasser zu kosten, plötzlich einen Triumphschrei aus. Sie hatte an einer riesigen treibenden Schilfinsel den salzigen Geschmack der Schilfinseln des Olidén wiedererkannt.

»Gerettet, Bruder!« rief sie. »Der Paraguay steigt mit uns herab! Auch dort große Regenfälle!«

Und die Moral der Wildnis, die sich wie durch Zauberwerk erhoben hatte, klatschte der Flutwelle aus dem Nachbarland Beifall, deren Schilfinseln, dicht aneinandergepreßt wie festes Land, endlich in den Paraná eintraten.

Am folgenden Tag erhellte die Sonne diese Epopöe der zwei großen verbündeten Flußtäler, die sich in dieselben Wasser ergossen. Die große Wasserpflanzenwelt schwamm hinunter, zusammengeschweißt zu weit ausgedehnten Inseln, die den Fluß bedeckten. Eine einzige Stimme der Begeisterung schwebte über der Wildnis, als die dem Ufer nächsten Schilfbüschel, vom Stauwasser erfaßt, unentschlossen über die einzuschlagende Richtung durcheinanderwirbelten.

»Platz da, Platz da!« hörte man die ganze Flutwelle vor dem Hindernis pulsen. Und die Schilfbüschel, die Baumstämme mit ihrer Ladung von Angreifern entkamen schließlich dem Sog und glitten wie ein Strahl durch die Tangente.

»Weiter! Platz da! Platz da!« vernahm man von einem Ufer zum anderen. »Der Sieg ist unser!«

Das glaubte auch Anaconda. Ihr Traum sollte sich nun erfüllen. Und in eitlem Stolz warf sie einen triumphierenden Blick zum Schatten des Daches hin.

Der Mann war gestorben. Der Verletzte hatte seine Haltung nicht geändert, keinen einzigen Finger eingekrampft, den Mund nicht geschlossen. Aber er war mausetot, womöglich schon seit einigen Stunden.

Angesichts dieses doch nur zu natürlichen Ereignisses, das zu erwarten gewesen war, verharrte Anaconda reglos vor Erstaunen, als ob der unbekannte Mensch ihretwegen, der Natur und seinen Wunden zum Trotz, seine elende Existenz hätte bewahren müssen.

Was lag ihr an diesem Menschen? Sie hatte ihn verteidigt, ohne Zweifel; sie hatte ihn vor den Vipern geschützt, im Schatten der Überschwemmung einen Rest feindlichen Lebens behütet und erhalten. Warum? Auch dies zu wissen war ihr nicht wichtig. Dort in seinem Verschlag würde der Tote liegenbleiben, ohne daß sie sich je wieder seiner erinnerte. Andere Dinge beunruhigten sie.

In der Tat hing über dem Schicksal des großen Hochwassers eine Drohung, die Anaconda nicht vorhergesehen hatte. Weich geworden vom tagelangen Dahintreiben in warmen Gewässern, gärte der Sargasso. Dicke Blasen stiegen zwischen den Inseln an die Oberfläche, und die aufgequollenen Samenkörner hefteten sich klebrig an die gesamte Außenfläche des Sargasso. Für einen Moment hatten die hohen Ufer die Überschwemmung zurückgehalten, und die Wasserwildnis bedeckte daraufhin vollständig den Fluß, so daß man kein Wasser mehr sah, sondern nur noch ein grünes, sich über das ganze Flußbett erstreckendes Meer. Aber jetzt, da die Ufer niedriger waren, versickerte das Hochwasser, müde geworden und ohne die Keckheit der ersten Tage, ins überflutete Landinnere und ging dem Erdboden in die Falle.

Noch weiter unten brachen die großen Pflanzeninseln hier und da auseinander, ohne die Kraft zu haben, die Stauwasser zu überwinden, und ließen ihren Traum von Fruchtbarkeit in den Tiefen der Buchten reifen.

Trunken gaben die Schilfinseln willig den vom Ufer kommenden Gegenströmungen nach, schwammen in zwei großen Bogen gemächlich den Paraná hinunter und kamen schließlich entlang dem Ufer zum Stehen, um dort weiterzublühen.

Auch die große Boa entging dieser fruchtbaren Erschlaffung nicht, an der sich die Flut sättigte. Sie glitt auf ihrer schwimmenden Insel von einem Ende zum anderen, ohne irgendwo Ruhe zu finden. In ihrer Nähe, fast an ihrer Seite, ging die Leiche des Mannes in Verwesung über. Anaconda näherte sich alle Augenblicke, sog, wie sonst in einem Winkel der Wildnis, die Gärungswärme ein und ließ dann wie an den Frühlingstagen in ihrer Heimat ihren warmen Bauch eine Weile über Wasser gleiten. Aber dieses Wasser, schon allzu kühl, war nicht der geeignete Ort.

Unter dem Schatten des Daches lag der tote Mensch. Konnte dieser Tote nicht mehr sein als die endgültige und sterile Auflösung jenes Wesens, über das sie gewacht hatte? Und nichts, nichts sollte ihr von ihm bleiben?

Allmählich, langsam, wie vor einem Heiligtum der Natur, rollte sich Anaconda zusammen. Und an der Seite des Mannes, den sie wie ihr eigenes Leben verteidigt hatte, in der fruchtbaren Wärme seiner Verwesung – ein posthumer Ausdruck der Dankbarkeit, den die Wildnis vielleicht verstanden hatte – begann Anaconda ihre Eier zu legen.

Praktisch war die Überschwemmung besiegt. So weitläufig auch die verbündeten Flußtäler und so heftig auch ihre sintflutartigen Ergüsse gewesen sein mochten, die Leidenschaft der Pflanzenwelt hatte das Ungestüm des großen Hochwassers gebannt. Noch immer trieben Schilfinseln vorbei, kein Zweifel; aber die ermutigende Stimme: »Platz da! Platz da!« war völlig verstummt.

Anaconda träumte nicht mehr. Sie war völlig überzeugt davon, daß es zur Katastrophe kommen würde. Sie spürte in unmittelbarer Nähe jene Unermeßlichkeit, in die sich die Überschwemmung verlieren würde, ohne den Fluß versperrt zu haben. Treu blieb sie in der Wärme des Menschen hocken und fuhr fort, ihre Leben bedeutenden, die Art fortpflanzenden Eier zu legen, ohne noch Hoffnung für sich selber zu hegen. In der Unendlichkeit des kalten Wassers lösten sich die Schilfinseln auf und verstreuten sich auf die endlose Wasserfläche. Lange und runde Wellen wiegten unzusammenhängend die losgerissene Wildnis, deren Erdfauna nun stumm und richtungslos, in der Kälte erstarrend, im Watt unterging.

Große Schiffe – die Sieger – schwärzten in der Ferne den reinen Himmel mit Rauch, und ein Dampferchen mit weißem Helmbusch fuhr neugierig durch die auseinandergerissenen Schilfinseln. Noch weiter weg, in der himmlischen Unendlichkeit, hob sich Anaconda, hoch aufgerichtet, von ihrer schwimmenden Insel ab, und obgleich sie durch die Entfernung kleiner erschien, erregten ihre stattlichen zehn Meter Länge doch die Aufmerksamkeit der Neugierigen.

»Dahinten!« ertönte plötzlich eine Stimme auf dem Dampfer. »Auf dieser Treibinsel da! Eine riesige Schlange!«

»Was für ein Ungeheuer!« schrie eine andere Stimme. »Und seht mal, darauf ist ein eingestürzter Rancho! Sicherlich hat sie seinen Bewohner umgebracht.«

»Oder sie hat ihn lebendig verschlungen! Diese Ungeheuer verschonen niemanden. Wir werden den Unglücklichen mit einer guten Kugel rächen.«

»Um Gottes willen, wir dürfen nicht zu nahe heran!« rief derjenige, der zuerst gesprochen hatte. »Das Untier muß wütend sein. Es ist imstande, sich auf uns zu stürzen, sobald es uns sieht. Sind Sie sicher, daß Sie auf diese Entfernung treffen?«

»Wir werden sehen ... Es kostet nichts, einen ersten Schuß zu versuchen ...«

Dahinten, in der aufgehenden Sonne, die das mit grünen Punkten durchwebte Watt vergoldete, hatte Anaconda das Schiffchen mit seinem Helmbusch aus Dampf gesichtet. Sie blickte gleichgültig zu ihm hinüber, als sie plötzlich eine kleine Rauchwolke am Bug des kleinen Dampfers aufsteigen sah und ihr Schädel gegen die Pfähle der Schilfinsel schlug.

Die Boa richtete sich von neuem erstaunt auf; sie hatte einen leisen, trockenen Schlag an irgendeiner Stelle ihres Körpers verspürt, vielleicht am Kopf. Sie konnte sich nicht erklären, wie das geschehen war. Sie hatte jedoch den Eindruck, daß ihr irgend etwas zugestoßen war. Zuerst fühlte sie, wie ihr Körper einschlief; dann verspürte sie die Neigung, ihren Hals zu wiegen, so als ob die Dinge selber und nicht ihr Kopf zu tanzen begannen und dunkel wurden. In einem lebendigen, aber umgedrehten Panoramabild sah sie plötzlich die heimatliche Wildnis vor sich, und durchsichtig werdend erhob sich über ihr lächelnd das Haus des Tagelöhners.

Ich bin sehr müde, dachte Anaconda und mühte sich, die Augen noch weiter offen zu halten. Riesengroß und von bläulicher Farbe rollten ihre Eier vom Verdeck und bedeckten die ganze Schilfinsel.

»Es wird Zeit sein, schlafen zu gehen . . .«, murmelte Anaconda. Und als sie den Kopf sacht neben ihre Eier betten wollte, schlug er in einem letzten Traum auf dem Boden auf.

Der Krieg der Kaimane

In einem sehr großen Fluß in einem verlassenen Land, das noch nie ein Mensch betreten hatte, lebten viele Kaimane. Es waren über hundert oder über tausend. Sie fraßen Fische, auch Getier, das zur Tränke an den Fluß kam, aber vor allem Fische. Zur Siesta schliefen sie im Ufersand, und zuweilen, in mondhellen Nächten, spielten sie auf dem Wasser.

Alle lebten sie sehr ruhig und zufrieden. Aber eines Nachmittags, als sie Siesta hielten und schliefen, erwachte ein Kaiman plötzlich und hob den Kopf, weil er vermeinte, ein Geräusch gehört zu haben. Er lauschte gespannt, und in weiter Ferne hörte er in der Tat einen dumpfen, tiefen Ton. Da rief er einen anderen Kaiman, der an seiner Seite schlief.

»Wach auf!« sagte er zu ihm. »Es ist Gefahr im Anzug.«

»Was ist los?« antwortete der andere erschrocken.

»Ich weiß nicht«, versetzte der Kaiman, der als erster aufgewacht war, »ich höre ein unbekanntes Geräusch.«

Der zweite Kaiman hörte nun auch das Geräusch, und im nächsten Augenblick weckten sie die anderen auf. Alle erschraken zutiefst und liefen mit erhobenem Schwanz von einer Seite auf die andere.

Ihre Beunruhigung ebbte nicht ab, denn das Geräusch schwoll immer mehr an. Bald sahen sie in der Ferne etwas wie ein Rauchwölklein, und sie hörten ein Geräusch, das machte Tschaß-tschaß im Fluß, als ob jemand sehr fern das Wasser schlüge.

Die Kaimane sahen sich an: Was mochte das sein?

Aber ein alter, weiser Kaiman, der weiseste und älteste von allen, dem nur noch zwei heile Zähne in den Ecken seines Maules verblieben waren und der einmal eine Reise bis ans

Meer gemacht hatte, sagte plötzlich: »Ich weiß, was es ist! Es ist ein Wal! Die Wale sind groß und speien weißes Wasser durch die Nase! Das Wasser stiebt nach hinten herunter.«

Als die ganz kleinen Kaimane dies vernahmen, begannen sie vor Angst wie toll zu schreien und steckten ihre Köpfe unter das Wasser. Und sie schrien: »Es ist ein Wal! Da kommt der Wal!«

Aber der alte Kaiman schüttelte den kleinen Kaiman, der ihm am nächsten stand, mit dem Schwanz.

»Habt keine Angst!« rief er ihnen zu. »Ich weiß, was ein Walfisch ist! Er hat Angst vor uns! Immer hat er Angst!«

Daraufhin beruhigten sich die kleinen Kaimane. Aber gleich darauf wurden sie von neuem erschreckt, denn der graue Rauch verwandelte sich mit einemmal in schwarzen Rauch, und alle hörten jetzt sehr laut das Tschaß-tschaß-tschaß. Die Kaimane stürzten sich vor Angst ins Wasser, so daß nur die Augen und die Nasenspitzen hervorblickten. Und dann sahen sie das riesige, rauchspeiende, das Wasser schlagende Ding vorbeiziehen: es war ein Raddampfer, der zum ersten Mal den Fluß befuhr.

Der Dampfer zog vorbei, entfernte sich und verschwand. Die Kaimane stiegen wieder aus dem Wasser und taten sehr verärgert über den alten Kaiman, der sie hinters Licht geführt hatte, als er ihnen sagte, das sei ein Wal.

»Das war kein Walfisch!« schrien sie ihm in die Ohren, denn er war ein wenig taub. »Was war das, was da vorüberzog?«

Der alte Kaiman erklärte ihnen nun, daß es ein Dampfer voller Feuer sei und daß die Kaimane alle sterben würden, wenn das Schiff hier weiter vorüberzöge.

Aber die Kaimane brachen in Lachen aus, denn sie glaubten, der Alte sei verrückt geworden. Warum sollten sie sterben, wenn der Dampfer hier weiterhin vorbeikam? Er war ganz schön verrückt, der arme alte Kaiman!

Und da sie Hunger hatten, machten sie sich daran, Fische zu suchen.

Aber sie fanden keinen einzigen Fisch. Alle waren sie fortgeschwommen, erschreckt vom Lärm des Dampfers. Es gab keine Fische mehr.

»Habe ich es euch nicht gesagt?« meinte der alte Kaiman. »Wir haben nichts mehr zu fressen. Alle Fische sind fort. Laßt uns bis morgen warten. Es kann sein, daß der Dampfer nicht wiederkommt, und die Fische werden zurückkehren, wenn sie keine Angst mehr haben.«

Aber am nächsten Tag hörten sie von neuem den Lärm im Wasser, und wieder sahen sie den Dampfer, der viel Lärm machte und so viel Rauch auswarf, daß er den Himmel verdunkelte.

»Gut«, sagten darauf die Kaimane, »das Schiff kam gestern vorbei, kam heute vorbei, wird morgen vorbeikommen, und es wird weder Fische noch Tiere geben, die zur Tränke kommen, und wir werden Hungers sterben. Darum laßt uns einen Damm bauen.«

»Jawohl, einen Damm! Einen Damm!« schrien alle und schwammen, so schnell sie konnten, zum Ufer. »Bauen wir einen Damm!«

Sofort machten sie sich daran, den Damm zu bauen. Sie gingen alle in den Wald und fällten mehr als zehntausend Bäume, vor allem Lapatscho- und Quebratschobäume, weil diese ein sehr hartes Holz haben. Sie schnitten die Stämme mit den sägeähnlichen Zacken, mit denen der Schwanz der Kaimane oben besetzt ist, stießen sie ins Wasser und trieben sie über die ganze Breite des Flusses hinweg in den Grund. Kein Schiff, ob groß oder klein, konnte da hindurch. Sie waren sicher, daß niemand mehr käme, der die Fische verscheuchen könnte. Und da sie sehr müde waren, legten sie sich am Strand zum Schlafen nieder.

Am nächsten Tag wurden sie durch das Tschaß-tschaß-tschaß des Dampfers geweckt. Alle hörten es, aber keiner erhob sich, nicht einmal die Augen öffneten sie – was scherte sie das Schiff? Es konnte so viel Lärm machen, wie es nur wollte, durch den Damm konnte es nicht hindurch.

Und wirklich: der Dampfer war noch in weiter Entfernung, als er anhielt; die Männer an Bord beobachteten mit Feldstechern das quer über den Fluß dahingestreckte Etwas, und sie schickten ein Boot aus, um nachzusehen, was das war, das ihnen die Weiterfahrt verwehrte. Darauf erhoben sich die Kaimane und schwammen zum Damm; sie blickten durch die Ritzen zwischen den Stämmen hindurch und lachten über den Streich, den sie dem Dampfer gespielt hatten.

Das Boot näherte sich, inspizierte den großartigen Damm, den die Kaimane errichtet hatten, und kehrte zum Dampfer zurück. Aber später näherte es sich von neuem dem Damm, und die Männer im Boot riefen: »He, ihr Kaimane!«

»Was gibt's?« fragten die Kaimane und steckten die Köpfe zwischen den Pfählen des Dammes hervor.

»Das Zeug hier stört uns!« sagten die Männer.

»Das wissen wir schon lange!«

»Wir können nicht vorbei!«

»Genau das wollen wir ja!«

»Reißt den Damm ab!«

»Wir reißen ihn nicht ab!«

Die Männer im Boot sprachen eine Weile leise miteinander und riefen dann: »Ihr Kaimane!«

»Was gibt's?« fragten sie.

»Reißt ihr ihn nicht ab?«

»Nein!«

»Dann bis morgen!«

»Wann immer ihr wollt!«

Und das Boot kehrte zum Dampfer zurück, während die Kaimane, wie verrückt vor Zufriedenheit, wild mit den Schwänzen im Wasser herumschlugen. Kein Dampfer würde hier vorbeifahren, und immer, immer würde es Fische geben.

Aber am Tage darauf kehrte der Dampfer zurück, und als die Kaimane das Schiff betrachteten, verstummten sie vor Erstaunen: es war nicht dasselbe Schiff. Es war ein anderes, ein

Schiff von mausgrauer Farbe und viel größer als das vorige. Was für ein neues Schiff war das? Wollte es auch vorbeifahren? Es würde nicht durchkommen, nein. Weder dieses noch das andere, noch überhaupt eins.

»Nein, es kommt nicht durch!« schrien die Kaimane und stürzten zum Damm, wo ein jeder seinen Posten zwischen den Baumstämmen einnahm.

Das neue Schieff hielt wie das andere in einiger Entfernung an, und genau wie bei dem ersten wurde ein Boot zu Wasser gelassen, das sich dem Damm näherte.

Darinnen waren ein Offizier und acht Matrosen.

Der Offizier rief: »He, ihr Kaimane!«

»Was gibt's?« antworteten sie.

»Reißt ihr den Damm nicht ab?«

»Nein!«

»Nein?«

»Nein!«

»Nun gut!« sagte der Offizier. »Dann werden wir ihn mit Kanonen kurz und klein schießen.«

»Nur zu!« antworteten die Kaimane.

Und das Boot kehrte zum Schiff zurück.

Nun wohl, dieses mausgraue Schiff war ein Kriegsschiff, ein Kreuzer mit furchtbaren Kanonen. Der alte, weise Kaiman, der einmal bis zum Meer gezogen war, erinnerte sich plötzlich und hatte gerade noch Zeit, den anderen Kaimanen zuzurufen: »Versteckt euch im Wasser! Auf! Es ist ein Kriegsschiff! Achtung! Versteckt euch!«

Die Kaimane verschwanden augenblicklich unter Wasser und schwammen zum Ufer, wo sie untergetaucht liegenblieben und nur Nase und Augen aus dem Wasser steckten. Im selben Augenblick entstieg dem Kriegsschiff eine große weiße Rauchwolke, ein fürchterliches Getöse erhob sich, und eine riesige Kanonenkugel schlug als Volltreffer mitten in den Damm. Zwei oder drei Baumstämme flogen in Fetzen in die

Luft, und bald darauf traf eine zweite, und noch eine, und eine weitere, und nach jeder wirbelte ein Stück des Dammes zersplittert durch die Luft, bis nichts mehr von ihm übrig war, kein Stamm, kein Splitter, keine Rinde. Alles hatte der Kreuzer zerschossen, und die Kaimane, den Körper unter Wasser, nur mit Augen und Nase herausguckend, sahen das Kriegsschiff passieren, das aus voller Kraft pfiff.

Da krochen die Kaimane aus dem Wasser und sagten: »Wir wollen einen neuen Damm bauen, der viel größer als der vorige ist.«

Noch am gleichen Abend und in der gleichen Nacht bauten sie aus riesigen Baumstämmen einen zweiten Damm. Danach legten sie sich todmüde zum Schlafen nieder, und sie schliefen auch noch am nächsten Tag, als das Kriegsschiff zum zweiten Mal kam und sich dem Damm näherte.

»He, ihr Kaimane!« rief der Offizier.

»Was gibt's!« antworteten die Kaimane.

»Reißt diesen zweiten Damm ab!«

»Wir reißen ihn nicht ab!«

»Dann schießen wir ihn eben auch zusammen.«

»Zerschießt ihn . . . wenn ihr könnt!«

Und sie sprachen mit solchem Stolz, weil sie sicher waren, daß alle Kanonen der Welt ihren neuen Damm nicht zerschießen könnten.

Aber eine Weile später hüllte sich das Schiff wiederum in Rauch, und mit einem fürchterlichen Krachen detonierte ein Geschoß in der Mitte des Dammes, denn jetzt hatten sie mit Granaten geschossen. Die Granate zerbarst an den Stämmen, und die riesigen Balken wurden in Stücke gerissen und zersplitterten. Die zweite Granate zerbarst neben der ersten, und ein weiteres Stück des Dammes flog durch die Luft. Auf diese Weise zerstörten sie den Damm, und es blieb nichts, aber auch gar nichts von ihm übrig.

Dann fuhr das Kriegsschiff an den Kaimanen vorbei, und die

Männer machten sich über sie lustig, indem sie sich den Mund zuhielten.

»Gut!« sagten darauf die Kaimane und stiegen aus dem Wasser. »Wir werden alle sterben, weil das Schiff immer wieder vorbeikommt und weil die Fische nicht zurückkehren werden.«

Und sie waren traurig, denn die ganz kleinen Kaimane jammerten vor Hunger.

Da sagte der alte Kaiman: »Es bleibt uns noch eine Hoffnung auf Rettung. Laßt uns zum Surubí* gehen. Ich reiste damals mit ihm zusammen, als ich zum Meer zog; er hat einen Torpedo. Er sah eine Schlacht zwischen zwei Kriegsschiffen mit an und brachte einen Torpedo mit, der nicht losgegangen war. Wir werden ihn darum bitten, und obwohl er sehr böse auf uns Kaimane ist, hat er doch ein gutes Herz und wird nicht wollen, daß wir alle sterben.«

Tatsache ist, daß die Kaimane vor vielen Jahren einen kleinen Neffen des Surubí gefressen hatten, und deshalb wollte dieser nichts mehr mit ihnen zu tun haben. Aber dennoch eilten sie schnell zum Surubí, der in einer riesigen Höhle am Ufer des Paraná wohnte und stets neben seinem Torpedo schlief.

»He, Surubí!« riefen alle Kaimane schon vom Eingang der Höhle. Sie trauten sich nicht recht hinein, wegen jener Geschichte mit dem kleinen Neffen.

»Wer ruft mich?« fragte der Surubí.

»Wir sind es, die Kaimane!«

»Mit euch habe ich nichts zu schaffen, und ich will auch nichts mit euch zu schaffen haben«, antwortete schlechtgelaunt der Surubí.

Daraufhin tat der alte Kaiman einen Schritt in die Höhle hinein und sagte: »Ich bin es, Surubí! Ich bin dein Freund, der Kaiman, der mit dir zusammen bis ans Meer gereist ist!«

* schuppenloser Wels

144

Als er diese vertraute Stimme vernahm, kam der Surubí aus der Höhle heraus.

»Ach, ich hatte dich nicht erkannt«, sagte er liebevoll zu seinem alten Freund. »Was möchtest du?«

»Wir wollen dich um den Torpedo bitten. Da ist ein Schiff, das durch unseren Fluß fährt und die Fische verscheucht. Es ist ein Kriegsschiff, ein Kreuzer. Wir haben einen Damm gebaut, und es hat ihn zerstört. Die Fische sind fortgezogen, und wir werden Hungers sterben. Gib uns den Torpedo, und wir werden das Schiff versenken.«

Der Surubí dachte lange nach, als er dies vernahm, und sagte dann: »Gut, ich leihe euch den Torpedo, obgleich ich mich stets daran erinnern werde, was ihr dem Sohn meines Bruders angetan habt! Wer von euch weiß, wie man den Torpedo abschießt?«

Keiner wußte es, und alle schwiegen.

»Nun gut«, sagte der Surubí voller Stolz, »ich werde ihn abschießen. Ich weiß, wie man es macht.«

Daraufhin organisierten sie die Reise. Die Kaimane hängten sich aneinander; den Schwanz des einen am Hals des anderen, bildeten sie eine lange Kette von Kaimanen, die sich über mehr als eine Viertelmeile erstreckte. Der riesenhafte Surubí stieß den Torpedo in die Strömung hinein und legte sich unter ihn, wobei er ihn mit dem Rücken stützte, so daß er schwamm. Und als der Ring aus Lianen geschlossen war, an dem sich die Kaimane, der eine hinter dem anderen, festgebunden hatten, hielt sich der Surubí mit den Zähnen am Schwanz des hintersten Kaimans fest, und so begannen sie die Fahrt. Der Surubí stützte den Torpedo, und die Kaimane eilten an der Küste entlang und zogen ihn. Sie stiegen hinauf und hinab, sie sprangen über Steine, sie liefen immerfort und zogen den Torpedo mit solcher Geschwindigkeit, daß er dahinglitt wie ein Schiff. Am folgenden Morgen langten sie zeitig an der Stelle an, wo sie zuletzt den Damm errichtet hatten, und sie begannen sofort mit einem neuen, der aber viel stärker war als die vorhergehenden, denn auf den Rat des Surubí hin legten sie die Baumstämme dicht aneinander. Es war ein wirklich prachtvoller Damm.

Kaum eine Stunde war vergangen, seit sie den letzten Baumstamm in den Damm gefügt hatten, da tauchte das Kriegsschiff von neuem auf, und wieder näherte sich das Boot mit dem Offizier und den acht Matrosen dem Damm. Die Kaimane schlängelten sich wieder zwischen die Stämme und steckten die Köpfe an der anderen Seite hervor.

»He, ihr Kaimane!« rief der Offizier.

»Was gibt's?« antworteten die Kaimane.

»Wieder einmal einen Damm?«

»Ja, wieder einmal.«

»Reißt diesen Damm ab!«

»Niemals!«

»Ihr reißt ihn nicht ab?«

»Nein!«

»Gut denn, so hört also«, sagte der Offizier, »wir werden diesen Damm zertrümmern, und damit ihr nicht wieder einen neuen baut, werden wir danach euch mit Kanonen zusammenschießen. Kein einziger von euch wird am Leben bleiben – weder die Großen noch die Kleinen, weder die Fetten noch die Mageren und auch nicht dieser alte Kracher da, der nur noch zwei Zähne in den Kinnladen hat.«

Als der alte, weise Kaiman merkte, daß der Offizier von ihm sprach und sich über ihn lustig machte, sagte er: »Gewiß, ich habe nur noch wenig Zähne, und dazu noch ein paar abgebrochene. Aber weißt ihr, was diese Zähne morgen fressen werden?« setzte er hinzu und öffnete sein Riesenmaul.

»Na, was werden sie denn fressen?« antworteten die Matrosen.

»Diesen kleinen Offizier«, sagte der Kaiman und stieg geschwind von seinem Baumstamm herab.

In der Zwischenzeit hatte der Surubí seinen Torpedo genau in der Mitte des Dammes bereitgestellt. Er befahl vier Kaimanen, ihn vorsichtig zu packen und unter Wasser zu tauchen, bis er ihnen ein Zeichen gäbe. Und so geschah es; gleich darauf tauchten die übrigen Kaimane in der Nähe des Ufers unter; einzig die Nase und die Augen schauten aus dem Wasser. Der Surubí tauchte neben seinem Torpedo unter.

Plötzlich hüllte sich das Kriegsschiff in eine Rauchwolke und feuerte den ersten Kanonenschuß gegen den Damm ab. Die Granate zerbarst genau in der Mitte des Dammes, und zehn oder zwölf Baumstämme zersplitterten in tausend Stücke.

Aber der Surubí war auf der Hut, und kaum war das Loch in den Damm gerissen, schrie er den Kaimanen zu, die unter Wasser den Torpedo festhielten: »Laßt den Torpedo los, laßt ihn los!«

Die Kaimane ließen los, und der Torpedo kam an die Oberfläche. Und schneller, als man die ganze Geschichte erzählen kann, schob der Surubí den Torpedo genau in die Mitte des Durchbruchs, visierte mit einem Auge und schoß den Torpedo auf das Schiff ab, indem er das Laufwerk betätigte.

Das geschah im rechten Augenblick. Gerade nämlich feuerte der Kreuzer seinen zweiten Kanonenschuß ab, und die Granate krepierte zwischen den Pfählen, wobei ein weiteres Stück des Dammes in Trümmer ging.

Aber schon hatte der Torpedo das Schiff erreicht, und die Männer, die an Bord waren, sahen ihn, das heißt, sie sahen den Wirbel, den ein Torpedo im Wasser bewirkt. Alle stießen einen lauten Angstschrei aus und wollten mit dem Kreuzer ausweichen, damit sie nicht getroffen würden.

Aber es war zu spät; der Torpedo traf das riesige Schiff genau in der Mitte.

Man kann sich nicht vorstellen, welch schreckliches Getöse der Torpedo verursachte. Er zerbarst und riß das Schiff in fünfzehntausend Stücke. Meilenweit wurden Schornsteine, Maschinen, Kanonen, Beiboote durch die Luft geschleudert.

Die Kaimane stießen ein Triumphgeschrei aus und liefen wie besessen zum Damm. Dort sahen sie, wie Tote, Verwundete und einige Überlebende, die die Flußströmung mit sich riß, durch das von der Granate gerissene Loch trieben.

Sie kauerten sich übereinander auf die beiden Baumstämme, die zu beiden Seiten der Öffnung übriggeblieben waren, und als die Männer vorbeitrieben, machten sie sich über sie lustig, indem sie sich mit den Tatzen das Maul zuhielten.

Sie mochten keinen der Männer fressen, obwohl diese es sehr wohl verdient hätten. Nur einmal, als nämlich einer vorbeitrieb, der goldene Tressen an der Uniform trug und noch lebte, stürzte sich der alte Kaiman mit einem Satz ins Wasser, und krach! fraß er ihn auf, indem er zweimal mit seinem Maul zuschnappte.

»Wer war das?« fragte ein kleiner unwissender Kaiman.

»Das war der Offizier«, antwortete der Surubí. »Mein alter Freund hatte ihm versprochen, daß er ihn fressen würde, und nun hat er ihn gefressen.«

Die Kaimane rissen den Rest des Dammes ab, der zu nichts mehr taugte, nun, da kein Mensch mehr dort vorbeikommen würde. Der Surubí, der ganz vernarrt in den Uniformgürtel und die Schnüre des Offiziers war, bat, man möge sie ihm schenken, und er mußte sie dem alten Kaiman aus den Zähnen reißen, worin sie sich verfangen hatten. Der Surubí legte sich den Gürtel an, den er unter den Flossen festschnallte, und band die Degenschnüre an seine großen Schnurrbartspitzen. Da der Surubí eine hübsche Haut hat, die mit ihren dunklen Flecken an die einer Natter erinnert, schwamm er eine Stunde lang vor den Kaimanen hin und her, die ihn mit offenem Mund bestaunten.

Die Kaimane begleiteten ihn dann bis zu seiner Höhle und bedankten sich unendlich viele Male. Dann kehrten sie zu ihren Gründen zurück. Auch die Fische kehrten zurück, und die Kaimane lebten wieder glücklich und zufrieden und sind es auch heute noch, denn sie haben sich schließlich daran gewöhnt, Dampfer und Schiffe vorbeifahren zu sehen, die Apfelsinen fortbringen.

Aber mit Kriegsschiffen wollen sie nichts zu tun haben.

Die Strümpfe der Flamingos

Einst gaben die Nattern einen großen Ball. Sie luden die Frösche ein und die Kröten, die Flamingos, die Krokodile und die Fische. Die Fische, die nicht laufen können, konnten auch nicht tanzen; weil der Ball aber am Ufer des Flusses stattfand, drängten sie sich am Strand zusammen und klatschten mit den Schwänzen Beifall.

Die Kaimane hatten sich schön herausgeputzt und sich eine Bananenkette um den Hals gehängt; sie rauchten Zigarren aus Paraguay. Die Kröten hatten sich den ganzen Körper mit Fischschuppen beklebt und liefen schwankend umher, als ob sie schwömmen. Und jedesmal, wenn sie tiefernst am Flußufer vorbeikamen, stimmten die Fische ein Hohngeschrei an.

Die Frösche hatten sich den ganzen Körper parfümiert und liefen auf zwei Beinen. Auch trug jeder von ihnen ein Glühwürmchen, das wie ein Laternchen hin und her schwankte.

Aber am schönsten waren die Nattern. Alle steckten ohne Ausnahme in Ballettkostümen, deren Farbe der des jeweiligen Trägers glich. Die roten Nattern trugen einen Reifrock aus rotem Tüll; die grünen einen solchen aus grünem Tüll; die gelben einen aus gelbem Tüll und die Jararás einen aus Tüll mit Streifen von Ziegelsplitt und Asche, denn das ist die Farbe der Jararás.

Und die prächtigsten von allen waren die Korallennattern, die in riesenlange rote, weiße und schwarze Gazeschleier gehüllt waren und wie Papierschlangen umhertanzten. Wenn die Nattern sich im Tanze drehten und sich auf die Schwanzspitzen erhoben, klatschten alle Gäste wie verrückt Beifall.

Nur die Flamingos, die damals noch weiße Füße hatten und heute wie damals eine sehr dicke und verbogene Nase haben, nur die Flamingos also waren traurig, denn da sie nur wenig Grütze im Kopf hatten, fanden sie nichts, womit sie sich hätten schmücken können. Sie waren auf das Kostüm all der anderen, besonders jedoch auf das der Korallennattern, neidisch. Jedesmal, wenn eine Natter vor ihnen auftauchte und kokett die Gazeschleier wallen ließ, erstarrten die Flamingos vor Neid.

Schließlich sagte ein Flamingo: »Ich weiß, was wir tun werden; wir ziehen uns rote, schwarzweiße Strümpfe an, dann werden sich die Korallennattern in uns verlieben.«

Und alle erhoben sich zum Flug, überquerten den Fluß und fielen in einen Laden im Orte ein.

Tam tam! klopften sie mit den Füßen.

»Wer ist da?« fragte der Händler.

»Wir sind die Flamingos. Haben Sie rote, schwarzweiße Strümpfe?«

»Nein, die haben wir nicht«, versetzte der Händler. »Seid ihr wahnsinnig? Nirgendwo werdet ihr solche Strümpfe finden.«

Die Flamingos machten sich daraufhin zu einem anderen Geschäft auf.

Tam tam! »Haben Sie rote, schwarzweiße Strümpfe?«

Der Händler antwortete: »Was sagt ihr? Rote, schwarzweiße Strümpfe? Solche Strümpfe gibt es nirgendwo. Ihr seid verrückt. Wer seid ihr?«

»Wir sind die Flamingos«, antworteten sie.

Und der Mann sagte: »Dann seid ihr ganz bestimmt verrückt gewordene Flamingos.«

Sie kamen zu einem anderen Laden.

Tam tam! »Haben Sie rote, schwarzweiße Strümpfe?«

Der Händler schrie: »Von welcher Farbe? Rot und schwarzweiß? Nur solchen knollennasigen Vögeln wie euch kann es einfallen, solche Strümpfe zu verlangen. Schert euch augenblicklich fort!«

Und der Mann vertrieb sie mit dem Besenstiel.

Auf diese Weise klapperten die Flamingos alle Geschäfte ab, und überall wurden sie als verrückt hinausgeworfen.

Daraufhin wollte sich ein Gürteltier, das gerade zur Tränke an den Fluß trabte, über die Flamingos lustig machen und sagte, wobei es ihnen einen großartigen Gruß entbot: »Guten Abend, meine Herren Flamingos! Ich weiß, was Sie suchen. Solche Strümpfe werden Sie in keinem Geschäft finden. Vielleicht gibt es sie in Buenos Aires, aber die müssen Sie sich per Einschreiben schicken lassen. Meine Schwägerin, die Eule, hat solche Strümpfe. Bitten Sie sie darum, und sie wird Ihnen die roten, schwarzweißen Strümpfe herausrücken.«

Die Flamingos bedankten sich und begaben sich flugs zur Höhle der Eule. Und sie sagten zu ihr: »Guten Abend, Eule! Wir sind gekommen, dich um die roten, schwarzweißen Strümpfe zu bitten. Heute ist der große Natternball, und wenn wir uns diese Strümpfe anziehen, werden sich die Korallennattern in uns verlieben.«

»Aber mit dem größten Vergnügen«, antwortete die Eule. »Wartet eine Sekunde, ich bin gleich wieder da.«

Sie flog davon und ließ die Flamingos allein; nach einem Weilchen kehrte sie mit den Strümpfen zurück. Aber das waren keine Strümpfe, sondern Häute von Korallennattern, hübsche Häute; die hatte die Eule gerade erst von den erbeuteten Nattern abgezogen.

»Hier sind die Strümpfe«, sagte die Eule. »Seid unbesorgt, aber achtet auf eins: tanzt die ganze Nacht, tanzt, ohne einen Moment auszuruhen, tanzt auf der Seite, auf dem Schnabel, auf dem Kopf, ganz wie es euch beliebt, aber haltet keinen Augenblick inne, sonst werdet ihr weinen, statt zu tanzen.«

Aber weil die Flamingos so dumm sind, begriffen sie nicht, welch große Gefahr auf sie lauerte, und voller Freude streiften sie sich die Strümpfe aus Korallennatternhäuten über, indem sie mit den Füßen in die Häute schlüpften, die wie Röhren waren. Und höchst zufrieden flogen sie zum Ball zurück.

152

Als die Flamingos mit ihren prachtvollen Strümpfen auftauchten, wurden alle neidisch. Die Nattern wollten nur mit ihnen tanzen, und da die Flamingos nicht einen Augenblick aufhörten, ihre Füße zu bewegen, konnten die Nattern nicht genau erkennen, woraus diese kostbaren Strümpfe gemacht waren.

Aber allmählich begannen die Nattern Verdacht zu schöpfen. Wenn die Flamingos tanzend an ihnen vorbeischwebten, bückten sie sich bis zum Boden nieder, damit sie gut sehen konnten.

Vor allem die Korallennattern waren höchst beunruhigt. Sie ließen die Strümpfe nicht aus den Augen und kauerten sich ebenfalls nieder, versuchten sogar, mit der Zunge die Beine der Flamingos zu berühren, denn die Zunge ist für die Nattern, was die Hand für die Menschen ist. Aber die Flamingos tanzten unaufhörlich, obgleich sie todmüde waren und kaum noch konnten.

Die Korallennattern, hierin sehr erfahren, baten sogleich die Frösche um ihre Laternchen, die Glühwürmer, und warteten allesamt darauf, daß die Flamingos vor Müdigkeit umfielen.

Und wirklich, eine Minute später stieß ein Flamingo, der nicht mehr recht konnte, an die Zigarre eines Kaimans, schwankte und fiel auf die Seite. Sogleich eilten die Korallennattern mit ihren Laternchen herbei und beleuchteten die Füße des Flamingos. Und nun erkannten sie, was das für Strümpfe waren, und stießen ein Zischen aus, das noch am anderen Ufer des Paraná zu hören war.

»Das sind gar keine Strümpfe!« schrien die Nattern. »Wir wissen, was es ist! Sie haben uns hinters Licht geführt! Die Flamingos haben unsere Schwestern getötet und sich deren Häute als Strümpfe angezogen! Die Strümpfe, die sie anhaben, sind Korallennattern!«

Als sie dies hörten, bekamen die Flamingos Angst, da sie überführt worden waren, und wollten davonfliegen. Aber sie waren so müde, daß sie nicht einmal einen Fuß heben konnten. Da fielen die Korallennattern über sie her, rollten sich um ihre Beine und zerfetzten mit ihren Bissen die Strümpfe. Wütend rissen sie ihnen die Strümpfe stückweise herunter, und sie bissen die Flamingos auch in die Beine, damit sie sterben sollten.

Wie toll vor Schmerzen hüpften die Flamingos von der einen Seite zur anderen, ohne daß die Korallennattern sich von ihren Beinen losrollten. Als die Nattern schließlich sahen, daß kein einziger Strumpffetzen mehr daran war, ließen sie die Flamingos frei.

Die Korallennattern waren jetzt selber erschöpft und mußten erst wieder die Gazeschleier ihrer Ballettkostüme zurechtzupfen; außerdem waren sie sicher, daß die Flamingos sterben würden, denn mindestens die Hälfte der Korallennattern, die ihnen Bißwunden zugefügt hatten, waren Giftschlangen.

Aber die Flamingos starben nicht. Voller Hast stürzten sie sich ins Wasser, denn sie verspürten heftige Schmerzen. Sie schrien vor Schmerz, und ihre Füße, die weiß gewesen waren, färbten sich nun rot vom Gift der Nattern. Tage und Tage vergingen, und immer noch brannte eine fürchterliche Glut in ihren Beinen, und immer noch waren sie blutrot vom Gift.

Das ist nun schon lange her. Und noch heute stecken die Flamingos fast den ganzen Tag lang ihre flammendroten Füße ins Wasser und versuchen auf diese Weise, das Brennen, das sie in ihnen spüren, zu lindern.

Zuweilen entfernen sie sich vom Ufer und machen einige Schritte aufs Land, um zu sehen, wie es um sie steht. Aber dann kommen die Schmerzen, die vom Gift herrühren, sofort wieder, und sie rennen zurück, um sich von neuem ins Wasser zu stellen. Manchmal ist das Brennen, das sie verspüren, so groß, daß sie ein Bein einziehen und stundenlang so verharren, weil sie es nicht wieder ausstrecken können.

Das ist die Geschichte von den Flamingos, deren Beine,

früher weiß, heute rot sind. Alle Fische wissen, warum das so ist, und machen sich über sie lustig. Aber die Flamingos lassen sich während ihrer Heilkur im Wasser keine Gelegenheit zur Rache entgehen und fressen jedes Fischlein, das sich über sie lustig machen will und ihnen dabei zu nahe kommt.

Die Riesenschildkröte

Es war einmal ein Mann, der lebte in Buenos Aires und war sehr mit sich zufrieden, denn er war ein gesunder und arbeitsamer Mensch. Aber eines Tages wurde er krank, und die Ärzte sagten ihm, er könne nur dann geheilt werden, wenn er aufs Land ginge. Er wollte nicht gehen, weil er kleine Brüder hatte, für die er sorgen mußte, und so wurde er jeden Tag kränker. Bis ihm eines Tages einer seiner Freunde, der Direktor des Zoos war, sagte: »Sie sind mein Freund und ein guter und arbeitsamer Mensch. Deshalb möchte ich, daß Sie ins Gebirge ziehen und sich dort viel in frischer Luft tummeln, damit Sie gesund werden. Und da Sie gut mit der Flinte umzugehen wissen, jagen Sie Gebirgswild und bringen Sie mir die Felle. Ich werde Ihnen Geld vorschießen, damit Ihre Brüder gut zu essen haben.«

Der Kranke willigte ein und ging weit ins Gebirge hinein, weiter noch als bis nach Misiones, um dort zu leben. Es war sehr warm dort, und das tat ihm gut.

Er lebte allein im Wald und bereitete sich sein Essen selber. Er aß Geflügel und Berggetier, das er mit der Flinte jagte, und zum Nachtisch aß er Obst. Er schlief unter den Bäumen, und wenn das Wetter schlecht war, baute er sich innerhalb von fünf Minuten eine Hütte aus Palmblättern und saß darin rauchend und höchst zufrieden mitten im Wald, der mit dem Wind und dem Regen heulte.

Aus den Tierfellen hatte er ein Bündel geschnürt, das er auf den Schultern trug. Auch hatte er viele Giftschlangen lebendig gefangen, die er in einem großen ausgehöhlten Kürbis mit sich schleppte, denn dort gibt es Kürbisköpfe, die so groß sind wie ein Benzinkanister.

Der Mann hatte wieder eine gesunde Farbe, er war bei Kräften und hatte Appetit. Eines Tages, als er großen Hunger verspürte, denn er hatte seit zwei Tagen nichts gejagt, sah er am Ufer einer großen Lagune einen riesigen Tiger, der eine Schildkröte fressen wollte und sie auf die Seite legte, um mit der Tatze hineinzulangen und das Fleisch mit den Krallen herauszureißen. Als der Tiger den Mann bemerkte, stieß er ein fürchterliches Gebrüll aus und wollte sich mit einem Satz auf ihn werfen. Aber der Jäger, der ein guter Schütze war, zielte auf die Stelle zwischen seinen Augen und zerschmetterte ihm den Schädel. Danach zog er ihm das Fell ab, das so groß war, daß es allein genügt hätte, um einem ganzen Zimmer als Teppich zu dienen.

Jetzt, sagte sich der Mann, werde ich die Schildkröte essen, das ist ein sehr wohlschmeckendes Fleisch.

Aber als er sich der Schildkröte näherte, sah er, daß sie bereits verletzt war, der Kopf war fast vom Hals getrennt und hing sozusagen nur noch an zwei oder drei Muskelfasern.

Trotz des Hungers, den er empfand, hatte der Mann Mitleid mit der armen Schildkröte, und er schleppte sie an einem Strick hinter sich her bis zu seiner Palmhütte, wo er ihr mit Stoffetzen, die er von seinem Hemd abriß, den Kopf verband, denn er hatte nur ein einziges Hemd und besaß keine Lappen. Er hatte sie hinter sich her schleppen müssen, denn die Schildkröte war riesengroß, so hoch wie ein Stuhl, und wog so viel wie ein ausgewachsener Mensch.

Die Schildkröte lag angebunden in einem Winkel, und dort blieb sie viele Tage lang, ohne sich zu bewegen.

Der Mann verband sie jeden Tag, und danach gab er ihr stets mit der Hand einen kleinen Klaps auf den Rücken.

Die Schildkröte genas schließlich. Aber nun war es der Mann, der krank wurde. Er bekam Fieber, und der ganze Leib tat ihm weh.

Bald konnte er nicht mehr aufstehen. Das Fieber stieg ständig, und die Kehle brannte ihm vor Durst. Der Mann begriff, daß er schwer krank war, und im Fieber redete er laut, obwohl er allein war.

»Ich werde sterben«, sagte der Mann, »ich bin allein, kann nicht mehr aufstehen und habe nicht einmal jemand, der mir Wasser bringt. Ich werde hier vor Hunger und Durst sterben.«

Und nach kurzer Zeit stieg das Fieber noch höher, und er verlor die Besinnung.

Aber die Schildkröte hatte ihn gehört und verstanden, was der Jäger gesagt hatte. Sie dachte: Der Mann hat mich damals nicht gegessen, obgleich er großen Hunger hatte, und er hat mich geheilt. Jetzt werde ich ihn heilen.

Darauf kroch sie zur Lagune, suchte den Panzer einer kleinen Schildkröte, und nachdem sie ihn gut mit Sand und Asche gereinigt hatte, füllte sie ihn mit Wasser und gab es dem Mann zu trinken, der auf seiner Decke hingestreckt lag und vor Durst fast umkam. Dann machte sie sich auf die Suche nach köstlichen Wurzeln und zarten Kräutern, die sie dem Mann zu essen brachte. Der Mann aß, ohne daß ihm klar wurde, wer ihm diese Mahlzeit verabreichte, denn er war im Fieberdelirium und erkannte niemanden.

Jeden Morgen durchstreifte die Schildkröte das Berggelände und suchte immer köstlichere Wurzeln für den Mann, und sie bedauerte nur, daß sie nicht auf die Bäume klettern und ihm Obst mitbringen konnte.

So bekam der Jäger Tag für Tag zu essen, ohne zu wissen, wer ihm zu essen gab, und eines Tages erlangte er das Bewußtsein wieder. Er blickte sich um und sah, daß er allein war, denn es gab niemand weiter als ihn selber und die Schildkröte, die ja ein Tier war. Und er sagte wieder mit lauter Stimme: »Ich bin allein im Busch, das Fieber wird wiederkommen, und ich werde hier sterben, denn nur in Buenos Aires gibt es Arzneien, die mich heilen können. Aber niemals werde ich dorthin gehen können, und sicher muß ich hier sterben.«

Und genau wie er gesagt hatte, kehrte das Fieber an diesem Abend wieder, viel heftiger noch als vorher, so daß er von neuem das Bewußtsein verlor.

Aber auch diesmal hatte die Schildkröte ihn gehört, und sie sagte sich: Wenn er hier im Gebirge bleibt, wird er sterben, weil es keine Arzneien gibt. Ich muß ihn nach Buenos Aires bringen.

Gesagt, getan. Sie schnitt sich dünne, aber starke Schlingpflanzen zurecht, die zäh wie Leder sind, lud mit großer Behutsamkeit den Mann auf ihren Rücken und band ihn mit den Schlingpflanzen fest, damit er nicht herunterfiel. Sie probierte immer wieder, wie sie die Flinte, die Felle und den Natternkorb am besten befestigen könnte, und am Ende war alles so, wie sie es haben wollte, so daß der Jäger es schön bequem hatte, und dann machte sie sich auf die Reise.

Die Schildkröte wanderte mit ihrer Last Tage und Nächte. Sie überquerte Berge, Felder, durchschwamm Flüsse, die eine Meile breit waren, und kroch durch Sümpfe, in denen sie fast versank, immer mit dem todkranken Mann auf dem Rücken. Nach acht oder zehn Stunden Marsch rastete sie stets, löste die Knoten und bettete den Mann mit großer Behutsamkeit auf eine Stelle, wo der Rasen schön trocken war.

Dann machte sie sich auf die Suche nach Wasser und zarten Wurzeln und gab alles dem kranken Mann. Sie selber aß ebenfalls, obwohl sie so erschöpft war, daß sie lieber geschlafen hätte.

Manchmal mußte sie in der Sonne marschieren, und da es Sommer war, bekam der Jäger derart hohes Fieber, daß er delirierte und vor Durst fast umkam. Er rief immer wieder: »Wasser!« Und jedesmal mußte ihm die Schildkröte zu trinken geben.

So ging es Tag um Tag, Woche um Woche. Jeden Tag kamen sie Buenos Aires ein Stück näher, aber mit jedem Tag wurde die Schildkröte ein wenig schwächer, wenn sie auch nie darüber klagte. Zuweilen blieb sie vollständig erschöpft liegen, und der Mann, der nur halb zu sich kam, sagte laut: »Ich werde sterben, ich werde immer kränker, und nur in Buenos Aires kann man mich heilen. Aber ich werde allein hier im Gebirge sterben«, denn er glaubte, er wäre noch immer in der Laubhütte. Dann erhob sich die Schildkröte und machte sich von neuem auf den Weg.

Aber eines Abends konnte die arme Schildkröte nicht mehr. Sie war am Ende ihrer Kräfte und vermochte nicht weiterzulaufen. Schon seit einer Woche hatte sie nichts mehr gegessen, um schneller vorwärts zu kommen, und nun hatte sie zu nichts mehr Kraft.

Als die Nacht hereingebrochen war, sah sie fern am Horizont ein Licht, ein Leuchten, das den Himmel erhellte, aber sie wußte nicht, was es war. Sie wurde immer schwächer und schloß die Augen, um mit dem Jäger zu sterben, und sie war traurig, weil sie den Menschen nicht hatte retten können, der gut zu ihr gewesen war. Und gleichwohl war sie schon in Buenos Aires, sie wußte es nur nicht. Das Licht, das sie am Himmel sah, war der Widerschein der Stadt, und nun, da sie bereits am Ende ihrer heldenhaften Reise angelangt war, war sie todkrank.

Aber eine Stadtmaus – möglicherweise war es das Mäuslein Pérez – begegnete den beiden todkranken Reisenden.

»Was für eine Schildkröte!« sagte die Maus. »Noch nie habe ich eine so große Schildkröte gesehen. Und was ist das, was du da auf dem Rücken trägst? Brennholz?«

»Nein«, antwortete traurig die Schildkröte, »es ist ein Mensch.«

»Und wohin willst du mit diesem Menschen?« fragte die neugierige Maus weiter.

»Ich gehe . . . ich gehe . . . Ich wollte nach Buenos Aires«, antwortete die arme Schildkröte mit so leiser Stimme, daß man sie kaum verstehen konnte. »Aber wir werden hier sterben, weil ich niemals dahin gelangen werde . . .«

»Ach, Dummchen, Dummchen! Wo du schon in Buenos Aires bist! Das Licht, das du dort siehst, ist Buenos Aires.«

Als sie das hörte, spürte die Schildkröte Riesenkräfte in sich erwachen, denn nun hatte sie ja noch Zeit, den Jäger zu retten, und setzte ihren Weg fort.

Es war noch am Vormittag, als der Direktor des Zoologischen Gartens eine schmutzverkrustete und äußerst magere Schildkröte ankommen sah, die einen todkranken Mann auf dem Rücken trug, der mit Schlingpflanzen festgebunden war, damit er nicht herunterfiel. Der Direktor erkannte seinen Freund wieder und lief eilends davon, um Arzneien zu holen, mit denen der Jäger dann auch bald geheilt wurde.

Als der Jäger erfuhr, wie ihn die Schildkröte gerettet und wie sie eine Reise von dreihundert Meilen gemacht hatte, damit er Arznei bekam, wollte er sich nicht mehr von ihr trennen. Und weil er sie nicht in seinem Haus behalten konnte, das sehr klein war, versprach der Zoodirektor, sie in seinem Zoo zu halten und sie so zu pflegen, als wäre sie seine eigene Tochter.

Und so geschah es. Die Schildkröte, glücklich und zufrieden über die Liebe, die man ihr entgegenbringt, spaziert durch den ganzen Zoo, und es ist dieselbe große Schildkröte, die wir alle Tage sehen, wenn sie das zarte Gras rund um die Affenkäfige abfrißt. Der Jäger besucht sie jeden Nachmittag, und schon von weitem erkennt sie ihren Freund an seinem Schritt. Sie verbringen ein paar Stunden zusammen, und sie will durchaus nicht, daß er fortgeht, ohne ihr nicht wenigstens einen zärtlichen kleinen Klaps auf den Rücken gegeben zu haben.

Das blinde Hirschkälbchen

Es war einmal eine Hirschkuh – eine Damhirschkuh –, die hatte zwei Zwillingskinder, was bei Damwild sehr selten vorkommt. Ein Bergkater fraß eins, und so blieb nur ein Kälbchen übrig. Die anderen Damhirsche liebten es über alles und kitzelten es stets in den Flanken.

Seine Mutter ließ es jeden Morgen, wenn der Tag anbrach, das Gebet der Damhirsche aufsagen. Und das lautete so:

1. Man muß die Blätter erst gut beriechen, bevor man sie frißt, denn manche sind giftig.

2. Man muß den Fluß gründlich beäugen und stillstehen, bevor man zur Tränke hinabsteigt, um sicher zu sein, daß dort keine Krokodile sind.

3. Jede halbe Stunde muß man den Kopf brav in die Höhe heben und den Wind beschnuppern, um den Geruch des Tigers aufzuspüren.

4. Wenn man Gras äst, muß man vorher genau die Büschel betrachten, um zu sehen, ob es dort nicht Schlangen gibt.

Das ist das Vaterunser der kleinen Hirsche.

Als das Hirschkälbchen sich das Sprüchlein gut eingeprägt hatte, ließ die Mutter es allein gehen.

Eines Abends jedoch, als das Hirschkälbchen über den Berg streifte und das zarte Gras äste, sah es plötzlich in der Höhlung eines morschen Baumes direkt vor sich viele aneinanderklebende Kügelchen hängen. Sie waren von dunkler Farbe, von der Farbe der Schiefertafeln.

Was mochte das sein? Das Hirschkälbchen hatte ein wenig Furcht, aber da es sehr keck war, stieß es mit dem Kopf gegen die Dinger und stob davon.

Dann sah es, daß die Kügelchen aufgeplatzt waren und

Tropfen herunterfielen. Auch waren viele kleine gelbe Fliegen mit enger Taille herausgeschlüpft, die eilig auf der Oberfläche herumliefen.

Das Hirschkälbchen näherte sich, und die kleinen Fliegen stachen es nicht; ganz sachte probierte es sodann einen Tropfen mit der Zungenspitze und leckte mit großem Behagen. Diese Tropfen waren Honig, köstlicher Honig, denn die schieferbraunen Kügelchen waren der Stock eines Völkchens von Bienen, die nicht stachen, weil sie keinen Stachel hatten. Solche Bienen gibt es.

In zwei Minuten hatte das Hirschkälbchen den ganzen Honig aufgeschleckt, und wie toll vor Freude lief es dann heim und erzählte seiner Mutter davon. Aber die Mutter schalt es gehörig aus.

»Sei sehr vorsichtig mit den Bienennestern, Töchterchen«, sagte sie zu ihm. »Der Honig ist etwas Köstliches, aber es ist sehr gefährlich, ihn herauszuholen. Geh niemals an die Nester, die du siehst.«

Das Hirschkälbchen schrie zufrieden: »Aber sie stechen nicht, Mama! Die Bremsen und die Mücken, ja, die stechen, aber die Bienen tun das nicht.«

»Da bist du im Irrtum, Töchterlein«, widersprach die Mutter. »Heut hast du Glück gehabt, nichts weiter. Es gibt ganz böse Bienen und Wespen. Gib acht, meine Tochter, sonst wirst du mir großen Kummer bereiten.«

»Ja, Mutter! Ja, Mutter!« antwortete das Hirschkälbchen.

Aber das erste, was es am anderen Morgen tat, war, den Pfaden zu folgen, die die Menschen ins Gebirge geschlagen haben, damit es die Bienennester leichter finden konnte.

Schließlich fand es auch eins. Diesmal waren es dunkle Bienen, die einen gelben Streifen an der Taille trugen und auf dem Nest herumliefen. Auch das Nest war anders; aber das Hirschkälbchen dachte, weil diese Bienen größer sind, müsse darum auch der Honig noch wohlschmeckender sein.

Es erinnerte sich zwar an das Gebot der Mutter, aber es dachte, daß die Mutter übertriebe, wie eben die Mütter der kleinen Damhirsche stets alles übertreiben. So gab es dem Nest einen kräftigen Stoß mit dem Kopf.

Hätte es das doch nur nicht getan! Sogleich krochen Hunderte von Wespen, Tausende von Wespen heraus, die das Kälbchen am ganzen Körper stachen, seinen ganzen Leib mit Stichen übersäten, in den Kopf, den Bauch, den Schwanz stachen und was viel schlimmer ist, in die Augen. Sie stachen es wohl mehr als zehnmal in die Augen.

Wahnsinnig vor Schmerz lief das Hirschkälbchen schreiend umher, bis es mit einemmal stehenbleiben mußte, weil es nichts mehr sah. Es war blind, ganz und gar blind.

Seine Augen waren dick geschwollen, und es sah nichts mehr. Da stand es nun still, zitternd vor Schmerz und Angst, und konnte nur noch verzweifelt weinen: »Mutter! . . . Mutter! . . .«

Seine Mutter, die hinausgegangen war, um es zu suchen, weil es zu lange fortblieb, fand es schließlich und verzweifelte fast darüber, daß ihr Hirschkälbchen blind war. Schritt für Schritt führte sie es zu ihrem Lager – den Kopf der Tochter an ihre Brust gedrückt –, und die Tiere des Berges, auf die sie unterwegs stießen, näherten sich allesamt, um die Augen des unglücklichen kleinen Hirschkälbchens zu betrachten.

Die Mutter wußte nicht, was sie tun sollte. Welche Heilmittel konnte sie ihm bereiten? Sie wußte genau, daß in dem Dorf, das auf der anderen Seite des Berges lag, ein Mann lebte, der Arzneien hatte. Der Mann war Jäger und jagte auch Hirsche, aber er war ein guter Mann.

Die Mutter hatte jedoch Furcht davor, ihre Tochter zu einem Mann zu bringen, der Damwild jagte. Da sie jedoch verzweifelt war, entschloß sie sich, es zu tun. Aber vorher wollte sie noch zum Ameisenbär, der ein guter Freund des Mannes war, um ihn um einen Empfehlungsbrief zu bitten.

Sie erhob sich also, nachdem sie das Hirschkälbchen gut versteckt hatte, und durchquerte im schnellen Lauf den Berg, wo sie fast vom Tiger gerissen wurde. Als sie zum Bau ihres Freundes kam, konnte sie vor Müdigkeit keinen Schritt weiter tun.

Dieser Freund war, wie gesagt, ein Ameisenbär; aber er war von einer kleinen Rasse, deren Vertreter gelb gefärbt sind und über der gelben Farbe eine Art schwarzes Hemdchen tragen, das von zwei über die Schultern laufenden Bändern gehalten wird. Sie haben auch einen Wickelschwanz, denn sie leben immer auf den Bäumen und lassen sich am Schwanz herunterbaumeln.

Woher mochte die enge Freundschaft zwischen dem Ameisenbär und dem Jäger rühren? Niemand im Gebirge wußte es, aber eines Tages werden wir den Grund schon noch erfahren.

Die arme Mutter langte also am Bau des Ameisenbären an.

»Tam! Tam! Tam!« rief sie keuchend.

»Wer ist da?« fragte der Ameisenbär.

»Ich bin's, die Damhirschkuh!«

»Ah, schön! Was will die Damhirschkuh?«

»Ich komme, dich um ein Empfehlungsbriefchen für den Jäger zu bitten. Das Hirschkälbchen, meine Tochter, ist blind.«

»Ah so, das Hirschkälbchen?« antwortete ihr der Ameisenbär. »Das ist ein braves Kind. Wenn es um das Kälbchen geht, gebe ich dir, was du willst. Aber etwas Schriftliches ist nicht nötig . . . zeig ihm dies, und er wird dir gefällig sein.«

Und mit der Schwanzspitze reichte der Ameisenbär der Hirschkuh einen getrockneten Schlangenkopf, der völlig ausgedörrt war und noch die Giftzähne trug.

»Zeig ihm dies«, sagte der Ameisenjäger. »Mehr ist nicht nötig.«

»Vielen Dank, Ameisenjäger!« antwortete die Hirschkuh zufrieden. »Du bist auch ein braver Bursche.«

Und eilends sprang sie davon, denn es war sehr spät und würde bald dunkel werden.

Als sie an ihrem Lager vorbeikam, nahm sie ihre Tochter mit, die noch immer wehklagte, und gemeinsam erreichten sie schließlich das Dorf, wo sie sehr langsam gehen und sich an den Wänden entlangdrücken mußten, damit sie nicht von den Hunden bemerkt wurden. Aber schließlich gelangten sie an die Tür des Jägers.

»Tam! Tam! Tam!« klopften sie.

»Was gibt's?« antwortete eine Männerstimme von drinnen.

»Wir sind es, die Damhirsche! Wir haben den Schlangenkopf!«

Die Mutter beeilte sich, dies zu sagen, damit der Mann genau wußte, daß sie Freundinnen des Ameisenbären waren.

»Ach so!« sagte der Mann und öffnete die Tür. »Was ist denn los?«

»Wir sind hier, damit Sie meine Tochter, das Damhirschkälbchen, heilen, das erblindet ist.«

Und sie erzählte dem Jäger die Geschichte mit den Wespen.

»Hm! Wir wollen einmal sehen, was dem Fräulein fehlt«, sagte der Jäger.

Er ging ins Haus zurück und kam mit einem hohen Stühlchen zurück, auf das sich das Hirschkälbchen setzen mußte, damit er ihm in die Augen sehen konnte, ohne sich allzusehr zu bücken.

Er untersuchte die Augen ganz aus der Nähe mit einem sehr großen runden Glas, während die Mutter mit dem Windlicht leuchtete, das um ihren Hals hing.

»Das ist gar nicht so schlimm«, sagte endlich der Jäger und half dem kleinen Hirschkälbchen beim Heruntersteigen. »Aber man muß viel Geduld haben. Tut ihm diese Salbe jeden Abend in die Augen und laßt es zwanzig Tage im Dunkeln. Danach setzt ihm diese gelbe Brille auf, und es wird wieder gesund sein.«

»Vielen Dank, Jäger!« antwortete die Mutter sehr zufrieden und dankbar. »Was schulde ich Ihnen?«

»Gar nichts«, antwortete lächelnd der Jäger. »Aber gebt gut acht auf die Hunde, denn ausgerechnet im nächsten Häuserblock wohnt ein Mann, der Spürhunde hat, die auf Hirsche abgerichtet sind.«

Die beiden Damhirsche hatten große Furcht. Sie wagten kaum, mit den Füßen aufzutreten, und verhielten alle Augenblicke. Und dennoch witterten die Hunde sie und setzten ihren Spuren wohl eine halbe Meile durch den Wald nach. Sie eilten einen sehr breiten Felspfad entlang, und vornweg lief schreiend das Hirschkälbchen.

Die Heilung erfolgte, wie es der Jäger gesagt hatte. Aber nur die Hirschkuh vermochte zu sagen, welche Mühe es kostete, das Hirschkälbchen in der Höhlung eines großen Baumes zwanzig nicht enden wollende Tage hintereinander einzusperren. Darinnen konnte man nichts sehen. Eines Morgens räumte die Mutter endlich mit dem Kopf das große Reisigbündel weg, das sie vor dem Loch aufgeschichtet hatte, damit kein Licht eindrang, und das Hirschkälbchen stürmte mit seiner gelben Brille heraus und schrie: »Ich sehe, Mama! Ich kann schon alles sehen!«

Und die Hirschkuh bettete ihr Haupt auf einen Zweig und weinte vor Freude, als sie sah, daß ihr Hirschkälbchen geheilt war.

Die Heilung war vollständig, aber das Hirschkälbchen, obgleich geheilt und gesund und zufrieden, war insgeheim traurig, und zwar deshalb, weil es dem Mann, der so gut zu ihm gewesen war, um jeden Preis seine Tat vergelten wollte und nicht wußte, wie.

Bis es eines Tages das Mittel gefunden zu haben glaubte. Es machte sich daran, die Ufer der Lagunen und die Ränder der Sümpfe nach Reiherfedern abzusuchen.

Der Jäger seinerseits dachte ebenfalls oft an das blinde Hirschkälbchen, das er geheilt hatte. In einer Regennacht saß er in seinem Zimmer und las, höchst zufrieden, weil er soeben das Strohdach befestigt hatte, so daß es nicht mehr hineinregnen konnte; er las also gerade, als er hörte, daß man ihn rief. Er öffnete die Tür und sah das Hirschkälbchen, das ihm ein ganz und gar durchnäßtes kleines Bündel Reiherfedern brachte.

Der Jäger brach in Lachen aus, und das Hirschkälbchen, das sich schämte, weil es glaubte, der Jäger lache über sein armseliges Geschenk, ging sehr traurig davon. Es suchte nun sehr große, schon trockene und saubere Federn und kehrte mit ihnen eine Woche später zurück, und diesmal lachte der Mann, der mehr aus Zärtlichkeit gelacht hatte, nicht, denn das Hirschkälbchen verstand das Lachen nicht. Statt dessen schenkte er ihm ein Bambusrohr voll Honig, welches das Hirschkälbchen wie toll vor Freude an sich nahm.

Seit jener Zeit sind das Hirschkälbchen und der Jäger große Freunde geworden. Das Hirschkälbchen bemühte sich stets, ihm Reiherfedern zu bringen, die sehr kostbar sind, und blieb stundenlang bei dem Mann und plauderte mit ihm. Er stellte stets einen Tonkrug voll Honig auf den Tisch und schob das hohe Stühlchen für seine Freundin heran. Manchmal gab er ihr auch Zigarren, die die Darmhirsche mit großem Vergnügen fressen und die ihnen nicht schaden. So verbrachten sie die Zeit und blickten in die Flammen, denn der Mann hatte einen Ofen, den er mit Brennholz heizte. Draußen aber rüttelten Wind und Regen am Strohdach des Ranchos.

Aus Angst vor den Hunden ging das Hirschkälbchen nur in stürmischen Nächten zu ihm. Und wenn der Abend hereinbrach und es zu regnen begann, stellte der Jäger das Honigtöpfchen auf den Tisch, legte die Serviette daneben und wartete Kaffee trinkend und lesend auf das wohlbekannte Tam-Tam seiner Hirschfreundin an der Tür.

Die Geschichte von den beiden Coatí-Jungen und den beiden Menschenkindern

Es war einmal eine Coatí*-Mutter, die hatte drei Junge. Sie lebten im Gebirge und verzehrten Früchte, Wurzeln und Vogeleier. Wenn sie hoch oben in den Bäumen saßen und ein lautes Geräusch vernahmen, stürzten sie sich kopfüber nach unten und rannten mit erhobenem Schwanz schnell davon.

Einmal – die kleinen Coatís waren schon ein wenig größer – versammelte die Mutter sie über einem Orangenstrauch und sprach zu ihnen: »Ihr kleinen Coatís, ihr seid nun groß genug, um euch allein Nahrung zu suchen. Ihr müßt es lernen, denn wenn ihr älter seid, werdet ihr immer allein herumziehen, wie alle Coatís. Der älteste von euch, der sehr gern nach Käfern jagt, kann sie zwischen den verfaulten Holzstämmen finden, denn da gibt's viele Käfer und Schaben. Der zweite, ein großer Obstfresser, kann Früchte in diesem Orangenhain finden; bis Dezember gibt es Orangen. Der dritte, der nur Vogeleier mag, kann überallhin gehen, denn Vogelnester gibt es überall. Aber er darf niemals Vogelnester auf dem Feld suchen, denn das ist gefährlich.

Ihr lieben kleinen Coatís, vor etwas müßt ihr euch in acht nehmen: vor den Hunden. Ich habe einmal mit ihnen gerauft und weiß, was ich sage. Seitdem habe ich einen abgebrochenen Zahn. Hinter den Hunden kommen stets die Menschen mit einem großen Knall, der tötet. Wenn ihr diesen Knall hört, stürzt euch kopfüber nach unten, wie hoch auch immer der Baum sein mag. Wenn ihr nicht das tut, was ich sage, töten sie euch ganz sicher mit einem Schuß.«

So sprach die Mutter. Darauf kletterten alle hinunter und

* Nasenbär

trennten sich. Sie liefen von rechts nach links und von links nach rechts, als ob sie etwas verloren hätten, denn so laufen die Coatís nun einmal.

Der älteste, der Käfer fressen wollte, suchte sie zwischen verfaulten Baumstämmen und Unkraut, und er fand und fraß so viele, daß er auf der Stelle einschlief. Der zweite, der Obst viel lieber als alles andere mochte, fraß so viel Orangen, wie er nur wollte, denn der Orangenhain war mitten im Gebirge, wie es in der Gegend von Paraguay und Misiones üblich ist, und kein Mensch kam, um ihn zu stören. Der dritte, der ganz verrückt nach Vogeleiern war, mußte den ganzen Tag auf den Beinen sein, um dann doch nur zwei Nester zu finden: eins vom Pfefferfresser, da waren drei Eier drin, und ein Taubennest, da waren gar nur zwei drin, insgesamt fünf winzige Eier. Das war eine sehr schmale Kost, so daß der kleine Coatí beim Einbruch der Dunkelheit noch genauso hungrig wie am Morgen war und sich sehr traurig am Fuß des Berges niedersetzte. Von dort sah er das Geld und dachte an die Gebote seiner Mutter.

Warum will die Mama nicht, daß ich Nester auf dem Feld suche? fragte er sich.

In solche Gedanken versunken, hörte er mit einemmal in weiter Ferne einen Vogelschrei.

»Was für ein lauter Schrei«, sagte er verwundert, »und was für große Eier muß dieser Vogel legen!«

Der Schrei wiederholte sich. Und daraufhin fing der Coatí an zu rennen, quer durchs Gebirge, um den Weg abzukürzen, denn der Schrei war von ganz rechts gekommen. Die Sonne ging bereits unter, aber der Coatí sauste mit erhobenem Schwanz dahin. Er gelangte schließlich an den Rand des Gebirges und äugte zum Feld hinab. In der Ferne sah er das Haus der Menschen, auch sah er einen Mann in Stiefeln, der ein Pferd am Zaum führte. Er sah auch einen sehr großen Vogel, der sein Geschrei hören ließ, und da schlug sich der kleine

Coatí an die Stirn und sagte: »Was für ein Dummkopf bin ich doch: jetzt weiß ich, was das für ein Vogel ist! Es ist ein Hahn; Mama hat ihn mir eines Tages von einem Baumwipfel aus gezeigt. Die Hähne können herrlich singen, und sie haben viele Hennen, die Eier legen ... Wenn ich doch Hühnereier essen könnte!«

Bekanntlich schmeckt dem kleinen Gebirgstier nichts so gut wie Hühnereier. Eine kurze Weile erinnerte sich der kleine Coatí an die Mahnung seiner Mutter, aber die Begierde war stärker, und so setzte er sich am Rand des Gebirges nieder und wartete, bis es finstere Nacht war, damit er sich in den Hühnerstall schleichen konnte.

Als schließlich die Nacht hereinbrach, näherte er sich auf Zehenspitzen Schritt für Schritt dem Hause. Dort angelangt, lauschte er gespannt: nicht das geringste Geräusch war zu hören. Der kleine Coatí war wie toll vor Freude darüber, daß er nun bald hundert, nein tausend, zweitausend Hühnereier essen würde; er drang in den Hühnerstall ein, und das erste, was er gleich am Eingang sah, war ein Ei, das einsam auf dem Boden lag. Einen Moment lang dachte er daran, es sich bis zum Schluß als Nachtisch aufzuheben, denn es war ein sehr großes Ei, aber das Wasser lief ihm im Munde zusammen, und er grub seine Zähne in das Ei.

Kaum hatte er hineingebissen, da – klick! ein fürchterlicher Schlag ins Gesicht und ein unerträglicher Schmerz in der Schnauze!

»Mama, Mama!« schrie er wie toll vor Schmerz und sprang nach allen Seiten. Aber er war gefangen, und in diesem Moment hörte er das heisere Bellen eines Hundes.

Als der Coatí am Rand des Gebirges die finstere Nacht abgewartet hatte, damit er sich in den Hühnerstall schleichen konnte, hatte der Hausherr mit seinen Kindern auf dem Rasen gespielt, zwei blonden Menschenkindern von fünf und sechs Jahren, die lachend umhertollten, hinfielen, lachend wieder

aufstanden und von neuem hinfielen. Der Vater fiel auch hin –
zur Freude der Kleinen. Sie hörten schließlich mit dem Spielen
auf, weil es schon Abend war; und der Vater sagte zu ihnen: »Ich
stelle jetzt die Falle auf, um das Wiesel zu fangen, das immerfort
kommt und uns die Hühner frißt und die Eier stiehlt.«

Und er ging und spannte das Fangeisen. Danach aßen sie
Abendbrot und legten sich schlafen. Aber die Kinder fanden
keinen Schlaf, und sie sprangen von einem Bett ins andere und
verfingen sich in ihren Nachthemden. Der Vater, der im Eßzimmer las, ließ sie gewähren. Aber auf einmal hielten die
Kleinen in ihren Sprüngen inne und schrien: »Papa! Das Wiesel ist in die Falle gegangen! Tuké bellt! Wir wollen in den Stall
gehen, Papa!«

Der Vater willigte ein, jedoch nur unter der Bedingung, daß
sich die Kinder Sandalen anzogen, denn aus Angst vor Schlangen ließ er sie in der Nacht niemals barfuß gehen. Sie liefen in
den Stall, und was sahen sie dort? Sie sahen ihren Vater, wie er
sich niederbeugte und mit der einen Hand den Hund zurückhielt, während er mit der anderen einen Coatí am Schwanz
emporhob, einen noch kleinen Coatí, der einen kurzen schrillen Schrei, dem einer Grille ähnlich, ausstieß.

»Papa, mach ihn nicht tot!« sagten die Kinder. »Er ist noch
sehr klein! Gib ihn doch uns!«

»Gut, ich gebe ihn euch«, antwortete der Vater. »Aber paßt
gut auf ihn auf, und vor allem vergeßt nicht, daß die Coatís
Wasser trinken wie ihr selber.«

Er sagte dies, weil die Kinder einmal ein Bergkätzchen gehabt hatten, dem sie alle Augenblicke Fleisch brachten, das sie
aus der Speisekammer holten; aber niemals gaben sie ihm
Wasser, und so starb es.

Sie taten also den Coatí in denselben Käfig, der der Berg-
katze gehört hatte und der noch in der Nähe des Stalles stand,
und alle begaben sich wieder zur Ruhe.

Als es Mitternacht war und tiefste Stille herrschte, sah der kleine Coatí, der starke Schmerzen von den Zacken der Falle spürte, im Mondlicht drei Schatten, die sich lautlos näherten. Das Herz krampfte sich ihm zusammen, als er seine Mutter und seine beiden Brüder erkannte, die nach ihm suchten.

»Mama! Mama!« murmelte der Gefangene mit leiser Stimme, um keinen Lärm zu machen. »Hier bin ich! Holt mich hier heraus! Ich will nicht hierbleiben, Mama!« Und er weinte und war untröstlich.

Aber trotz allem waren sie zufrieden, daß sie sich wiedergefunden hatten, und herzten und küßten einander tausendmal mit ihren Schnauzen.

Es galt, den Gefangenen zu befreien. Zunächst versuchten sie, den Maschendraht zu zerschneiden, und alle vier machten sich daran, diese Arbeit mit den Zähnen zu vollbringen. Aber sie erreichten nichts. Da hatte die Mutter plötzlich eine Idee.

»Laßt uns nach den Werkzeugen des Menschen suchen«, sagte sie. »Die Menschen haben nämlich Werkzeuge, mit denen sie Eisen schneiden können, die heißen Feilen. Sie haben drei Kanten, wie die Klapperschlangen. Man schiebt sie nach vorn und wieder zurück. Gehen wir sie suchen!«

Sie gingen zur Werkstatt des Mannes und kehrten mit der Feile zurück. Weil sie glaubten, daß einer allein nicht genug Kraft haben würde, umklammerten sie alle drei mit festem Griff die Feile und machten sich an die Arbeit. Und bald gerieten sie in solche Begeisterung, daß der Käfig hin und her schwankte und einen fürchterlichen Lärm machte. Der Lärm war so groß, daß der Hund aufwachte und ein heiseres Gebell ausstieß. Aber die Coatís warteten nicht erst darauf, daß der Hund mit ihnen wegen dieses Skandals abrechnen würde; sie schossen fort ins Gebirge und ließen die Feile liegen.

Am nächsten Tag erschienen die Kinder frühzeitig bei ihrem neuen Gast, der ganz traurig war.

»Welchen Namen wollen wir ihm geben?« fragte das Mädchen seinen Bruder.

»Ich weiß was!« antwortete der kleine Junge. »Wir werden ihn Siebzehn nennen!«

»Warum Siebzehn? Noch nie hat ein Bergtier einen so seltsamen Namen gehabt.« Aber der kleine Junge fing gerade an, zählen zu lernen, und vielleicht hatte diese Zahl seine Aufmerksamkeit erregt.

Jedenfalls hieß der Coatí von nun an Siebzehn. Sie gaben ihm Brot, Weintrauben, Schokolade, Fleisch, Langusten und Eier, köstliche Hühnereier. Sie erreichten es, daß er sich schon nach einem einzigen Tag den Kopf kraulen ließ; und so groß war die aufrichtige Zuneigung der Kinder, daß der Coatí sich beim Einbruch der Nacht fast mit seinem Gefangenendasein abgefunden hatte. Er dachte immerfort an die köstlichen Sachen, die man hier essen konnte, und er dachte an die blonden Menschenkinder, die so fröhlich und so gut zu ihm waren.

Zwei Nächte hintereinander schlief der Hund so nahe am Käfig, daß sich die Familienangehörigen des Gefangenen nicht herantrauten. Sie waren sehr bedrückt darüber. Als sie in der dritten Nacht wiederum kamen, um die Feile zu holen und dem kleinen Coatí die Freiheit zu geben, sagte dieser zu ihnen: »Ich will nicht mehr von hier fortgehen. Sie geben mir Eier und sind sehr gut zu mir. Heute haben sie mir gesagt, daß sie mich sehr bald frei herumlaufen lassen würden, wenn ich mich gut betrage. Sie sind wie wir. Auch sie sind Kinder, und wir spielen zusammen.«

Die wilden Coatís waren darüber sehr traurig, aber sie fanden sich darein und versprachen dem kleinen Coatí, ihn jede Nacht zu besuchen. Und wirklich, jede Nacht, ob es nun regnete oder nicht, kamen seine Mutter und seine Brüder zu ihm, um ein Weilchen bei ihm zu verbringen. Der kleine Coatí steckte ihnen Brot durch die Maschen des Drahtes zu, und die wilden Coatís hockten sich zur Mahlzeit vor dem Käfig nieder.

Nach vierzehn Tagen lief der kleine Coatí frei herum, und abends ging er von allein in seinen Käfig. Wenn man davon absieht, daß man ihm einige Male die Ohren langzog, weil er sich in der Nähe des Hühnerstalls herumtrieb, ging alles ausgezeichnet. Er und die Kinder liebten einander sehr, und sogar die wilden Coatís schlossen die beiden kleinen Menschenkinder in ihr Herz, als sie sahen, wie gut sie waren.

Bis in einer sehr finsteren Nacht, als es sehr heiß war und Gewitter niedergingen, die wilden Coatís den kleinen Coatí riefen, doch niemand antwortete ihnen. Tief beunruhigt näherten sie sich und erblickten – erst in dem Augenblick, als sie fast auf sie traten – eine riesige Natter, die zusammengerollt am Eingang des Käfigs lag. Sogleich begriffen die Coatís, daß der kleine Coatí gebissen worden war, als er in seinen Käfig wollte, und nicht auf ihr Rufen geantwortet hatte, weil er vielleicht schon tot war. Aber sie würden ihn rächen! Binnen einer Sekunde schreckten sie alle drei die Klapperschlange auf, indem sie hierhin und dorthin sprangen, und in der nächsten Sekunde fielen sie über sie her und zerrissen ihr mit ihren Bissen den Kopf.

Dann stürzten sie in den Käfig und fanden auch wirklich den kleinen Coatí. Lang hingestreckt, mit geschwollenem Leib und zitternden Pfoten lag er im Sterben.

Vergeblich schüttelten ihn die wilden Coatís; vergeblich leckten sie seinen ganzen Körper eine Viertelstunde lang ab. Der kleine Coatí öffnete schließlich seinen Mund und hörte auf zu atmen, denn er war tot.

Die Coatís sind, wie man so sagt, fast immun gegen das Natterngift. Dieses Gift macht ihnen fast nichts aus, und es gibt andere Tiere, wie etwa die Langusten, denen das Gift der Nattern ebenfalls nichts anhaben kann. Sicher war der kleine Coatí in eine Arterie oder Vene gebissen worden, denn dann wird das Blut sogleich vergiftet, und das Tier stirbt.

Als seine Mutter und sein Geschwister ihn tot liegen sahen, weinten sie eine ganze Zeitlang. Dann verließen sie den Käfig, denn sie hatten dort nichts mehr zu suchen, blickten noch ein letztes Mal auf das Haus, in dem der kleine Coatí so glücklich gewesen war, und machten sich wieder auf den Weg ins Gebirge.

Voller Kummer fragten sie sich, was die Kinder sagen würden, wenn sie am nächsten Tag sahen, daß ihr geliebter kleiner Coatí tot war. Die Kinder liebten ihn sehr, und sie, die Coatís, liebten die kleinen blonden Menschenkinder ebenfalls. Und so geschah es, daß die drei Coatís alle dem gleichen Gedanken nachhingen, nämlich, wie sie den Kindern diesen großen Schmerz ersparen könnten.

Sie beratschlagten lange Zeit und vereinbarten schließlich folgendes: der zweitälteste der Coatís, der in seiner Gestalt und seine Wesensart dem jüngeren sehr ähnlich war, sollte anstelle des Verstorbenen im Käfig bleiben. Da sie durch die Berichte des kleinen Coatí von vielen Geheimnissen des Hauses wußten, waren sie sicher, daß die Kinder nichts merken würden; sie würden sich über einige Dinge wundern, aber das war auch alles.

Und so geschah es in der Tat. Sie kehrten zum Haus zurück, und ein neuer kleiner Coatí trat an die Stelle des ersten, während die Mutter und der andere Bruder den Körper des Jüngsten in den Zähnen forttrugen. Sie schleppten ihn langsam ins Gebirge; unterwegs hing sein Kopf herunter, und sein Schwanz schleifte auf dem Boden hinterher.

Am nächsten Tag wunderten sich die Kinder tatsächlich über einige sonderbare Sitten des kleinen Coatí. Aber da dieser so lieb und gut wie der andere war, schöpften sie nicht den geringsten Verdacht. Sie waren dasselbe Kinderrudel wie vorher, und wie vorher kamen die wilden Coatís Nacht für Nacht, um den zivilisierten Coatí zu besuchen. Und sie setzten sich neben ihn, um die hartgekochten Eier zu verzehren, die er für sie aufbewahrt hatte, und erzählten ihm vom Leben in der Wildnis.

Die faule Biene

Es war einmal eine Biene in einem Bienenstock, die wollte nicht arbeiten, das heißt, sie flog zwar von Baum zu Baum, um den Blütensaft einzusaugen, aber anstatt ihn aufzuheben und ihn in Honig zu verwandeln, verbrauchte sie ihn ganz und gar für sich.

Es war also eine faule Biene. An jedem Morgen, kaum hatte die Sonne die Luft erwärmt, erschien das Bienchen an der Pforte des Bienenstocks, sah, daß gutes Wetter war, kämmte sich mit den Beinchen, wie es die Fliegen tun, und begann dann seinen Flug, höchst zufrieden über den schönen Tag. Betäubt vor Lust, summte sie von Blüte zu Blüte, flog in den Bienenstock zurück und dann wieder hinaus, und so verbrachte sie den ganzen Tag, während die anderen Bienen ihn mit Arbeit verbrachten, indem sie den Bienenstock mit Honig füllten, denn der Honig ist die Nahrung der frisch geschlüpften Bienen.

Da nun die Bienen ein sehr ernsthaftes Völkchen sind, begann ihnen das Verhalten der faulen Schwester zu mißfallen. Am Tor der Bienenstöcke stehen stets einige Bienen auf Wache, um zu verhindern, daß anderes Getier in den Stock eindringt. Diese Bienen sind gewöhnlich ziemlich alt und haben große Lebenserfahrung; sie haben einen kahlen Rücken, weil sie vom ständigen Reiben an der Tür des Bienenstocks sämtliche Haare verloren haben.

Eines Tages nun hielten sie die faule Biene an, gerade als sie hineinfliegen wollte, und sagten zu ihr: »Liebe Freundin, du mußt arbeiten, denn wir Bienen müssen schließlich alle arbeiten.«

Das Bienchen antwortete: »Ich fliege den ganzen Tag umher, und davon werde ich sehr müde.«

»Die Frage ist nicht, daß du sehr müde wirst«, antworteten sie, »sondern daß du ein wenig arbeitest. Hiermit erhältst du von uns die erste Verwarnung!« Und nachdem man ihr das gesagt hatte, ließ man sie passieren.

Aber die faule Biene besserte sich nicht. Am nächsten Tag sagten ihr die wachhabenden Bienen wiederum: »Du mußt arbeiten, Schwester.«

Und sie antwortete sogleich: »An einem der nächsten Tage will ich es gern tun!«

»Die Frage ist nicht, daß du es in den nächsten Tagen tust«, antwortete man ihr, »sondern gleich morgen. Vergiß das nicht.« Und man ließ sie passieren.

Aber am nächsten Abend wiederholte sich die Geschichte. Bevor sie ihr überhaupt etwas sagten, rief das Bienchen aus: »Ja, ja, Schwestern! Ich vergesse schon nicht, was ich versprochen habe!«

»Die Frage ist nicht, daß du nicht dein Versprechen vergißt«, antworteten sie ihr, »sondern daß du arbeitest. Heute ist der neunzehnte April. Und nun merke gut auf: versuche morgen, am zwanzigsten, wenigstens einen Tropfen Honig heimzubringen. Und jetzt geh!«

Und als sie dies gesagt hatten, wichen sie zur Seite und ließen sie hinein.

Aber der zwanzigste April verstrich genauso ergebnislos wie alle übrigen Tage – nur mit dem Unterschied, daß bei Sonnenuntergang das Wetter umschlug und ein kalter Wind zu wehen begann.

Eilig flog die faule Biene zu ihrem Bienenstock und dachte an die wohlige Wärme, die darinnen herrschte. Aber als sie hinein wollte, wurde sie von den wachhabenden Bienen daran gehindert.

»Kein Zutritt!« sagten sie kühl zu ihr.

»Ich will hinein!« rief das Bienchen. »Das ist mein Bienenstock.«

»Dies ist der Bienenstock einiger armer Arbeitsbienen«, antworteten die anderen. »Faulpelze haben hier keinen Zutritt.«

»Morgen werde ich ganz bestimmt arbeiten!« flehte das Bienchen.

»Für diejenigen, die nicht arbeiten, gibt es kein Morgen«, antworteten die Bienen, die sehr viel von Philosophie verstehen. Und indem sie dies sagten, stießen sie sie hinaus.

Das Bienlein, das nicht wußte, was es nun tun sollte, flog noch ein Weilchen umher; aber die Nacht brach bereits an, und man sah kaum noch etwas. Sie wollte sich auf ein Blatt setzen und fiel dabei auf die Erde. Ihr Körper war von der kalten Luft ganz klamm, und sie konnte nicht mehr fliegen!

Da schleppte sie sich auf dem Erdboden weiter; sie kletterte die kleinen Halme und Steine hinauf und hinunter, die ihr Gebirge zu sein schienen, und langte an der Tür des Bienenstocks an, gerade als kalte Regentropfen zu fallen begannen.

»Ach, mein Gott«, rief die Obdachlose, »es wird regnen, und ich werde vor Kälte sterben.«

Und sie versuchte, in den Bienenstock einzudringen. Aber von neuem versperrte man ihr den Zutritt.

»Verzeiht!« wimmerte die Biene. »Bitte, laßt mich hinein!«

»Es ist schon spät«, antwortete man ihr.

»Bitte, Schwestern! Ich bin müde!«

»Es ist noch später!«

»Freundinnen, habt Mitleid! Ich friere!«

»Unmöglich!«

»Zum letzten Mal, ich muß sonst sterben!«

Da sagten sie zu ihr: »Nein, du wirst nicht sterben. Du wirst lediglich in einer einzigen Nacht lernen, was es heißt, nach getaner Arbeit zu ruhn!« Und sie warfen sie hinaus.

Darauf schleppte sich die Biene, vor Kälte zitternd, mit durchnäßten Flügeln schwankend fort. Sie schleppte sich fort, bis sie plötzlich in ein Loch rutschte – besser gesagt, sie fiel rutschend in eine Höhle.

Sie glaubte, sie würde niemals unten ankommen. Schließlich aber langte sie doch am Grunde an und sah sich einer Natter gegenüber, einer Schlange mit ziegelrotem Rücken, die zusammengerollt dalag und sie ansah, bereit, sich auf sie zu stürzen.

In Wirklichkeit war diese Höhle ein ausgehöhlter Baum, der vor langer Zeit hierhergepflanzt worden war und den die Schlange zu ihrem Quartier erwählt hatte.

Schlangen fressen Bienen, da sie ihnen sehr gut schmecken. Deshalb murmelte die Biene, als sie sich ihrer Feindin gegenübersah, indem sie die Augen schloß: »Nun ade, mein Leben! Dies ist die letzte Stunde, in der ich das Licht der Welt sehe.«

Doch zu ihrer großen Überraschung verschlang die Schlange sie nicht, sondern sagte zu ihr: »Wie geht's, Bienlein? Du mußt nicht sehr fleißig gewesen sein, wenn du dich zu dieser Stunde hier herumtreibst.«

»Jawohl«, murmelte die Biene, »ich arbeite nicht, und ich habe schuld.«

»Wenn dem so ist«, setzte die Schlange spöttisch hinzu, »werde ich ein so böses Tier wie dich aus der Welt schaffen. Ich werde dich fressen, Biene.«

Die Biene erzitterte und rief: »Das ist nicht gerecht, nicht gerecht! Es ist nicht gerecht, wenn Sie mich fressen, wo Sie doch viel stärker sind als ich. Die Menschen wissen, was Gerechtigkeit heißt!«

»Haha!« rief die Schlange und entrollte sich behende. »Du willst die Menschen gut kennen? Du glaubst, daß die Menschen, die euch den Honig wegnehmen, gerechter sind, du riesengroßes Dummchen?«

»Nein, es ist nicht deshalb, weil sie uns den Honig wegnehmen«, antwortete die Biene.

»Weshalb denn sonst?«

»Weil sie klüger sind!«

So sprach die Biene. Aber die Schlange brach in Lachen aus und rief: »Gut! Gerechtigkeit hin, Gerechtigkeit her, ich werde dich fressen. Mach dich bereit!«

Und sie lehnte sich zurück, um sich auf die Biene zu stürzen.

Aber diese rief: »Sie tun das nur, weil Sie weniger klug sind als ich.«

»Ich weniger klug als du, du Rotznase?« lachte die Schlange.

»So ist es!« bekräftigte die Biene.

»Nun gut«, sagte die Schlange. »Wir werden es sehen. Wir werden jeder eine Probe machen. Derjenige gewinnt, der das seltenste Kunststück vollbringt. Wenn ich gewinne, freß ich dich.«

»Und wenn ich gewinne?« fragte das Bienchen.

»Wenn du gewinnst«, versetzte ihre Feindin, »hast du das Recht, die Nacht hier zu verbringen, bis es Tag ist. Bist du einverstanden?«

»Einverstanden!« antwortete die Biene.

Die Schlange fing wieder an zu lachen, denn ihr war etwas eingefallen, was die Biene niemals machen konnte. Hört nun, was sie tat: Sie schlüpfte für einen Augenblick hinaus, und zwar so schnell, daß der Biene zu nichts mehr Zeit blieb, und sie kehrte mit einer Samenkapsel von einem Eukalyptusbaum zurück, der neben dem Bienenstock stand und ihm Schatten spendete. Die Jungen lassen diese Kapseln wie Kreisel tanzen und nennen sie Eukalyptuskreiselchen.

»Das werde ich machen«, sagte die Schlange. »Paß gut auf. Achtung!«

Und nachdem sie rasch den Schwanz wie ein Knäuel um das Kreiselchen gewickelt hatte, entrollte sie ihn mit großer Geschwindigkeit, so schnell, daß das Kreiselchen wie toll tanzte und surrte.

Die Schlange lachte, und mit vollem Recht, denn noch niemals hat eine Biene ein Kreiselchen tanzen lassen, und sie wird es auch niemals können. Aber als das Kreiselchen, das kreiselnd und surrend auf einer Stelle stehengeblieben war, wie es Kreisel aus Orangenbaumholz tun, schließlich umfiel, sagte die Biene: »Das ist ein sehr hübsches Kunststück, und ich werde das niemals fertigkriegen.«

»Dann freß ich dich«, rief die Schlange.

»Einen Augenblick! Ich kann das nicht, aber ich mache etwas, was niemand kann.«

»Was denn?«

»Verschwinden!«

»Wie?« rief die Schlange und machte vor Überraschung einen Satz. »Verschwinden, ohne hier herauszugehen?«

»Ohne hier herauszugehen!«

»Und ohne dich in der Erde zu verstecken?«

»Ohne mich in der Erde zu verstecken.«

»Nun gut, dann tu's! Und wenn du es nicht schaffst, dann fresse ich dich sofort«, sagte die Schlange.

Während das Kreiselchen tanzte, hatte nämlich die Biene Zeit gehabt, die Höhle in Augenschein zu nehmen, und dabei eine kleine Pflanze gesehen, die dort wuchs. Es war ein Sträuchlein, fast nur ein Kraut, mit großen Blättern, so groß wie eine Zwei-Centavo-Münze.

Die Biene kauerte sich neben die Pflanze, gab acht, daß sie sie nicht berührte, und sagte: »Jetzt bin ich an der Reihe, Frau Schlange. Sie werden mir den Gefallen tun, sich umzudrehen und bis drei zu zählen. Wenn ich sage: Drei!, suchen Sie mich überall. Ich werde nicht mehr da sein!«

Und so geschah es in der Tat. Die Schlange sagte schnell: »Eins . . . zwei . . . drei!«, drehte sich um und öffnete vor Staunen sperrangelweit das Maul: niemand war da. Sie sah nach oben, nach unten, überallhin, inspizierte die Ecken, das Pflänzchen, betastete alles mit der Zunge. Umsonst: die Biene war verschwunden.

Die Schlange begriff nun, daß ihr Kunststück mit dem Kreiselchen sehr gut gewesen, daß das Probestück der Biene jedoch außerordentlich war. Was war geschehen? Wo war sie? Es bestand keine Aussicht, sie zu finden.

»Gut!« rief sie schließlich. »Ich gebe mich geschlagen. Wo bist du?«

Da ließ sich eine ganz leise Stimme vernehmen – die Stimme der Biene, und sie kam mitten aus der Höhle.

»Wirst du mir auch nichts tun?« sagte die Stimme. »Kann ich mich auf deinen Schwur verlassen?«

»Jawohl«, antwortete die Schlange. »Ich schwöre es dir. Wo bist du?«

»Hier«, antwortete das Bienchen und tauchte plötzlich zwischen einem geschlossenen Blatt des Pflänzchens auf.

Was war geschehen? Etwas sehr Einfaches: das Pflänzchen war eine Mimose, wie sie in Buenos Aires sehr häufig sind und deren Besonderheit es ist, daß sich ihre Blätter bei der geringsten Berührung schließen. Nur daß sich dieses Abenteuer in Misiones zutrug, wo die Pflanzenwelt sehr üppig ist, weshalb auch die Blätter der Mimosen sehr groß sind. Deshalb schlossen sich die Blätter, als die Biene sie berührte, und verbargen das Insekt vollständig.

Die Klugheit der Schlange hätte niemals ausgereicht, sich dieser Erscheinung bewußt zu werden, aber die Biene hatte sie beobachtet und dazu benutzt, ihr Leben zu retten.

Die Schlange sagte nichts, aber sie war sehr wütend über ihre Niederlage, und zwar so sehr, daß die Biene ihre Feindin die ganze Nacht lang an das gegebene Versprechen erinnern mußte, sie nicht anzutasten.

Zudem war es sehr kalt, und in der Höhle herrschte völlige Dunkelheit. Dann und wann verspürte die Schlange das Verlangen, sich auf die Biene zu stürzen, und diese meinte dann jedesmal, ihr letztes Stündlein sei gekommen.

Nie, niemals hätte das Bienchen geglaubt, daß eine Nacht so kalt, so lang und so schrecklich sein kann. Sie erinnerte sich an ihr früheres Leben, als sie Nacht für Nacht in dem wohlig warmen Bienenstock schlief, und weinte leise vor sich hin.

Als der Tag anbrach und die Sonne aufging – denn das Wetter hatte sich gebessert –, flog das Bienchen davon und weinte von neuem lautlos vor der Tür des Bienenstocks, der einst von der ganzen Bienenfamilie mit Fleiß erbaut worden war. Die Wachposten ließen sie vorbei und sagten nichts zu ihr, denn sie begriffen, daß die, die jetzt zurückkam, nicht mehr der frühere Faulpelz war, sondern eine Biene, die in einer einzigen Nacht eine harte Lebenserfahrung gemacht hatte.

So war es in der Tat, und von nun an sammelte niemand so viel Blütenstaub, erzeugte niemand so viel Honig wie sie. Und als der Herbst kam und mit ihm auch das Ende ihrer Tage, fand sie noch vor dem Sterben Zeit, den jungen Bienen, die um sie herumschwirrten, eine letzte Lehre zu erteilen.

»Es ist nicht unsere Klugheit, sondern unsere Arbeit, die uns so stark macht«, sagte sie. »Ich benutzte meine Klugheit ein einziges Mal, und das geschah, um mein Leben zu retten. Es hätte dieser Anstrengung nicht bedurft, wenn ich wie alle anderen gearbeitet hätte. Was mir fehlte, war Pflichtbewußtsein, und das erwarb ich in jener Nacht.

Arbeitet also, meine Freundinnen, und bedenkt, daß das Ziel, dem alle unsere Bemühungen dienen, das Glück aller, höher steht als die Müdigkeit eines einzelnen. Das nennen die Menschen das Ideal, und sie tun recht daran. Es gibt im Leben eines Menschen und einer Biene keine andere Philosophie.«

Nächtliche Fahrt

Die schweren, schäumenden Fluten des Alto Paraná trugen mich eines Tages bei Hochwasser von San Ignacio nach der Zuckermühle von San Juan über einen Strom, der im Flußbett etwa sechs Meilen, bei den Untiefen der Riffe aber mindestens neun betrug.

Schon seit April hatte ich auf dieses Hochwasser gewartet. Meine Kreuz- und Querfahrten im Boot auf dem bis dahin wasserarmen Paraná waren dem Griechen schließlich langweilig geworden. Er war ein alter Seemann, hatte in der englischen Kriegsmarine gedient und war möglicherweise davor Pirat in der Ägäis gewesen, seinem heimatlichen Meer – bestimmt aber war er seit etwa fünfzehn Jahren Caña-Schmuggler in San Ignacio. Und daher kannte er den Strom in- und auswendig, und ich hatte ihn zu meinem Lehrmeister erkoren.

»Also gut«, sagte er zu mir und blickte dabei auf den angeschwollenen Fluß, »Sie können jetzt schon halbwegs als Seemann gelten. Aber es fehlt Ihnen noch eine Kleinigkeit: Sie haben keine Ahnung, was Hochwasser auf dem Paraná bedeutet! Sehen Sie die Klippen dort über der Straße des Griechen?« Er deutete mit der Hand hinüber. »Also, wenn das Hochwasser bis an die Klippen reicht und auch nicht ein Stein der Untiefe mehr zu sehen ist, dann erst wird die Mündung des Teyucuaré frei, und wenn Sie heil wieder zurückkommen, dann können Sie mit Recht behaupten, daß Ihre Fäuste schon zu etwas taugen. Sorgen Sie aber für Ersatzruder, denn ein oder zwei werden Ihnen bestimmt zu Bruch gehen. Und nehmen Sie auch von zu Hause einen Ihrer großen, leeren Petroleumkanister mit; er muß gut mit Wachs abgedichtet sein. Immerhin ist's möglich, daß Sie kentern.«

Also rüstete ich mich mit einem Ersatzruder aus und ließ mich erst einmal ruhig bis zum Teyucuaré treiben.

Mindestens die Hälfte von all den Stämmen, faulenden Pflanzen, dem Schaum, den Tierkadavern und was sonst noch bei einer großen Überschwemmung den Strom hinuntertreibt, bleibt in dieser tiefen Bucht hängen. Dieses Durcheinander bedeckt die Wasserfläche, verleiht ihr das Aussehen festen Bodens und gleitet langsam am Ufer entlang, als hätte es sich eben erst vom Strand losgelöst, denn das sich endlos erstrekkende, über die Ufer getretene stille Wasser bildet ein wahres Meer von Sargasso.*

Nach und nach werden die Stämme dann wieder von der Strömung erfaßt, beschreiben eine immer größere Ellipse und sausen schließlich flußabwärts weiter, sich um sich selber drehend und sich überschlagend, bis sie die letzte Schnelle des Teyucuaré passieren, wo sich die Wasser aus einer Höhe von achtzig Metern hinunterstürzen.

Diese steilen Felsriffe schneiden den Strom senkrecht und rechtwinklig ein und sind so weit vorgerückt, daß sein Bett auf den dritten Teil verengt wird. Der Paraná prallt mit voller Wucht gegen sie und sucht sich einen Ausweg, indem er eine Anzahl Schnellen bildet, die selbst bei niedrigem Wasserstand fast unüberwindlich sind, auch wenn der Ruderer gewarnt ist. Man kann sie nicht umgehen, denn die Mittelströmung des Flusses wird durch die Einengung reißend und öffnet sich nach der Untiefe in eine breite, tosende Kurve, die das tiefere Stauwasser streift und es mit einem Gürtel weißen Schaums umsäumt.

Ich ließ mein Boot also von der Strömung erfassen. Es sauste wie der Wind über die Schnellen hinweg und fiel in die wildbewegten Wasser der Stromenge, die es wirbelnd mit sich fortrissen. Dabei mußte ich meine ganze Aufmerksamkeit auf die Ru-

* schwimmender Tang

186

derblätter lenken, die ich abwechselnd in die Fluten tauchte,
um so das Gleichgewicht zu halten; denn mein Boot war nur
sechzig Zentimeter breit, wog kaum dreißig Kilo, und die
Wandungen hatten nur eine Dicke von ein paar Millimetern,
so daß es schon ein fester Fingerdruck ernstlich beschädigen
konnte. Doch gerade diesen Mängeln verdankte es seine phan-
tastische Beweglichkeit, die es mir ermöglichte, den Strom von
Norden nach Süden und von Westen nach Osten zu bezwingen, nur durfte ich die Zerbrechlichkeit des Bootes auch nicht
einen Augenblick außer acht lassen.

So, immer mit der Strömung treibend, zwischen Ästen und
Zweigen, die genau wie ich unbeweglich dazuliegen schienen,
obwohl wir gemeinsam in schwindelnder Eile auf dem glatten
Wasser flußabwärts glitten, kam ich an der Isla del Toro vorüber, ließ die Mündung des Yabebirí, den Hafen von Santa
Ana hinter mir und gelangte bis an die Zuckermühle, wo ich
mich jedoch nicht lange aufhielt, denn ich wollte noch am
gleichen Nachmittag nach San Ignacio zurückkehren.

Doch in Santa Ana machte ich zögernd halt. Der Grieche
hatte recht: der Paraná bei normalem, niedrigem Wasserstand
war eine Sache, bei Hochwasser aber war er eine ganz andere!
Mit meinem leichten Boot hatten mir die passierten Schnellen
Sorge bereitet, weniger der Anstrengung wegen, die es kostete, sie zu bezwingen, als wegen der Gefahr des Umschla-
gens. Auf jedes Riff folgte eine Schnelle und anschließend eine
Stauung des Wassers, und die Gefahr besteht darin, daß man
beim Passieren des stillen Wassers unversehens in eine Strömung geraten kann, die wie die Hölle dahinrast. Ist das Boot
stabil gebaut, so ist weiter nichts zu befürchten; in meinem
jedoch mußte ich damit rechnen, dann kopfüber in die Fluten
zu schießen, zumal wenn es nicht mehr hell genug war. Und da
die Nacht bereits hereinzubrechen drohte, entschloß ich mich,
lieber das Boot ans Ufer zu ziehen und den nächsten Tag
abzuwarten. Da plötzlich bemerkte ich einen Mann und eine

Frau, welche die Uferböschung hinunterkletterten und auf mich zukamen.

Es schien ein Ehepaar zu sein, augenscheinlich Eingewanderte, obgleich sie nach Art der Einheimischen gekleidet waren. Er hatte die Ärmel seines tadellos sauberen Hemdes bis über die Ellenbogen aufgekrempelt; sie trug eine Kleiderschürze mit einem farbigen Wachstuchgürtel, was ihr gut stand. Adrette Kleinbürger also, darauf deuteten auch ihr selbstzufriedenes Gebaren und der satte Ausdruck von behäbigem Wohlstand hin, den sie sich auf Kosten anderer gesichert hatten.

Beide untersuchten nach vertraulichem Gruß voller Neugierde mein Spielzeugboot, dann blickten sie prüfend auf den Fluß.

»Der Señor tut gut daran, hier zu bleiben«, sagte der Mann. »Wenn der Fluß so aussieht wie heute, sollte man ihn des Nachts nicht befahren!«

Sie zupfte an ihrem Gürtel.

»Wenn's nicht unbedingt sein muß!« sagte sie und lächelte verschmitzt.

»Natürlich«, entgegnete er, »für uns beide gilt das nicht . . . ich sage es nur dem Herrn.« Und zu mir gewandt, fuhr er dann fort: »Wenn Sie bleiben wollen, können wir Ihnen bequeme Unterkunft bieten. Seit zwei Jahren betreiben wir hier unser Geschäft. Keine große Sache, aber man schlägt sich durch, so gut man kann, Señor!«

Ich nahm das Angebot gern an und ging mit ihnen zu ihrer Boliche, denn um eine solche handelte es sich. Jedenfalls aber bekam ich ein besseres Abendessen vorgesetzt, als ich es mir zu Haus selbst bereiten konnte, und wurde durch eine Menge kleiner Aufmerksamkeiten und einen Komfort erfreut, der an diesem abgelegenen Ort einem Traum glich. Meine Wirtsleute waren wirklich überaus zuvorkommend, dabei fröhlich und peinlich sauber.

Nach einem ausgezeichneten Kaffee begleiteten sie mich zum Strand hinunter, und ich zog mein Boot vorsichtshalber noch weiter die Uferböschung hinauf, da der Paraná, wenn seine Fluten rot und von kleinen Strudeln durchlöchert dahinbrausen, manchmal in einer Nacht bis um zwei Meter steigt. Die beiden blickten noch einmal auf die unsichtbaren Wassermassen.

»Es war vernünftig von Ihnen, daß Sie hiergeblieben sind, Señor«, nahm der Mann das Gespräch wieder auf. »So, wie er jetzt ist, kann man den Teyucuaré bei Nacht nicht passieren; es gibt niemand, der das fertigbringt ... außer meiner Frau!«

Ich wandte mich erstaunt nach ihr um; sie zupfte wieder verlegen an ihrem Gürtel.

»Sie sind bei Nacht über den Teyucuaré gefahren?« fragte ich sie.

»Ja, Señor ... Aber nur ein einziges Mal ... und ohne daß ich die Absicht gehabt hätte ... Wir waren beide wahnsinnig damals!«

»Ja, aber der Fluß ...?« beharrte ich.

»Der Fluß?« schnitt mir der Mann das Wort ab. »Der war genauso verrückt wie wir. Sie kennen doch die Felsenriffe vor der Isla del Toro, nicht wahr? Heute sind sie erst bis zur Hälfte von der Wasserfläche bedeckt. Damals sah man nichts mehr von ihnen ... alles Wasser; brüllend tobten die Fluten über die Klippen hinweg, wir hörten es bis hierher. Das waren schlimme Zeiten damals, Señor. Und hier trage ich noch ein Andenken daran ... Wollen Sie ein Streichholz anreißen?«

Der Mann streifte sein Hosenbein bis zum Knie zurück, und an der Wade erblickte ich eine große, tiefe, von unzähligen Nähten durchzogene Narbe, die hart war und silbrig glänzte.

»Sehen Sie, Señor? Das ist eine Erinnerung an jene Nacht. Ein Rochen ...«

Da fiel mir eine Geschichte ein, die ich irgendwo einmal gehört hatte, von einer Frau, die einen ganzen Tag und eine

189

ganze Nacht hindurch gerudert war, mit ihrem sterbenden Mann im Boot. Und dies also sollte jene Frau gewesen sein, diese unbedeutende kleine Bürgersfrau, die so stolz auf ihren Wohlstand und ihre peinliche Sauberkeit zu sein schien?

»Ja, Señor, ich war's!« Und sie lachte laut auf angesichts meines sprachlosen Staunens. »Aber ich will lieber sterben als dasselbe noch einmal durchmachen. Es waren schlimme Zeiten damals, aber die sind nun vorbei.«

»Für immer!« stimmte er ihr zu. »Wenn ich heute darüber nachdenke ... wir sind wirklich verrückt gewesen, Señor ... Die Enttäuschungen und das Elend; wir mußten uns schon rühren ... ja, ja, das waren schlimme Zeiten!«

Das glaubte ich, es mußten schlimme Zeiten gewesen sein, wenn sie das fertiggebracht hatten. Ich wollte nicht schlafen gehen, ehe ich nicht alle Einzelheiten erfahren hatte. Und in der Dunkelheit, den Strom zu unseren Füßen, von dem wir nichts weiter sehen konnten als den hellen Ufersand, den wir aber bis zum anderen Ufer immer weiter anschwellen fühlten, wurde es mir richtig klar, was für eine Tat diese nächtliche Fahrt gewesen war!

Infolge von Mißgriffen und Torheiten, wie sie jeder frisch eingewanderte Kolonist bei der Begründung einer Existenz begeht, war das geringe Kapital, das die beiden aus Europa mitgebracht hatten, bald verbraucht, und sie sahen sich eines Tages von allen Mitteln entblößt. Doch da sie unternehmungslustig waren, kauften sie für ihre letzten Pesos eine fast unbrauchbare Schute. Ihre Spanten besserten sie in mühseliger Arbeit aus, und mit diesem Boot richteten sie einen Warenhandel auf dem Fluß ein, indem sie von den an den Ufern verstreut wohnenden Ansiedlern Honig, Apfelsinen, Zuckerrohr und Schilf aufkauften – alles natürlich in geringen Mengen –, um diese Produkte dann im Hafen von Posadas abzusetzen. Fast immer mußten sie ihre Ware verschleudern, da sie die

Marktverhältnisse noch nicht kannten. Häufig kamen sie mit ein paar Litern Honig in Posadas an, während gerade am Tage vorher ein paar Fässer eingetroffen waren, oder mit Apfelsinen, wenn das ganze Ufer von diesen Früchten gelb leuchtete.

Das war ein hartes Leben, voller täglicher Mißerfolge, so daß sie schließlich nur noch von dem einen Gedanken beseelt waren, stets vor Morgengrauen in Posadas anzukommen und alsbald wieder auf dem Paraná zurückzurudern. Die Frau begleitete ihren Mann stets und ruderte mit.

Und so reihten sich die Tage aneinander, und es kam der 23. Dezember heran. Die Frau sagte: »Wir könnten unseren Tabak und die Bananen aus Francés-cué nach Posadas bringen. Auf der Rückfahrt nehmen wir Weihnachtskuchen und farbige Kerzen mit. Übermorgen ist Weihnachten, wir werden sie gut in den Boliches absetzen können.«

Worauf der Mann entgegnete: »In Santa Ana werden wir wohl nicht viel davon los, aber in San Ignacio können wir den Rest verkaufen!«

Und am gleichen Nachmittag fuhren sie flußabwärts nach Posadas, weil sie am folgenden Morgen noch bei Dunkelheit wieder zurückkehren wollten.

In der Nacht aber war der Paraná gewaltig angeschwollen, und das Wasser stieg von Minute zu Minute. Wenn die tropischen Regen gleichzeitig auf den ganzen oberen Flußlauf herniedergeprasselt sind, werden auch die sich lang hinziehenden stillen Stauwasser, die treuesten Freunde des Ruderers, unkenntlich. Überall wälzen sich dann die Fluten in gleichmäßiger Bewegung abwärts; der ganze Strom bildet eine einzige kompakte, stürzende Wassermasse, die in reißender Geschwindigkeit dahinzieht. Und wenn der Fluß, vom Ufer aus gesehen, auch glatte, langgestreckte, glitzernde Streifen zeigt, so bemerkt man doch nur zu bald, wenn man auf ihm fährt, daß das Wasser zu schwindelerregenden Strudeln und Wirbeln aufgewühlt ist.

Das Ehepaar zögerte trotzdem keinen Augenblick, sich auf den Strom zu wagen, um eine Strecke von sechzig Kilometern zurückzulegen, zu keinem anderen Zweck, als um sich ein paar Pesos zu verdienen. Die Liebe zum Geld, die sie schon immer in sich getragen hatten, entwickelte sich in den schlechten Zeiten, die sie durchmachen mußten, zu einer wahren Sparwut, und obwohl sie der Erfüllung ihres goldenen Traumes bereits näher gekommen waren – den sie später ja auch verwirklichten –, so hätten sie es in jenem Augenblick auch mit dem Amazonas in seiner ganzen Größe aufgenommen, falls die Aussicht bestand, ihren Ersparnissen fünf Pesos hinzufügen zu können.

Sie traten daher die Rückfahrt an; die Frau ruderte, der Mann saß am Steuer. Sie kamen kaum voran, obgleich sie ihre Kräfte aufs äußerste anspannten. Alle Viertelstunden, bei den Schnellen, mußten sie sie verdoppeln, dann tauchte die Frau die Ruder mit verzweifelter Eile ein, und um mit aller Kraft dem Druck standzuhalten, beugte sich der Mann über sein Steuer, das einen Meter tief im Wasser steckte.

So vergingen zehn, fünfzehn Stunden, eine wie die andere. Die Schute streifte fast die Bäume des Urwalds oder die Binsendickichte, die den Strand säumten, und fuhr unmerklich die ungeheure, glitzernde Wasserstraße hinauf, auf der das winzige Fahrzeug, das sich dicht am Ufer hielt, ganz verloren wirkte.

Das Paar war gut in Form; sie gehörten beide nicht zu den Ruderern, die nach vierzehn oder sechzehn Stunden aufgeben. Aber als sie sich kurz vor Santa Ana doch entschlossen anzulegen, um die Nacht am Ufer zu verbringen, stieß der Mann beim Betreten des sumpfigen Bodens plötzlich einen Fluch aus und sprang in die Schute zurück: oberhalb der Ferse verriet eine schwärzliche Wunde mit bläulichweißen, bereits anschwellenden Rändern den Stachel eines Rochens.

Die Frau unterdrückte einen Schrei.

»Was ist los? . . . Ein Rochen?«

Der Mann hielt den Fuß zwischen beiden Händen und drückte ihn, so fest er nur konnte. »Ja . . .«

»Tut es sehr weh?« fragte sie, als sie diese Bewegung sah.

Und er stieß mit zusammengebissenen Zähnen hervor: »Geradezu unerträglich . . .«

In dem rauhen Lebenskampf, der ihnen Hände und Herz verhärtet hatte, unterließen sie schon seit langem jede Unterhaltung, es sei denn, um sich gegenseitig Mut zu machen. Beide suchten sie verzweifelt nach einem Heilmittel. Aber welches? Sie konnten sich auf keins besinnen. Plötzlich fiel der Frau gebrannter Ajipfeffer ein.

»Rasch, Andrés!« rief sie ihrem Mann zu und ergriff von neuem die Ruder. »Leg dich ins Heck; ich werde nach Santa Ana rudern!«

Und während sich der Mann, der mit der Hand eisern das Fußgelenk umklammert hielt, hinten ins Boot legte, begann die Frau zu rudern.

Drei Stunden lang ruderte sie schweigend; ihre verzweifelte Angst verbarg sie hinter ihrer Stummheit; jeden Gedanken, der ihre Kräfte hätte beeinträchtigen können, wies sie energisch von sich. Und im Heck lag der Mann und verbiß heldenhaft seine fürchterlichen Schmerzen, denn nichts ist so qualvoll wie der Stich eines Rochens – nicht einmal das Auskratzen eines tuberkulösen Knochens. Nur von Zeit zu Zeit entschlüpfte ihm ein Seufzer, der gegen seinen Willen schließlich zu lautem Stöhnen anschwoll. Doch sie hörte es nicht, oder sie wollte es nicht hören und gab kein anderes Lebenszeichen von sich, als daß sie dann und wann einen Blick hinter sich warf, um die Entfernung abzuschätzen, die noch zurückzulegen war.

Endlich langten sie in Santa Ana an; doch bei keinem der Uferbewohner war Ajipfeffer aufzutreiben. Was sollte sie nun beginnen? Bei der Finsternis konnte sie nicht daran denken, in den Ort selbst zu gehen. Da fiel der Frau in ihrer Angst ein, daß am Teyucuaré, am Fuße des Bananenhains von Blosset, und zwar unmittelbar am Wasser, seit einigen Monaten ein deutscher Naturforscher wohnte, der von einem Pariser Museum angestellt war. Sie erinnerte sich auch, daß er zwei Nachbarn bei Schlangenbissen geheilt hatte, und so war es sehr wahrscheinlich, daß er auch ihrem Mann helfen konnte.

Sogleich nahm sie die Fahrt wieder auf; und nun begann ein Kampf, der zäheste wohl, den je ein menschliches Wesen – eine Frau – gegen die unerbittliche Gewalt der Elemente geführt hat.

Alles: der stetig ansteigende Strom, die undurchdringliche Finsternis, die der hohe Urwald über das Boot wölbte, obgleich dieses ein ganzes Stück vom Ufer entfernt gegen die reißende Strömung ankämpfte, die Entkräftung der Frau, deren Hände das Ruder mit Blut und Schweiß bedeckten, alles, Fluß, Nacht und ihre eigene Schwäche, drohten das Boot zurückzuschleudern.

Bis zur Mündung des Yabebirí konnte sie noch etwas Kraft sparen, aber auf der unendlich langen Strecke vom Yabebirí bis zu den ersten Klippen des Teyucuaré durfte sie sich auch nicht einen Augenblick lang verschnaufen; denn die Fluten tobten durch die Binsengürtel genauso reißend wie mitten im Strom selbst, und jeder dritte Ruderschlag traf Camalotes statt Wasser. Diese schwimmenden Pflanzeninseln stießen gegen den Bug und wurden vom Boot mitgeschleift, so daß die Frau nach vorn kriechen und sie unter Wasser drücken mußte. Und wenn sie dann wieder auf die Ruderbank niederfiel, war ihr Körper von den Füßen bis zu den Händen ein einziger anhaltender Schmerz, der vom Rumpf und von den Armen ausging.

Schließlich verfinsterte sich der Himmel nach Norden zu durch die Schlucht des Teyucuaré noch mehr, und der Mann, der seinen Fuß losgelassen hatte und sich mit beiden Händen am Bootsrand festhielt, konnte einen Schmerzensschrei nicht unterdrücken.

Die Frau hielt inne.

»Tut es dir so weh?«

»Ja...«, erwiderte er keuchend und selbst erstaunt, »aber ich wollte nicht schreien ... es ist mir so entschlüpft!«

Und leiser fügte er hinzu, als fürchte er, in Schluchzen auszubrechen, wenn er lauter spräche: »Ich will es nicht wieder tun!«

Er begriff sehr wohl, daß er unter diesen Umständen und angesichts seiner armen Frau, die das Unmögliche zu vollbringen versuchte, den Mut nicht verlieren durfte. Er hatte den Schrei ersticken wollen, obwohl der Schmerz in seinem Fuß, vor allem in der Ferse, immer grauenhafter wurde und der fürchterlich brennende Stich ihn fast dem Irrsinn nahe brachte.

Aber sie befanden sich bereits im Schatten des ersten Felsenriffs, und das Backbordruder stieß fast gegen die harte Mole, die sich gut hundert Meter über die Wasserfläche erhob. Von hier bis zur südlichen Schnelle des Teyucuaré stand das Wasser streckenweise still. Das war für die schwer arbeitende Frau eine große Erleichterung, die sie aber nicht genießen konnte, denn aus der Kehle des Mannes kam wiederum ein Schrei. Die Frau drehte sich nicht um. Doch ihr Mann, der in kalten Schweiß gebadet war und bis in die Fingerspitzen, die sich um den Bootsrand krampften, zitterte, hatte nicht mehr die Kraft, sich zusammenzunehmen, und schrie von neuem.

Eine geraume Weile bewahrte der Mann einen Rest von Energie, Tapferkeit und Mitleid mit jenem anderen menschlichen Elend – dem Elend seiner Frau, die er sonst ihrer letzten Kräfte beraubt hätte; nur dann und wann machte er sich mit einem unterdrückten Stöhnen Luft. Aber zuletzt verließ ihn seine ganze Willenskraft, er war nur noch ein Bündel zerrütteter Nerven; von der entsetzlichen Tortur fast wahnsinnig, riß er den Mund auf, und ohne daß er sich dessen bewußt war, wiederholten sich seine Schreie in unregelmäßigen Abständen, begleitet von einem »Ach« höchsten Leidens.

Den Kopf vorgebeugt, wandte die Frau unterdessen den Blick nicht vom Ufer, um die Richtung einzuhalten. Sie dachte nichts, fühlte nichts, hörte nichts; sie ruderte. Erst als ein noch gellenderer Schrei, ein echter Laut der Qual, die Nacht zerriß, lösten sich ihre Hände halb vom Ruder.

Und dann ließ sie das Ruder plötzlich ganz los, und ihre Arme sanken schlaff auf den Bootsrand.

»Schrei doch nicht so . . .«, murmelte sie.

»Ich kann nicht mehr . . .«, brüllte er. »Die Schmerzen sind unerträglich!«

»Das weiß ich doch . . . das begreife ich . . . Aber du darfst nicht so schreien . . . Dann kann ich nicht rudern!« schluchzte sie.

»Ich versteh dich auch . . . Aber ich kann nicht mehr . . . Ach!«

Und wahnsinnig vor Schmerz jammerte er immer lauter: »Ich kann nicht mehr! . . . Ich kann nicht mehr! . . . Ich kann nicht mehr! . . .«

Geraume Zeit blieb die Frau mit dem Kopf auf den Armen liegen, unbeweglich, wie leblos. Schließlich richtete sie sich wieder hoch und nahm schweigend von neuem den Kampf auf.

Und was sie dann vollbrachte, diese Frau, die schon achtzehn Stunden lang das Ruder in der Hand hatte, mit ihrem sterbenden Mann im Boot, das gehört zu jenen Taten, die man im Leben nur einmal fertigbringt. Sie mußte in der Finsternis die südliche Schnelle des Teyucuaré bezwingen, die das Boot wohl an die zehnmal in die Strudel der Strömung zurückstieß. Und immer wieder versuchte sie, sich am Felsen festzuhalten, um ihn mit dem Boot umschiffen zu können, und es gelang ihr nicht. Dann geriet sie in den Katarakt, schnitt ihn endlich im richtigen Winkel, und einmal darin, hielt sie sich fünfunddreißig Minuten aufrecht, in schwindelnder Eile rudernd, um nicht wieder abgetrieben zu werden. Sie ruderte die ganze Zeit über, ihre Augen brannten vom Schweiß, der sie blendete, und keine Sekunde hätte sie das Ruder loslassen können. Während dieser fünfunddreißig Minuten wußte sie, daß sich nicht einmal drei Meter entfernt die Klippe befand, die sie nicht hatte umschiffen können; sie kam in fünf Minuten kaum ein paar Zentimeter voran und wurde von dem verzweifelten Gefühl beherrscht, mit dem Ruder die Luft zu schlagen, da das Wasser unter ihr mit rasender Geschwindigkeit dahinfloß.

Mit welchen Kräften, denn die ihren waren erschöpft, unter welch unglaublicher Anspannung ihres letzten Lebensnervs sie den fast geisterhaften Kampf durchzuhalten vermochte, das würde sie selbst noch weniger als andere erklären können. Vor allem, wenn man bedenkt, daß die bedauernswerte Frau als einzigen Ansporn das unaufhörliche Jammergeschrei ihres im Heck liegenden Mannes hatte.

Der Rest der Fahrt – noch zwei weitere Schnellen am Ende der Bucht und eine zum Schluß, als sie die letzte Enge passieren mußten, die allerdings sehr lang war – stellte wenigstens keine allzu große Anforderung mehr an ihre Kräfte. Als das Boot dann endlich den Hafen von Blosset erreicht hatte und auf den tonhaltigen Strand auflief und als die Frau aussteigen wollte, um es zu vertäuen, hatte sie plötzlich das Gefühl, als besäße sie keine Arme, keine Beine und keinen Kopf mehr; alles fing an, sich um sie zu drehen, und die hochragenden Felsen der bezwungenen Enge stürzten über ihr zusammen. Ohnmächtig sank sie zu Boden.

»So war es, Señor! Sechs Monate mußte ich das Bett hüten, doch Sie sehen ja, ich habe mein Bein behalten. Aber der Schmerz, Señor! Wäre sie nicht gewesen, dann hätte ich Ihnen die Geschichte heute nicht erzählen können!« schloß er, seiner Frau die Hand auf die Schulter legend.

Sie lachte nur. Und dann lächelten sich beide zufrieden an, ruhig, adrett und wohlversorgt nun zu guter Letzt durch ihre einträgliche Boliche, deren Besitz von jeher ihr Ideal gewesen war.

Und als wir von neuem auf den dunklen, träge dahinfließenden Strom blickten, der jetzt wieder anstieg, fragte ich mich, wieviel Idealismus sich wohl hinter jener Tat verbarg, wenn man von dem Motiv absieht, das ihr zugrunde lag, denn wie auch immer, damals erwiesen sich die unglücklichen Kaufleute als echte Helden.

Holzfäller

Cayetano Maidana und Esteban Podeley, zwei Peones, die in einem Holzschlag gearbeitet hatten, kehrten an Bord des »Silex« zusammen mit fünfzehn Gefährten nach Posadas zurück.

Podeley, ein Holzarbeiter, hatte seinen Vertrag erfüllt, er hatte neun Monate Arbeit hinter sich und erhielt aus diesem Grund freie Fahrt. Cayé, ein Gelegenheitsarbeiter, war zu den gleichen Bedingungen angenommen worden, hatte aber anderthalb Jahre arbeiten müssen, um seine Schulden abzahlen zu können.

Abgemagert, ungepflegt, nur in Drillich, das offene Hemd zerfetzt, barfuß wie fast alle andern auch und ebenso schmutzig, verschlangen die beiden Arbeiter mit den Augen die Hauptstadt des Urwalds, die das Jerusalem und zugleich das Golgatha ihres Lebens war. Neun Monate dort oben! Einundeinhalbes Jahr dort oben! Aber nun waren sie endlich wieder unter Menschen, und alle Schmerzen und alle Pein der harten Fron im Holzschlag waren vergessen in der Vorfreude auf die Genüsse, die ihrer harrten.

Von hundert Peones kommen nur zwei mit einem Guthaben in Posadas an. Um die Herrlichkeit einer Woche auszukosten, denen sie der Strom entgegenträgt, müssen sie meistens gleich nach ihrer Ankunft einen neuen Vertrag abschließen. Wie eine Verheißung künftiger Freuden erwartet die Holzfäller bereits am Ufer eine Gruppe leichter Mädchen, bei deren Anblick die hungrigen Männer in ein wildes, verlangendes »Ahijú«-Geheul ausbrechen.

Cayé und Podeley verließen taumelnd im Vorgeschmack der ihnen bevorstehenden Orgie das Schiff; und umringt von drei oder vier Freundinnen, fanden sie im Handumdrehen die genügende Menge Caña* vor, um ihre Gier nach Alkohol zu stillen.

Es dauerte gar nicht lange, da waren sie betrunken und hatten bereits einene neuen Kontrakt unterzeichnet. Zu welcher Arbeitsleistung hatten sie sich verpflichtet? Und für welche Gegend? Sie hatten keine Ahnung, und es kümmerte sie vorläufig auch nicht. Die Hauptsache war, daß sie bare vierzig Pesos in der Tasche hatten und Kredit für weit mehr bekommen würden. Betäubt von Alkohol und Liebe, fügsam und stumpfsinnig, folgten die beiden den Mädchen, um sich zuerst einmal einzukleiden. Die kundigen Dämchen führten sie in ein Geschäft, mit dem sie ein Abkommen über soundso viel Prozent Provision von dem Einkauf getroffen hatten, oder manchmal auch gleich ins Warenlager derselben Firma. Und in dem einen oder dem anderen Geschäft erneuerten die Mädchen den knalligen Luxus ihrer eigenen Garderobe, steckten sich glitzernde Kämme ins Haar und behängten sich mit bunten Bändern. Kaltblütig nahmen sie den mit Alkohol vollgesogenen Gefährten alles ab, denn das einzige, was ein Holzfäller wirklich besitzt, ist eine fast unglaubliche Unbekümmertheit im Geldausgeben.

Cayé für sein Teil erwarb viel mehr Pomaden, Haarwässer und Parfüms, als er brauchte, um seinen neuen minderwertigen Anzug und seinen Haarschopf bis zum Übelwerden damit zu durchtränken, während Podeley, ein wenig klüger, sich für einen guten Anzug entschied. Wahrscheinlich bezahlten sie ihre Einkäufe viel zu teuer mit ihren auf den Ladentisch hingeworfenen Geldscheinen, weil sie nur halb hinhörten, wenn man ihnen den Preis nannte.

Auf alle Fälle warfen sie sich eine Stunde später mit ihrer funkelnagelneuen Ausrüstung, Schuhe an den Füßen, den Poncho um die Schultern und selbstverständlich einen 44er

* Zuckerrohrschnaps

200

Revolver im Gürtel, in einen offenen Wagen. Sie vervollständigten ihren Aufzug durch Zigaretten, die sie stumpfsinnig zwischen den Zähnen hielten, und ließen aus jeder Tasche den Zipfel eines farbigen Taschentuchs hängen. Die beiden Mädchen begleiteten sie; sie waren sehr stolz auf diese Pracht, die sich in den ein wenig gelangweilten Mienen der Peones widerspiegelte. Den ganzen Morgen und den ganzen Nachmittag schleppten sie den Geruch von schwarzem Tabak und Holzfällerschweiß durch die heißen Straßen mit sich.

Endlich wurde es Abend, und mit ihm begann der Tanz. Und die geschäftstüchtigen Mädchen verstanden es, die Holzfäller immer wieder zum Trinken zu verleiten. Unerfahren in Geldangelegenheiten, warfen sie zehn Pesos für eine Flasche Bier auf den Tisch und bekamen nur einen Peso vierzig als Wechselgeld wieder heraus, das sie unbesehen einsteckten.

Nachdem sie auf diese Art noch verschiedene neue Vorschüsse durchgebracht hatten – die Verlockung war unwiderstehlich, durch sieben Tage »Große-Herren-Spielen« das monatelange Elend des Holzschlags wettzumachen –, begaben sich die beiden Holzfäller zurück an Bord des »Silex«, um wieder den Fluß hinaufzufahren. Cayé nahm sich ein Mädchen mit, und die drei, betrunken wie alle übrigen Peones, wurden ins Achterschiff bugsiert, auf dem sich bereits zehn Maultiere in inniger Gemeinschaft mit Koffern, Bündeln, Hunden, Männern und Weibern befanden.

Am folgenden Tag, als die Köpfe bereits klar waren, untersuchten Podeley und Cayé ihre Arbeitsbücher; es war das erste Mal, daß sie es nach Abschluß des neuen Kontrakts taten. Cayé hatte hundertzwanzig Pesos in bar und fünfunddreißig in Naturalien erhalten; Podeley dementsprechend hundertdreißig und fünfundsiebzig Pesos.

Sie blickten einander mit einem Ausdruck an, den man vielleicht Entsetzen nennen könnte, wenn ein Holzfäller von diesem Gefühl nicht schon völlig kuriert gewesen wäre. Sie erinnerten sich nicht, auch nur den fünften Teil davon ausgegeben zu haben.

»Teufel!« murmelte Cayé. »Das werde ich ja niemals abarbeiten können!«

Und in demselben Augenblick faßte er einfach den Entschluß – wohl als gerechte Strafe für seine Verschwendung –, eines Tages aus dem Holzschlag zu entfliehen.

Aber die Überzeugung, ein Recht auf das ausschweifende Leben in Posadas gehabt zu haben, war so fest in ihm verankert, daß er auf die noch erheblicheren Vorschüsse Podeleys fast neidisch war.

»Du hast Schwein gehabt«, sagte er, »daß du so fabelhafte Vorschüsse bekommen hast!«

»Dafür nimmst du dir ja eine Freundin mit«, entgegnete Podeley. »Das wirst du schon an deinem Geldbeutel merken . . .«

Cayé blickte auf seine Gefährtin, und wenn auch Schönheit oder andere Tugenden bei der Wahl eines Holzfällers wenig ins Gewicht fallen, so war er doch zufrieden. Das Mädchen strahlte wahrhaftig in ihrer farbenfreudigen Kleidung, dem giftgrünen Rock und der gelben Bluse; an dem schmutzigen Hals glitzerte eine dreifache Perlenkette, an den Füßen trug sie Schuhe mit Louis-Quinze-Absätzen, die Wangen waren hochrot geschminkt, die Augen halb geschlossen, eine Zigarre hing ihr lässig im Mundwinkel.

Cayé hielt das Mädchen und seinen 44er Revolver für die beiden einzigen Dinge von Wert, die er mit sich führte. Doch der 44er lief noch Gefahr, den Weg allen Vorschusses zu gehen, da Cayés Lust zur Arbeit vorläufig nur sehr gering war. Auf einem hochkant gestellten Koffer verspielten einige Peones gewissenhaft das, was ihnen noch an Geld und Wertsachen geblieben war. Cayé beobachtete sie einen Moment und lachte dabei, wie die Holzfäller stets lachen, wenn sie unter sich sind, aus welchem Grunde es auch immer sei; dann näherte er sich dem Koffer und setzte fünf Zigarren auf eine Karte.

Das war ein bescheidener Anfang, aber es konnte ja sein, daß er ihm das nötige Geld einbrachte, um den Vorschuß in seinem Holzschlag zurückzuzahlen und dann mit demselben Dampfer wieder nach Posadas zu fahren und dort einen neuen Vorschuß durchzubringen.

Doch er verlor. Er verlor die meisten seiner Zigarren, verlor fünf Pesos, den Poncho, die Perlenkette seiner Gefährtin, seine Stiefel und den 44er. Am nächsten Tag gewann er die Stiefel zwar zurück, mehr aber nicht, während das Mädchen sich über den verlorenen Halsschmuck hinwegtröstete, indem es unzählige Zigaretten in die Luft paffte.

Podeley gewann die Perlenschnur, nachdem sie unendliche Male den Besitzer gewechselt hatte, und obendrein eine Schachtel mit penetrant duftender Seife, die er dann gegen eine Machete und ein halbes Dutzend Paar Strümpfe setzte; der Gewinn dieser Dinge befriedigte ihn sehr.

Endlich war das Ziel erreicht. Der »Silex« wurde am Ufer vertäut, und die Peones kletterten den endlosen schmalen roten Pfad empor, der sich die Böschung hinaufschlängelte, von deren höchstem Punkt aus der Dampfer winzig und wie in den düsteren Fluß getaucht wirkte. Mit lauten »Ahijú«-Rufen und schrecklichen Schimpfworten in ihrer Guaranísprache (obwohl alle recht fröhlich waren) verabschiedeten sie sich von dem Dampfer, den man durch dreistündiges Scheuern von dem ekelerregenden, erstickenden Dunst befreien mußte, den all der Schmutz, das Patschuli und die kranken Maultiere während der viertägigen Fahrt auf ihm hinterlassen hatten.

Für Podeley, der es bis auf einen Tagelohn von sieben Pesos bringen konnte, war das Leben im Holzschlag nicht sehr hart. An das Holzfällen gewöhnt, widmete er sich mit Eifer der Berechnung der von ihm zu bearbeitenden Stämme und entschädigte sich für die üblichen Diebstähle durch die Privilegien, die einem guten Peón gewährt wurden. Schon am folgenden Tag begann er mit seiner neuen Arbeit, da die Waldzone bereits für ihn abgesteckt war. Er baute sich aus Palmblättern seine Hütte, die lediglich aus einem Dach und einer Wand nach Süden bestand; acht waagerechte Bretter nannte er Bett, und an einer Astgabel hängte er den Proviant für die Woche auf. Automatisch begann er sein vertrautes Leben im Holzschlag: morgens nach dem Aufstehen, wenn es noch dunkel war, trank er schweigend ein paar Mates so rasch hintereinander, daß er den Kessel gar nicht erst aus der Hand setzte; dann ging er auf die Suche nach gutem Holz, und um acht Uhr bereitete er sich sein Frühstück aus Mehl, gedörrtem Rindfleisch und Fett; danach begann er die Arbeit mit der Axt. Den Oberkörper hatte er entblößt, und der Schweiß strömte derartig herab, daß selbst die an ihm klebenden Moskitos, Stechfliegen und Bremsen fortgeschwemmt wurden. Das Mittagessen bestand stets aus Mais oder Bohnen, die in der unvermeidlichen Fettbrühe schwammen; der Abend wurde, nach einem erneuten Kampf mit den gewaltigen Stämmen, mit demselben Essen wie am Morgen abgeschlossen.

Abgesehen von einigen Zwischenfällen mit seinen Arbeitskollegen, die in sein Gebiet eingedrungen waren, vom Überdruß der Regentage, die ihn zwangen, untätig vor dem Feuer hocken zu bleiben, war dies sein Tageslauf bis zum Sonnabend nachmittag. Dann wusch er seine Wäsche, und am Sonntag ging er in den Almacén*, um sich mit Lebensmitteln für die nächste Woche zu versehen.

Der Sonntag ist für die Holzfäller der Tag wirklicher Erholung; dann vergessen sie alles, fluchen in ihrer heimatlichen Sprache und sehen mit dem ihnen angeborenen Gleichmut zu, wie ihr Schuldkonto beim Kaufmann ständig ansteigt; müssen sie doch für ein Kilo Zwieback achtzig Centavos und für ein

---

* Laden

Buschmesser fünf Pesos bezahlen. Doch der gleiche Fatalismus, der sie all dies mit einem »Zum Teufel!« und einem lächelnden Blick auf die Kameraden ertragen läßt, macht es ihnen, gewissermaßen als elementare Genugtuung, zur Pflicht, aus dem Holzschlag zu fliehen, sobald sich ihnen eine Gelegenheit bietet. Und wenn auch dieser Ehrgeiz vielleicht nicht in allen steckt, so versteht doch jeder Peon dieses Prickeln des Ungesetzlichen, das manchmal sogar jemand dazu treibt, sich am Patron selbst zu vergreifen. Dieser seinerseits nimmt den Kampf bis zum äußersten auf und läßt seine Leute, besonders die Holzfäller, Tag und Nacht bewachen.

Die Holzfäller arbeiteten gerade auf der Planchada, einem mit Stämmen abgestützten Platz, wo sie unter unaufhörlichem Geschrei Bäume in den Fluß stießen. Das Geschrei nahm noch zu, wenn die Maultiere, unfähig, den Hebebaum zu halten, der von der höchsten Stelle der Böschung mit größter Geschwindigkeit herunterkam, sich überschlugen, wobei Balken, Tiere und Karren wild durcheinanderpurzelten. Nur selten wurden die Maultiere dabei verletzt, und der Spaß war für die Leute unbezahlbar.

Obwohl Cayé unaufhörlich lachte, dachte er unablässig an die Flucht: er hatte die harte Arbeit und das ewig gleiche Essen satt, das er im Vorgefühl der Freiheit noch ungenießbarer fand, und blieb eigentlich nur noch, weil ihm ein Revolver fehlte, und natürlich auch wegen der Winchester des Capataz*. Ja, wenn er einen 44er besäße . . .

Dieses Glück wurde ihm auf ganz unerwartete Weise zuteil. Cayés Freundin, die sich bereits von all ihrem feinen Putz hatte trennen müssen, verdiente sich ihren Unterhalt jetzt, indem sie die Wäsche für die Peones wusch. Eines schönen Tages hatte sie ihre Bleibe gewechselt. Cayé wartete zwei Nächte lang auf ihre Rückkehr, in der dritten ging er in den Rancho seines

* Aufseher, Vorarbeiter

Nachfolgers und verabreichte dem Mädchen eine Tracht Prügel. Die beiden Holzfäller blieben zusammen wohnen; der Verführer richtete sich bei dem Paar ein. Das war ökonomisch und recht vernünftig. Doch da der Holzfäller wirkliche Zuneigung für die Dame zu fühlen schien – was im ganzen selten genug vorkommt –, verlangte Cayé von ihm als Ersatz für das Mädchen einen Revolver mit Patronen, den er sich aber selber im Almacén aussuchen wollte. Trotz seiner Einfachheit hätte sich der Handel jedoch fast zerschlagen, weil Cayé in letzter Minute noch ein großes Stück Stangentabak dazu verlangte, was der Kollege als eine übertriebene Forderung ablehnte. Schließlich wurde das Geschäft aber doch abgeschlossen, und während sich das neugebackene Paar in seinem Rancho einrichtete, lud Cayé erst einmal vorsichtig seinen 44er, um dann den regnerischen Nachmittag mit den beiden friedlich beim Mate zu verbringen.

Der Herbst ging zu Ende, und das bisher trockene, nur zeitweilig durch kurze Platzregen unterbrochene schöne Wetter verschlechterte sich endgültig; die Holzfäller spürten die Feuchtigkeit bald in allen Knochen. Podeley, der diese Plage bisher noch nicht kennengelernt hatte, fühlte sich eines Tages auf dem Weg zu seiner Arbeit so unwohl, daß er stehenblieb, um sich blickte und nicht wußte, was er tun sollte. Er kehrte zu seiner Hütte zurück, und unterwegs spürte er ein leichtes Kitzeln zwischen den Schultern.

Er wußte nur zu gut, was die Arbeitsunlust und das Kribbeln unter der Haut zu bedeuten hatten. Mit stoischer Ruhe setzte er sich hin, um Mate zu trinken, und schon eine halbe Stunde später jagte ein heftiger Schüttelfrost durch seinen Körper.

Da war nun nichts zu machen! Er warf sich zitternd vor Kälte auf sein Bett und rollte sich unter seinem Poncho wie eine Katze zusammen, während seine Zähne aufeinanderschlugen.

Am folgenden Tag wiederholte sich der Anfall, den Podeley erst bei Anbruch der Dämmerung erwartet hatte, bereits am

Mittag, und er ging zur Administration und bat um Chinin. Der Holzfäller zitterte so offensichtlich vor Fieber, daß der Angestellte ihm ohne weitere Untersuchung die Päckchen mit Chinin reichte, und Podeley schluckte ruhig das bittere Zeug. Als er in den Wald zurückkehrte, begegnete er dem Aufseher.

»Du auch?« fragte dieser und blickte ihn an. »Du bist nun schon der vierte! Die andern interessieren mich nicht, aber du hast noch Schulden ... wie steht's denn mit deinem Konto?«

»Es fehlt nicht mehr viel ... aber ich kann jetzt nicht arbeiten ...«

»Bah! Kurier dich gut aus, das ist doch weiter nichts! Bis morgen!«

»Bis morgen!« Podeley entfernte sich; er beschleunigte seine Schritte, denn er spürte ein leichtes Prickeln in den Füßen.

Der dritte Anfall setzte schon nach einer Stunde ein; Podeley sank völlig ermattet zusammen, und sein Blick wurde so starr und trüb, als könne er über eine Entfernung von ein oder zwei Metern hinaus nichts mehr unterscheiden.

Die vollkommene Ruhe, die er sich drei Tage lang gönnte – für den Holzfäller beinahe ein Genuß, weil sie ihm so unerwartet geschenkt wurde –, nützte nichts; sie machte aus ihm vollends ein zitterndes, in ein Stück Stoff gewickeltes Bündel. Podeley, der sich von früheren Fieberanfällen her erinnerte, daß die Fieberschauer stets in regelmäßigen Zeitabständen eingesetzt hatten, fürchtete das Schlimmste bei diesen rasch aufeinanderfolgenden Anfällen. Es gibt solche Fieber und solche! Wenn das Chinin nicht vermocht hatte, den zweiten Anfall zu verhindern, so war es unnütz, es weiter zu nehmen und hier oben zu bleiben, um zusammengekrümmt in diesem elenden Winkel zu verrecken. Er ging noch einmal zum Almacén hinunter.

»Bist du schon wieder da?« empfing ihn der Aufseher. »Das kann ja gut werden ... Hast du denn kein Chinin geschluckt?«

»Ich hab genug geschluckt . . . Weiß selbst nicht, was mit diesem Fieber ist . . . aber ich kann die Axt nicht halten . . . Geben Sie mir Freifahrt, und ich werde meine Schulden abarbeiten, wenn ich wieder gesund bin!«

Der Aufseher betrachtete diese Ruine von einem Menschen und glaubte selbst nicht, daß noch viel Leben in dem Peón steckte; doch er fragte: »Und dein Konto?«

»Ich schulde noch zwanzig Pesos . . . Am Sonnabend habe ich noch abgeliefert. Ich bin wirklich sehr krank!«

»Du weißt ganz gut, daß du zu bleiben hast, bis deine Schulden abbezahlt sind. Dort unten – könntest du ja sterben! Kurier dich hier aus und arbeite erst deine Schulden ab . . .«

Wie sollte er von einem bösartigen Fieber genesen in der Gegend, in der er es sich geholt hatte? Ausgeschlossen. Aber ein Holzfäller, der den Holzschlag verläßt, kehrt nicht wieder zurück, und dem Aufseher ist ein toter Arbeiter lieber als ein ferner Schuldner.

Podeley hatte es als Holzfäller niemals versäumt, seinen Verpflichtungen nachzukommen – der einzige Stolz, den sich ein Holzfäller vor seinem Patron gestatten kann.

»Es kümmert mich nicht, ob du sonst deine Schulden bezahlt hast oder nicht«, erwiderte der Aufseher. »Jetzt heißt es zuerst zahlen, und dann können wir weiterreden!«

Diese Ungerechtigkeit löste bei Podeley folgerichtig sogleich den Wunsch nach Flucht aus. Er quartierte sich bei Cayé ein, dessen Absichten er gut kannte, und beide beschlossen, am nächsten Sonntag auszureißen.

»Da haben wir's!« rief der Aufseher noch am selben Nachmittag Podeley zu, als dieser ihm über den Weg lief. »Gestern nacht sind wieder drei auf und davon . . . Das würde dir wohl so passen, was? Die drei hatten ihre Schulden auch noch nicht abgearbeitet, genau wie du. Aber du sollst eher krepieren als aus dem Holzschlag herauskommen! Also Vorsicht, du und alle, die ihr euch hier verpflichtet habt!«

Der feste Entschluß, die Flucht, für die der Holzfäller alle Kräfte brauchte, trotz ihrer Gefahren zu wagen, vermochte noch mehr, als ein bösartiges Fieber im Zaum zu halten.

Unterdessen war der Sonntag gekommen; unter allerlei Vorwänden, wie Wäschewaschen und angebliche Gitarrenwettkämpfe in diesem oder jenem Rancho, gelang es den beiden, die Wächter zu täuschen, und bald befanden sich Podeley und Cayé einen Kilometer weit vom Büro der Administration entfernt.

Solange sie sich nicht verfolgt wußten, verließen sie den Pfad nicht, denn Podeley war noch schlecht zu Fuß. Doch da ... Das eigentümliche Echo im Walde trug ihnen aus der Ferne einen heiseren Ruf zu: »Auf den Kopf zielen! Alle beide ...«

Einen Augenblick später erschienen an einer Biegung des Pfades der Capataz und drei Peones in vollem Lauf. Und nun begann die Jagd.

Während sie in rasender Flucht vorwärts rannten, machte Cayé seinen Revolver schußbereit.

»Ergebt euch ... Zum Teufel!« schrie der Capataz hinter ihnen her.

»Wir müssen ins Dickicht hinein«, sagte Podeley, »ich kann kaum noch meine Machete halten ...«

»Macht kehrt, oder ich schieße!« erscholl es wieder.

»Wenn sie noch näher herankommen ...«, begann Cayé. Da pfiff auch schon eine Gewehrkugel den Pfad entlang.

»Hinein!« schrie Cayé seinem Gefährten zu. Und hinter einem Baum Deckung nehmend, gab er fünf Revolverschüsse auf die Verfolger ab.

Als Antwort darauf ertönte gellendes Geschrei, und eine Kugel schlug ein Stück Rinde von dem Baum ab.

»Ergebt euch, oder ich ziele auf den Kopf ...«

»Mach, daß du weiterkommst«, mahnte Cayé seinen Kameraden, »ich will ...«

Und nachdem er von neuem geschossen hatte, verschwand auch er im Unterholz des Urwalds.

Die Verfolger, die durch die Schüsse einen Augenblick zurückgehalten worden waren, stürzten nun wutentbrannt vorwärts; dabei ließen sie ein ununterbrochenes Gewehrfeuer in die Richtung los, die die Flüchtlinge wahrscheinlich eingeschlagen hatten.

Etwa hundert Meter vom Pfad entfernt, sich möglichst parallel zu diesem haltend, arbeiteten Cayé und Podeley sich vorwärts. Um unter dem Lianengewirr hindurchzukommen, mußten sie fast auf dem Boden kriechen. Die Verfolger ahnten wohl, daß sie so nahe waren, aber im Walddickicht bestehen für jeden Angreifer hundert Möglichkeiten gegen eine, eine Kugel durch den Kopf zu bekommen. Sie begnügten sich deshalb wohlweislich mit Gewehrfeuer und lautem Gebrüll.

Die Gefahr war vorüber. Die Flüchtlinge setzten sich erschöpft nieder. Podeley wickelte sich in seinen Poncho, und an seinen Kameraden gelehnt, mußte er zwei schreckliche Stunden lang unaufhörlichen Schüttelfrost erdulden – der Rückschlag nach den Anstrengungen.

Dann setzten sie ihre Flucht fort. Sie hielten sich immer in der Nähe des Pfades, und als es Nacht wurde, machten sie halt.

Cayé hatte ein paar Chipás* bei sich, und Podeley zündete ein Feuer an, trotz der tausend Unannehmlichkeiten, die damit in einem Land verknüpft sind, in dem der Lichtschein außer den Menschen noch eine Unmenge anderer Lebewesen anzieht, die für Licht eine Schwäche haben.

Die Sonne stand schon hoch am Himmel, als sie am folgenden Morgen den Fluß erreichten, die erste und letzte Hoffnung aller Flüchtigen. Cayé schnitt ein Dutzend Stangen wilden Zuckerrohrs, ohne eine besondere Auswahl zu treffen,

* Indianisches Gebäck

210

und Podeley, der seine letzte Kraft daran setzte, Isipós* zu schneiden, hatte kaum noch Zeit, diese fertigzumachen, bevor er sich schon wieder unter einem Fieberanfall krümmte.

So baute denn Cayé allein das leichte Floß – zehn Zuckerrohrstangen band er der Länge nach mit Lianen zusammen und an jedes Ende eine Stange quer dagegen. Kaum war er damit fertig, fuhren sie auch schon los. Das Floß trieb vom Ufer ab und gelangte bald in die Mitte des Paraná.

Die Nächte sind in dieser Jahreszeit schon außerordentlich kühl, und die beiden Holzfäller, die ihre Füße ständig im Wasser halten mußten, verbrachten die erste Nacht völlig durchfroren, dicht aneinander geschmiegt. Die Strömung des von mächtigen Regenfällen angeschwollenen Paraná ergriff mit ihren wirbelnden Strudeln das Floß und löste allmählich die Knoten der Lianen.

Am nächsten Tag hatten sie nichts weiter zu essen als zwei Chipas, den Rest ihres Vorrats, und die rührte Podeley kaum an. Die Zuckerrohrstangen, die vom Tambú** angebohrt waren, sanken allmählich immer tiefer, und am Nachmittag schwamm das Floß bereits eine Viertelelle unter Wasser.

Auf dem wilden Fluß, zwischen den düsteren Mauern des Urwalds, trieb das Floß in der ungeheuren Einsamkeit dahin; oft wurde es im Kreise herumgewirbelt, dann wieder lag es eine Weile unbeweglich vor einem neuen Strudel, der es plötzlich mit Gewalt ansog und vorwärts stieß. Die beiden Männer, bis an die Knie im Wasser, konnten sich kaum noch auf den sich voneinander lösenden Stangen halten, die unter ihnen wegzugleiten drohten, und umsonst versuchten sie mit verzweifelten Augen, die schwarze Nacht zu durchdringen.

Als das Wasser ihnen bereits bis zur Brust reichte, stießen sie plötzlich auf Grund. Wo? Sie hatten keine Ahnung ... Ein

---

* faserige Lianenart
** Insektenlarve

Röhricht ... Am Ufer blieben sie unbeweglich lang ausgestreckt auf dem Bauch liegen.

Die Sonne schien bereits hell, als sie erwachten. Das Röhricht erstreckte sich zwanzig Meter landeinwärts und bildete eine Art Damm zwischen Fluß und Urwald. Südlich von ihnen, nicht weit entfernt, floß der Paraná, den sie zu durchschwimmen gedachten, sobald sie sich wieder kräftig genug fühlten. Doch ihre Kräfte kehrten nicht so schnell zurück, wie sie es wünschten, denn Rohrschößlinge und Würmer sind nicht gerade eine stärkende Nahrung. Hinzu kam ein zwanzigstündiger dichter Regen, der den Paraná in weißes Öl verwandelte und ihn zu einem tobenden Strom machte. Keine Möglichkeit mehr!

Da plötzlich richtete sich Podeley, auf den Revolver gestützt, triefend hoch. Vor Fieber zitternd, zielte er auf Cayé. »Fort mit dir, zum Teufel ...«

Cayé war sich bewußt, daß er vor dem Delirierenden auf der Hut sein mußte, und bückte sich unauffällig, um seinen Kameraden mit einem Stock niederzuschlagen. Doch Podeley beharrte: »Ins Wasser mit dir! Du hast mich in dieses Elend gestürzt! Hinein mit dir in den Fluß!«

Die zuckenden Finger tasteten nach dem Abzug. Cayé gehorchte; er sprang ins Wasser, ließ sich von der Strömung treiben und verschwand hinter dem Röhricht, wo er mit äußerster Kraftanstrengung wieder Boden unter den Füßen gewann.

Von dort aus beobachtete er seinen Gefährten; doch Podeley lag schon wieder auf der Seite, die Knie an die Brust gezogen, und der Regen peitschte unaufhörlich seinen Körper. Als Cayé an den Kranken herantrat, hob dieser den Kopf, und ohne die Augen zu öffnen, die vom Wasser blind waren, murmelte er: »Cayé ... oh, kalt ... sehr kalt ...«

Die ganze Nacht lang prasselte der helle, gefühllose Regen, der in jedem Herbst die Überschwemmungen verursacht, auf den Sterbenden herab, bis Podeley endlich beim Morgengrauen für immer reglos in seinem feuchten Grab liegenblieb.

In demselben Röhricht, zwischen Wald und Fluß, dem ständig herabströmenden Regen und der Kälte ausgesetzt, verbrachte der Überlebende noch sieben Tage. Seine Nahrung bestand nur aus Wurzeln, Schößlingen und Würmern. Jeden Tag wurde er schwächer, bis er sich eines Morgens nicht mehr erheben konnte; halbtot vor Kälte und Hunger lag er da und starrte unentwegt auf den Paraná.

Bis eines Nachmittags der »Silex« vorüberfuhr und den fast schon Leblosen an Bord nahm. Cayés Freude verwandelte sich jedoch in Entsetzen, als er am folgenden Tage merkte, daß der Dampfer stromaufwärts fuhr.

»Ach, ich bitte um die Gnade«, flehte er den Kapitän an, »lassen Sie mich nicht in Puerto X an Land schaffen! Man wird mich dort totschlagen ... Ach, ich bitte sie ...«

Der »Silex« nahm den Peón, der sich bald ganz erholt hatte, wieder mit zurück nach Posadas.

Kaum hatte er dort zehn Minuten Land unter den Füßen, als er auch schon betrunken war, einen neuen Kontrakt unterschrieben hatte und schwankenden Schrittes einen Laden betrat, um wieder Haarwasser und Parfüms zu kaufen.

Das seltsame Standesamt

In der Nähe der Ruinen von San Ignacio, der zweiten Hauptstadt des ehemaligen Jesuitenstaates, liegt heute in der Provinz Misiones eine Ortschaft gleichen Namens. Sie besteht aus einer Reihe von Ranchos, die im Walde verstreut aufgebaut sind. Am Rande der Ruinen, auf einem freigelegenen Hügel, erheben sich ein paar Steinhäuser, deren gekalkte Wände von der Sonne so weiß gebleicht sind, daß ihr Anblick fast blendet; doch die Aussicht von dort oben auf das Tal des Yabebirí ist, besonders in der Abenddämmerung, von bezaubernder Schönheit.

Es gibt in der Ortschaft mehr Almacenes, als wünschenswert ist; kaum ist ein neuer Nebenweg angelegt, so eröffnet auch schon ein Deutscher, ein Spanier oder ein Syrer an der Kreuzung eine Boliche*. Zusammengedrängt auf einem Platz von etwa zwei Cuadras befinden sich die Amtsgebäude der öffentlichen Behörden: Polizei, Gericht, Gemeindeverwaltung und eine gemischte Schule. Und malerisch zwischen den Ruinen gelegen, überwuchert vom Urwald, gibt es auch eine Bar; sie wurde in den Zeiten des Yerba-Mate-Fiebers eröffnet, als die Capataces, die vom Alto Paraná nach Posadas reisten, begierig in San Ignacio Station machten, um sich voller Wohlbehagen vor eine Flasche Whisky zu setzen. Ich habe an anderer Stelle von dieser Bar berichtet und will heute nicht darauf zurückkommen.

Zu der Zeit aber, da sich unsere Begebenheit ereignete, waren die öffentlichen Behörden noch nicht alle in der Ortschaft vereinigt. Zwischen den Ruinen und dem neuen Hafen,

* Kneipe, Trödelladen

wohl eine halbe Legua von dort entfernt, lag an einem herrlichen Abhang das Wohnhaus des Standesbeamten Señor Orgaz, der darin auch das Standesamt eingerichtet hatte.

Das Häuschen des Beamten war aus Holz, mit einem Dach aus Brettern des Weihrauchbaumes, die wie Schieferplatten übereinandergelegt waren. Diese Bauweise ist ausgezeichnet, wenn ganz trockene, vorher vorsichtig angebohrte Bretter dazu benutzt werden. Aber als Orgaz das Dach seines Hauses deckte, war das Holz erst frisch geschnitten; obendrein schlug er einfach Nägel durch die Bretter, die an den Nagelstellen barsten und sich daher, als sie austrockneten, nach oben bogen, so daß das Dach des Bungalows einem Igel mit gesträubten Stacheln glich. In der Regenzeit mußte Orgaz ein dutzendmal den Standort seines Bettes wechseln, und alle seine Möbel zeigten Wasserflecken.

Und dieses widerspenstige Dach nahm vier Jahre lang die Kräfte des Chefs des Standesamtes in Anspruch, so daß ihm kaum Zeit blieb, an ein paar Ruhetagen während der Siesta schwitzend die Drahtzäune neu zu spannen oder einmal für zwei oder drei Tage durch den Wald zu streifen und schließlich mit dem Kopf voller Blätter wieder aufzutauchen.

Orgaz war ein großer Naturfreund. Zumeist recht wortkarg, verstand er es jedoch ausgezeichnet, jedem mit ernster, ein wenig übertriebener Aufmerksamkeit zuzuhören. Im Ort liebte man ihn nicht, aber man achtete ihn. Trotz seiner absolut demokratischen Gesinnung, seiner Kameradschaftlichkeit, ja der betonten Vertraulichkeit, mit der er die vornehmen Yerbaleute und die Beamten behandelte, die alle korrekte Breeches trugen, war es immer, als trenne ihn von diesen eine Barriere aus Eis. Niemals äußerte sich in seinem Benehmen der geringste Stolz, und gerade des Stolzes bezichtigte man ihn.

Etwas aber mußte schließlich diesen Eindruck hervorgerufen haben.

Als Orgaz sich in San Ignacio niederließ, war er noch nicht

Beamter; er hauste allein auf seiner Anhöhe und baute sein Haus mit dem widerspenstigen Dach.

Da lud ihn einmal der Schuldirektor ein, seine Schule zu besichtigen. Der Direktor rechnete es sich natürlich zur Ehre an, sie einem so gebildeten Manne, wie es Orgaz war, zeigen zu können. So machte sich Orgaz am nächsten Morgen auf den Weg, bekleidet mit seiner blauen Arbeitshose, seinen Stiefeln und seinem schon recht mitgenommenen Leinenhemd. Unterwegs im Wald fand er eine Eidechse von ungewöhnlicher Größe, und da er sie gern lebend mit nach Hause nehmen wollte, band er ihr eine Liane um den Bauch. Den einen Hemdsärmel zerrissen, die Eidechse hinter sich her ziehend, trat er aus dem Wald heraus und schritt geradewegs auf die Schule zu, vor deren Eingang der Direktor und die Lehrer bereits auf ihn warteten.

Auch die Esel des Señor Bouix trugen in jenen Tagen dazu bei, die Meinung, die man sich über Orgaz gebildet hatte, zu festigen. Bouix war ein Franzose, der seit dreißig Jahren im Land lebte und es daher als sein Vaterland betrachtete. Er ließ seine Tiere frei herumlaufen, und diese zerstörten die mühsam angelegten Plantagen der Nachbarn. Selbst das dümmste Kalb der zahlreichen Bouix gehörenden Herden war schlau genug, den Kopf so lange zwischen den gespannten Drähten eines Nachbarzaunes hin und her zu schuben, bis diese nachgaben. Man kannte in jenen Zeiten in Misiones noch nicht den Stacheldraht, und als man ihn einige Jahre später einführte, blieben immer noch die Esel des Señor Bouix, die sich unter den untersten Draht schoben und auf der Seite liegend so lange zappelten, bis sie sich auf die andere Seite durchgearbeitet hatten. Doch niemand beschwerte sich, denn Bouix war der Friedensrichter von San Ignacio.

Als Orgaz in den Ort kam, hatte Bouix dieses Amt nicht mehr inne; seine Esel jedoch nahmen darauf keine Rücksicht. Sie trotteten des Abends die Wege entlang auf der Suche nach einer jungen Pflanzung, die sie, über die Drähte gebeugt, mit aufgerichteten Ohren schnuppernd untersuchten.

Als schließlich auch Orgaz' Plantagen verheert wurden, ertrug er es geduldig; er spannte ein paar Drähte mehr, stand einige Nächte hintereinander auf und lief unbekleidet durch den Tau zu den Eseln hin, die bis zu seiner Behausung vordrangen. Doch schließlich beklagte er sich bei Bouix, der eilig alle seine Kinder zusammenrief und ihnen befahl, besser auf die Esel aufzupassen, die den armen Señor Orgaz belästigten. Die Esel aber liefen weiter frei herum, und Orgaz ging noch ein paarmal zu dem wortkargen Franzosen, der sein Bedauern äußerte und abermals seine Kinder zusammentrommelte, aber mit dem gleichen Ergebnis wie zuvor.

Da stellte Orgaz ein Schild am Hauptweg auf:

> ACHTUNG!
> DIE EINGEZÄUNTE WEIDE IST GIFTIG!

Zehn Tage lang hatte er Ruhe; doch in der elften Nacht hörte er wieder die leisen Huftritte der Esel, die die Anhöhe hinauftrotteten, und dann das Ritsch-ratsch, mit dem die Blätter von den jungen Palmen abgezupft wurden. Da verlor Orgaz die Geduld. Er trat nackt aus dem Haus und schoß den ersten besten Esel nieder.

Durch einen Jungen schickte er am nächsten Morgen Bouix Bescheid, daß einer der Esel tot bei seinem Rancho läge. Es erschien nicht Bouix selbst, um sich von der Wahrheit dieser unfaßbaren Nachricht zu überzeugen, sondern sein ältester Sohn, ein Bursche, ebenso groß wie brünett und ebenso brünett wie finster. Der mürrische Junge las im Vorübergehen das Schild, das am Gatter der Hürde aufgestellt war, und stieg schlecht gelaunt den Abhang hinauf, wo ihn Orgaz mit den Händen in den Taschen erwartete. Der Abgesandte des Señor

Bouix grüßte kaum und trat an den toten Esel heran; Orgaz tat das gleiche. Der Junge schritt ein paarmal um das Tier herum, um es von allen Seiten in Augenschein zu nehmen.

»Der ist sicher gestern nacht krepiert«, brummte er vor sich hin, »aber woran kann er nur krepiert sein?«

Mitten auf dem Hals des Tieres, so deutlich sichtbar wie der helle Tag selbst, schrie die große Wunde, die die Kugel gerissen hatte, zur Sonne empor.

»Wer weiß ... sicherlich vergiftet ...«, entgegnete Orgaz ruhig, ohne die Hände aus den Taschen zu nehmen.

Und die Esel verschwanden für immer von Orgaz' Pflanzungen.

Im ersten Jahr seiner Tätigkeit als Chef des Standesamts hatte ganz Ignacio gegen Orgaz' Ernennung protestiert, weil im Widerspruch zu den gesetzlichen Bestimmungen sein Amtszimmer eine halbe Legua außerhalb des Ortes lag. Dort, in seinem Bungalow, in einem winzigen Raum mit einem Fußboden aus festgestampftem Lehm, noch verdunkelt durch die Galerie und einen großen Mandarinenbaum, der fast den Eingang zum Zimmer versperrte, mußte jeder Besucher unweigerlich zehn Minuten warten. Meistens war nämlich Orgaz gerade nicht zugegen – oder er hatte teerbeschmierte Hände. Wenn er dann endlich soweit war, kritzelte er flüchtig die Daten und Personalien seines Besuchers auf einen Fetzen Papier, lief noch früher wieder aus dem Amtszimmer hinaus als sein Klient und stieg dann abermals auf das Dach.

Wirklich gab es für Orgaz während der ersten vier Jahre seines Aufenthalts in Misiones nur diese eine Beschäftigung. In Misiones kann es derartig regnen, daß selbst eine Bedachung aus übereinanderliegenden Zinkplatten hart auf die Probe gestellt wird, und Orgaz hatte sein Dach mit Brettern gedeckt, die den Regen eines ganzen Herbstes aufgesogen hatten. Die Pflanzungen, die er angelegt hatte, reckten sich buchstäblich in die Höhe, doch die Dachbretter, die derselben Sonne und Feuchtigkeit ausgesetzt waren, bogen sich, wie schon erwähnt, gleich gesträubten Stacheln.

Von den dämmrigen, kühlen Räumen aus gesehen, bot das mit dunklem Holz gedeckte Dach den sonderbarsten Anblick: es war der hellste Teil des Zimmers, denn jedes der gebogenen Bretter wirkte als Oberlicht. Außerdem war es mit einer Unmenge von Kreisen aus Mennige verziert – für Orgaz Merkzeichen, die er mit einem Zuckerrohr um die Spalten gemalt hatte, durch die das Wasser auf sein Bett tropfte oder, besser gesagt, in Strömen floß. Aber das sonderbarste waren die dicken Hanffäden, mit denen Orgaz sein Dach kalfatert hatte, die jetzt losgelöst und schwer von Teer unbeweglich herabhingen und Lichtstreifen reflektierten, die wie Schlangen aussahen.

Orgaz hatte wirklich alles mögliche versucht, um sein Dach auszubessern. Er probierte es nacheinander mit Holzkeilen, Mörtel, Zement, Tischlerleim und geteertem Sägemehl. Im Laufe von zwei Jahren, in denen er unermüdlich alles mögliche versuchte, kam er gleich seinen ältesten Vorfahren niemals in den Genuß, sich des Nachts vor dem Regen geschützt zu wissen. Dann aber wurde Orgaz' Aufmerksamkeit auf ein mit Teer vermischtes Zementpulver gelenkt. Das war eine fabelhafte Entdeckung, und er ersetzte nun solche unwürdigen Mittel wie Zement und geteertes Sägemehl durch dieses pechschwarze Zementpulver.

Die Leute, die ins Standesamt kamen oder die auf dem Weg zum Hafen an seinem Haus vorüber mußten, erblickten ihn unweigerlich oben auf dem Dach. Nach jeder Ausbesserung wartete Orgaz dann den Regen ab, um – ohne sich große Illusionen zu machen – den Erfolg seiner Arbeit zu prüfen. Die alten Oberlichter benahmen sich meist gut, aber neue Risse hatten sich inzwischen dort gebildet, wo Orgaz sein Bett aufgestellt hatte.

Und in diesem ständigen Kampf mit dem Mangel an Material, geführt von einem Menschen, der unter allen Umständen das älteste Ideal des Menschengeschlechts verwirklichen wollte, nämlich ein vor dem Regen schützendes Dach über dem Kopf zu haben, wurde Orgaz dabei ertappt, daß er auf einem anderen Gebiet seit Jahren gesündigt hatte.

Orgaz' Amtsstunden dauerten von sieben bis elf Uhr. Wir haben bereits gesehen, wie Orgaz im allgemeinen seine Amtspflichten erfüllte. War der Chef des Standesamts gerade im Wald oder stapfte er zwischen seiner Mandioca herum, so rief ihn der bei ihm beschäftigte Junge herbei, der meistens die zur Ausräucherung der Ameisen bestimmte Maschine bediente. Orgaz stieg dann gemächlich den Abhang zu seinem Haus empor, die Hacke geschultert oder die Machete in der Hand, und hatte nur den sehnlichen Wunsch, daß die Uhr bald eine Minute nach elf zeigen möge. War es erst soweit, dann brachte den Beamten nichts mehr dazu, das Amtszimmer zu betreten.

Eines Tages nun, Orgaz kletterte gerade vom Dach des Bungalows herunter, läutete die Glocke der kleinen Tür. Er warf einen Blick auf die Uhr: es war fünf Minuten nach elf. Er ging also erst einmal seelenruhig fort, um sich am Ausguß die Hände zu waschen, und schenkte dem Jungen keine Aufmerksamkeit, der sagte: »Es ist jemand da, Patron!«

»Soll morgen wiederkommen!«

»Das habe ich ihm schon gesagt! Er sagt aber, er ist der Justizinspektor!«

»Das ist etwas anderes! Er soll einen Augenblick warten!« entgegnete Orgaz und fuhr fort, sich die mit Pech beschmierten Hände zu schrubben, während sich seine Züge immer mehr verfinsterten.

Und dazu lag wahrhaftig mehr als ein Grund vor.

Orgaz hatte sich um die Posten des Friedensrichters und des Chefs des Standesamts nur beworben, um von diesen Ämtern leben zu können. Doch er liebte seine Pflichten nicht, obwohl er mit vollkommener Unparteilichkeit Recht sprach, auf einer Ecke des Tisches sitzend und einen Schraubenschlüssel in der Hand. Aber das Standesamt verursachte ihm Alpdrücken, denn er mußte alle Eintragungen von Geburten, Sterbefällen und Heiraten ordnungsgemäß und in doppelter Ausführung vornehmen. In der Hälfte der Fälle hatte ihn aber erst der Junge von seiner Arbeit in der Chacra* herbeigeholt, und in der anderen Hälfte wurde er mitten in der Arbeit auf seinem Dach unterbrochen, beim Ausprobieren irgendeines Zements, der ihm endlich bei Regenwetter zu einem trockenen Bett verhelfen sollte. So notierte er denn nur flüchtig die Daten und Angaben auf irgendeinen Zettel, den er gerade zur Hand hatte, und floh wieder aus dem Amtszimmer.

Ihm oblag die kaum zu bewältigende Aufgabe, Zeugen herbeizuschaffen, um die Protokolle gegenzuzeichnen, denn jeder Peón nannte als Zeugen jene schwer zu erreichenden Leute, die nie aus dem Urwald herausgekommen waren. Im ersten Jahr seiner Tätigkeit versuchte Orgaz nach bestem Vermögen, die Zwistigkeiten zu schlichten, dann aber wurde er seiner Pflichten gänzlich überdrüssig.

»Jetzt sitze ich ja schön in der Tinte«, brummte er vor sich hin, während er sich die letzten Teerflecke von den Fingern kratzte, »das kann ja nett werden! Wenn ich hier wieder rauskomme, habe ich Glück!«

Schließlich begab er sich in seine düstere Amtsstube, wo der Inspektor aufmerksam den unaufgeräumten Tisch, die beiden einzigen Stühle, den Lehmfußboden und nicht zuletzt einen Strumpf betrachtete, den die Ratten auf einen der Querbalken des Dachs geschleppt hatten.

Er wußte genau, wer Orgaz war, und eine geraume Weile plauderten die beiden über allerlei Dinge, die mit der Amtstätigkeit nicht das geringste zu tun hatten. Als der Inspektor

* Farm

dann aber unvermittelt zu dieser überging, bekam die Sache ein anderes Gesicht.

Zu jener Zeit blieben die Akten und Register bei den lokalen Behörden und wurden dort jedes Jahr kontrolliert. So sollte es wenigstens sein. In Wirklichkeit aber vergingen oft Jahre, ehe wieder eine Revision vorgenommen wurde – im Fall von Orgaz waren es sogar vier Jahre gewesen. So geschah es denn, daß der Inspektor zwei Dutzend Protokollbücher des Standesamts vorfand; in zwölfen von ihnen waren die Protokolle zwar eingeschrieben, trugen aber keine Unterschriften; die anderen zwölf waren überhaupt unbeschrieben.

Seite für Seite blätterte der Inspektor ein Buch nach dem anderen durch, ohne den Blick zu heben. Orgaz, auf der Tischkante sitzend, schwieg. Nicht eine Seite überschlug der Besucher; bedächtig ließ er ein weißes Blatt nach dem andern durch seine Finger gleiten. Und es gab in dem Zimmer, obwohl es mit Spannung geladen war, kein anderes Zeichen von Leben als das mitleidslose Knistern der Blätter, wenn sie umgeschlagen wurden, und das unaufhörliche Niedersetzen des Stiefels von Orgaz.

»Na schön«, sagte endlich der Inspektor, »und die Akten zu diesen zwölf unbeschriebenen Protokollbüchern?«

Orgaz wandte sich halb um, ergriff eine Keksdose und schüttete, ohne ein Wort zu sagen, ihren Inhalt auf den Tisch aus, der beinahe überfloß von Zetteln aller Art – meist aus Löschpapier, das noch deutliche Spuren der Pflanzen aufwies, die Orgaz dazwischen gepreßt hatte. Die Zettel waren mit groben Farbstiften beschrieben, wie man sie im Urwald zum Markieren des Holzes benutzt – gelb, blau und rot –, und boten einen hübschen Anblick. Der Inspektor betrachtete sie eine ganze Weile, und dann betrachtete er einen Augenblick Orgaz.

»Sehr schön«, rief er, »solche Bücher sehe ich zum erstenmal in meinem Leben. Zwei volle Jahre Protokolle ohne Unterschriften und der Rest in der Keksdose! Nun gut, Señor, hier habe ich wohl nichts weiter zu tun!«

Aber beim Anblick des von harter Arbeit gezeichneten Orgaz mit seinen zerschundenen Händen zögerte er ein wenig.

»Sie sind wirklich großartig«, sagte er zu ihm. »Sie haben sich nicht einmal die Mühe gemacht, jedes Jahr das Alter Ihrer beiden einzigen Zeugen zu ändern. Es sind immer dieselben in den vier Jahren und in den vierundzwanzig Protokollbüchern. Der eine bleibt stets vierundzwanzig und der andere sechsunddreißig. Und dieser Karneval von Zetteln . . . Sie sind doch Staatsbeamter; der Staat bezahlt Sie dafür, daß Sie Ihr Amt ausüben, nicht wahr?«

»Das ist richtig«, bestätigte Orgaz.

»Na also! Schon für den hundertsten Teil dessen, was Sie getan haben, dürfte man Sie nicht einen Tag länger im Amt lassen. Aber ich will nicht gegen Sie einschreiten. Ich gebe Ihnen drei Tage Zeit«, fügte er mit einem Blick auf seine Uhr hinzu. »In drei Tagen, von heute ab gerechnet, bin ich in Posadas und gehe um elf Uhr an Bord schlafen. Ich gebe Ihnen also Zeit bis zum Sonnabendabend um zehn Uhr; dann müssen Sie mir die Bücher in tadelloser Ordnung vorzeigen. Wenn nicht, muß ich gegen Sie vorgehen. Verstanden?«

»Vollkommen«, erwiderte Orgaz.

Er begleitete seinen Besucher bis an die Tür; dort verabschiedete sich dieser kurz von ihm und galoppierte davon.

Langsam stieg Orgaz den Pfad wieder hinauf, dessen Steine unter seinen Füßen nachgaben. Schwarz, viel schwärzer als die Teerflecken auf dem glühenden Dach seines Hauses war die Aufgabe, die seiner harrte. Er überschlug in Gedanken, wieviel Zeit ihm blieb, wieviel Minuten für jedes Protokoll er hatte, um seinen Posten zu retten – und damit die Freiheit, sich weiter mit seinen Reparaturproblemen zu beschäftigen. Orgaz hatte nur sein Gehalt, das der Staat ihm dafür bewilligte, daß er die standesamtlichen Protokolle anfertigte und die Eintragungen ordnungsgemäß vornahm. Er mußte sich also das Wohlwollen des Staates, das nur noch an einem sehr dünnen Faden hing, wieder erobern.

Mit Hilfe von Bimsstein beseitigte Orgaz die letzten Teerspuren an seinen Händen und setzte sich dann an den Tisch, um zwölf große Protokollbücher vollzuschreiben. Allein hätte er die Arbeit in der ihm zugestandenen Zeit nie bewältigen können. Aber der Junge half ihm, indem er diktierte.

Dieser Junge war ein kleiner zwölfjähriger Pole mit brandrotem Haar und sommersprossigem Gesicht. Seine Wimpern waren so hell, daß man sie nicht einmal von der Seite wahrnehmen konnte, und er zog sich seine Mütze stets tief in die Stirn, da er grelles Licht nicht vertragen konnte. Er leistete Orgaz gute Dienste, kochte für ihn, wenn auch ständig dasselbe Gericht, das der Patron und er gemeinschaftlich unter dem Mandarinenbaum verzehrten.

Aber in den folgenden drei Tagen wurde der Ofen, den Orgaz für seine Versuche konstruiert hatte und auf dem der kleine Pole zu kochen pflegte, nicht angezündet. Die Mutter des Jungen hatte den Auftrag bekommen, jeden Morgen geröstete Mandioca* heraufzubringen.

In dem dunklen Raum, der so heiß wie ein Backofen war, saßen Orgaz und sein Sekretär einander gegenüber und arbeiteten, ohne sich vom Fleck zu rühren; der Chef vom Gürtel aufwärts nackt, sein Gehilfe selbst im Zimmer mit der Mütze auf der Nase. Drei Tage lang hörte man nichts weiter als die helle, singende Stimme des kleinen Polen und den Baß von Orgaz, der die letzten Worte wiederholte. Hin und wieder aßen sie einen Keks oder etwas Mandioca, ohne dabei ihre Arbeit zu unterbrechen. So ging es bis in den Spätnachmittag hinein. Wenn Orgaz sich dann an den Bambusrohren entlang-

---

* aus den Wurzeln der Mandioca, eines Wolfsmilchgewächses, gewonnenes Mehl

224

schleppte, um ein Bad zu nehmen, verrieten seine den Gürtel umklammernden oder hochgehaltenen Hände deutlich Überanstrengung.

All die Tage hindurch wehte unaufhörlich Nordwind. Über dem Dach flimmerte die Luft vor Hitze, und das Amtszimmer mit dem Lehmfußboden war noch der einzig schattige Ort auf dem Abhang. Von drinnen schauten die beiden Schreiber unter dem Mandarinenbaum hindurch auf einen viereckigen sandigen Platz, der im weißen Licht der Mittagssonne zu vibrieren schien.

Nach dem Bad begann die Nachtarbeit. Sie trugen den Tisch in die stille, erstickend schwüle Atmosphäre hinaus. Unter den Palmen, die sich so starr und dunkel emporreckten, daß sie sich von der sie umgebenden Finsternis abhoben, fuhren die beiden fort, eine Seite nach der anderen zu füllen, beim Schein einer Windlaterne und umflattert von einem Schwarm von Schmetterlingen mit buntfarbigen seidenen Flügeln, die zu Dutzenden am Fuß der Laterne niederfielen und über die weißen Seiten huschten. Dadurch erschwerten sie die Arbeit noch mehr, denn wenn auch diese festlich geschmückten Schmetterlinge das Hübscheste sind, was Misiones in einer schwülen Nacht zu bieten hat, so gab es doch nichts Hartnäckigeres als die Angriffe dieser seidigen Geschöpfe auf die Feder eines Mannes, die dieser kaum noch zu halten vermochte und doch nicht aus der Hand legen durfte.

In den ersten beiden Nächten schlief Orgaz vier Stunden, in der letzten nicht einmal eine Minute; da saß er allein auf dem Abhang unter den Palmen bei seiner Windlaterne und den Schmetterlingen. Der Himmel hing so tief und sah so dunkel und drohend aus, daß es ihm schien, als stoße er mit dem Kopf gegen die Wolken. Später glaubte er in der unheimlichen Stille ringsum ein fernes, dumpfes Rumoren zu hören – das Trommeln des Regens auf den Urwald. Ja, schon am Nachmittag war der Horizont im Südwesten verdächtig düster gewesen.

Daß mir nur nicht der Yabebirí einen Streich spielt, dachte er und versuchte, die Finsternis mit seinen Blicken zu durchdringen.

Endlich graute der Tag, die Sonne ging auf, Orgaz verschwand mit seiner Windlaterne im Amtszimmer und hängte sie in eine Ecke, von wo aus sie den Raum erhellte. Er schrieb und schrieb, und als der kleine Pole um zehn Uhr endlich aus seinem Erschöpfungsschlaf erwachte, konnte er seinem Patron noch weiter bei der Arbeit helfen, bis dieser um zwei Uhr nachmittags mit schmutzigem, erdfahlem Gesicht die Feder in die Ecke warf und den Kopf vornüber auf seine Arme fallen ließ . . . In dieser Lage verharrte er lange Zeit regungslos, man sah ihn kaum atmen.

Er war fertig. In dreiundsechzig Stunden kaum unterbrochener Arbeit, den glühenden Sandplatz vor Augen oder auf dem dunklen Abhang sitzend, hatte er die vierundzwanzig Protokollbücher in Ordnung gebracht. Aber er hatte die Barkasse verpaßt, die um ein Uhr nach Posadas fuhr, und es blieb ihm kein anderer Ausweg, als sich zu Pferd auf den Weg dorthin zu machen.

Während Orgaz sein Pferd sattelte, beobachtete er das Wetter. Der Himmel war weiß, und die Sonne, obschon verschleiert, brannte wie Feuer. Von den stufenförmigen Sierras Paraguays, von Südosten aus dem Flußbett kommend, wälzte sich ein Hauch erstickender Feuchtigkeit vom nassen, dampfenden Urwald herüber. Während am fernen Horizont die Platzregen schon helle Streifen am Himmel bildeten, glühte San Ignacio noch unter sengender Sonne.

Bei solchem Wetter trabte Orgaz los, und wenn es der Weg erlaubte, galoppierte er auch, immer in Richtung auf Posadas. Er ritt den Abhang des neuen Friedhofs hinunter und gelangte in das Tal des Yabebirí; hier wurde ihm die erste Überraschung zuteil, als er auf das Floß wartete: ein Saum von mit Wasserbläschen besetzten Zweigen hatte sich am Ufer gebildet.

»Der Fluß schwillt an«, rief der Flößer dem Reisenden zu, »es hat gestern nacht und heute in den Quellgebieten tüchtig geregnet . . .«

»Und weiter unten?« fragte Orgaz.

»Da hat's auch tüchtig geregnet . . .«

So hatte sich Orgaz also nicht getäuscht, als er in der vergangenen Nacht glaubte, den Regen auf weit entfernte Wälder herabprasseln zu hören. Jetzt beunruhigte ihn auch der Wasserstand des Garupá, der oft ebenso anschwillt und über seine Ufer tritt wie der Yabebirí. Er galoppierte die Abhänge von Loreto hinaus, ohne Rücksicht darauf, daß der harte Basaltboden die Hufe seines Pferdes ruinierte. Von der Hochebene aus, die sich bald endlos vor seinen Augen ausbreitete, sah er den Horizont von Osten bis nach Süden hin. Der Himmel war mit dunklen Wolken bedeckt, und hinter weißen, feuchten, aufsteigenden Dämpfen löste sich die Silhouette des Urwalds im Regen auf. Die Sonne war verschwunden, und eine leichte, kaum merkliche Brise brachte für kurze Augenblicke ein wenig Erfrischung in der erstickenden Stille. Man spürte die kommenden Wassermassen – die Überschwemmung, die auf lang anhaltende Dürre folgt. Orgaz passierte im Galopp Santa Ana und gelangte nach Candelaria.

Dort erlebte er die zweite Überraschung, die er bereits vorausgesehen hatte: infolge des viertägigen Wolkenbruchs strömte der Garupá reißend vorüber und gestattete kein Durchkommen, weder mit dem Floß noch durch Schwimmen; gärender Unrat wogte zwischen dem Schilf, und im Flußbett sausten in wirbelnder Eile Zweige und Wasser vorbei.

Was sollte er nun beginnen? Es war schon fünf Uhr nachmittags. Noch fünf Stunden weiter, und der Inspektor ging an Bord, um zu schlafen. Es blieb Orgaz nichts anderes übrig, als zum Paraná zu reiten und sich dort in das erste beste Boot zu setzen, das er auftreiben konnte.

Gedacht, getan; und als die Dämmerung früher als sonst hereinbrach, angesichts eines so drohenden Unwetters, wie es noch kein Himmel schwärzer angekündigt hatte, fuhr Orgaz in einem bereits geborstenen, aber notdürftig mit Blech wieder ausgebesserten Boot, durch dessen zahlreiche Lecks das Wasser eindrang, den Paraná hinunter.

Eine Zeitlang paddelte der Besitzer des Fahrzeugs träge in der Mitte des Stromes; aber da er sich von dem Vorschuß, den Orgaz ihm zahlen mußte, Caña gekauft hatte, fing er bald an, in halben Worten vor sich hin zu philosophieren. Orgaz ergriff deshalb das Paddel – gerade noch rechtzeitig, denn ein jäher, kalter, fast höllischer Windstoß fegte wie ein Reibeisen über den ganzen Fluß. Der Regen kam näher, schon war vom argentinischen Ufer nichts mehr zu erkennen. Bei den ersten schweren Tropfen dachte Orgaz an seine Bücher, die das Segeltuch der Tasche kaum schützen konnte. Er zog sich Rock und Hemd aus, wickelte beides um die Bücher und packte wieder das vordere Paddel. Unruhig angesichts des Unwetters, paddelte der Indio ebenfalls, und in dem Wolkenbruch, der die Oberfläche des Stromes durchsiebte, hielten sie das Boot, mit aller Kraft paddelnd, in der Strömung. Sie konnten keine zwanzig Meter weit sehen und fühlten sich wie von einem weißen Kreis umschlossen.

In der Strömung kamen sie gut voran, und Orgaz hielt das Boot so lange wie möglich darin. Aber der Wind wurde stärker, und der Paraná, der sich zwischen Candelaria und Posadas wie ein See verbreiterte, hatte große, wild schäumende Wogen. Orgaz hatte sich auf die Bücher gesetzt, um sie vor den Brechern zu schützen, die das Boot vollzuschlagen drohten. Es wurde zu riskant, sich weiter in der Strömung zu halten, und selbst auf die Gefahr hin, zu spät nach Posadas zu gelangen, beschloß Orgaz, das Boot ans Ufer zu steuern. Und wenn das mit Wasser gefüllte und seitlich von den Wellen bedrängte Fahrzeug dabei nicht kenterte, so ist das dem Umstand zuzuschreiben, daß zuweilen doch noch unerklärliche Dinge geschehen.

Unaufhörlich strömte der Regen herab. Die beiden Männer stiegen triefend und ermattet aus dem Boot, und als sie die Böschung hinaufkletterten, gewahrten sie ganz in der Nähe den undeutlichen Umriß eines Hauses. Orgaz' Züge entspannten sich, und alle Gedanken auf seine Bücher gerichtet, die er auf so wunderbare Weise gerettet hatte, stürzte er darauf los.

Es war ein alter Schuppen, in dem Ziegel gebrannt wurden. Orgaz ließ sich auf einen Stein nieder, der mitten in der Asche lag, während der Indio sich am Eingang auf den Fersen niederkauerte; er stützte das Gesicht auf die Hände und wartete ruhig das Ende des Regens ab, der auf das Zinkdach prasselte und seinen Rhythmus bis zu einem schwindelerregenden Tosen steigerte. Orgaz blickte ebenfalls nach draußen. Welch ein endloser Tag! Er hatte das Gefühl, schon vor einem Monat von Ignacio fortgeritten zu sein. Der anschwellende Yabebirí ... die geröstete Mandioca ... die Nacht, die er allein durchgearbeitet hatte ... der weiße, sandige Patio, zwölf Stunden lang ...

Weit, sehr weit lag das alles zurück! Er war völlig durchnäßt, und das Kreuz schmerzte ihn fürchterlich; aber das war alles nichts im Vergleich zu der Müdigkeit, die ihn jetzt überfiel. Wenn er nur schlafen, einen Augenblick lang schlafen könnte! Aber selbst wenn er Zeit dazu gehabt hätte, wäre Schlafen ein Ding der Unmöglichkeit gewesen, denn in der Asche wimmelte es von Sandflöhen. Er schüttete das Wasser aus seinen Stiefeln, zog sie wieder an und ging hinaus, um sich das Wetter anzuschauen.

Plötzlich hörte der Regen auf. Die stille Luft der Dämmerung war bis zum Ersticken mit Feuchtigkeit gesättigt, und Orgaz gab sich keiner Täuschung darüber hin, daß diese Pause nur von kurzer Dauer war und bei sinkender Nacht neue Wolkenbrüche vom Himmel herniederstürzen würden. Er beschloß, die Zeit auszunutzen, und begann zu Fuß weiterzuwandern.

Er rechnete sich aus, daß die Entfernung nach Posadas noch etwa sechs bis sieben Kilometer betrug. Bei normaler Witterung wäre es ein Kinderspiel, diese Strecke zurückzulegen, aber auf dem feuchten Lehmboden glitten die Stiefel des erschöpften Mannes oft aus; er kam kaum voran; und auf diesen sieben Kilometern hatte er unterhalb des Gürtels die immer dichter werdende Finsternis und oberhalb des Gürtels den Lichterschein von Posadas.

Er litt; der Mangel an Schlaf ließ das Blut qualvoll in seinen Adern hämmern, so daß es ihm vorkam, als berste sein Kopf. Unwiderstehliche Müdigkeit bemächtigte sich seiner. Aber was ihn dennoch aufrecht hielt, war die Zufriedenheit mit sich selbst. Genugtuung erfüllte ihn, weil er seine Ehre hatte retten können, sei es auch nur vor einem Justizinspektor. Orgaz war nicht zum Beamten geboren, und wie wir sahen, taugte er auch nicht dazu. Doch in seinem Innern spürte er die süße Wärme, die einen Menschen tröstlich durchdringt, wenn er hart gearbeitet hat, um eine einfache Pflicht zu erfüllen; und er schleppte sich mit Anstrengung weiter, bis er endlich die Bogenlampen vor sich sah, und zwar nicht ihren Widerschein am Himmel, sondern ihr eigenes, ihn fast blendendes Licht.

Die Hoteluhr schlug gerade zehn, als der Justizinspektor, der damit beschäftigt war, seine Reisetaschen fertig zu packen, einen von oben bis unten beschmutzten, totenblassen Mann in sein Zimmer treten sah, der sicher zusammenbrechen würde, sobald er sich von dem Türpfosten entfernte, an den er sich lehnte.

Der Inspektor blickte das Individuum eine Weile schweigend an. Doch als es diesem gelang, noch ein paar Schritte weiterzuwanken und seine Bücher auf den Tisch zu legen, erkannte er Orgaz, obgleich er sich dessen Gegenwart zu dieser Stunde und in diesem Aufzug nicht recht erklären konnte.

»Und das hier?« fragte er und deutete auf die Bücher.

»Die Bücher, die Sie zu sehen wünschten ...«, sagte Orgaz. »Sie sind jetzt in Ordnung!«

Der Inspektor sah Orgaz an, betrachtete einen Moment lang sein Gesicht und erinnerte sich nun an den Zwischenfall in dessen Amtszimmer. Er fing an, herzlich zu lachen, klopfte ihm auf die Schulter und rief: »Aber wenn ich Ihnen gesagt habe, Sie sollen sie mir bringen, dann doch nur, um etwas zu sagen! Das war doch nicht so ernst gemeint, mein Freund! Warum haben Sie sich all diese Mühe gemacht?«

An einem glühendheißen Mittag saß ich zusammen mit Orgaz auf dem Dach seines Hauses; und während er mit Zement und Pech an den Brettern aus Weihrauchbaumholz herumkalfaterte, erzählte er mir diese Geschichte.

Als er geendet hatte, gab er weiter keinen Kommentar dazu. Seither waren neun Jahre vergangen, und ich weiß nicht, wie viele von den inzwischen gemachten Eintragungen oder aufgenommenen Protokollen sich ordnungsgemäß in den Büchern und wie viele in der Keksdose befinden. Aber nach der Genugtuung, die Orgaz in jener Nacht zuteil wurde, hätte ich um nichts in der Welt diese Bücher kontrollieren mögen.

Mit Blick auf den Paraná:
Horacio Quirogas Urwaldgeschichten

Man hat Horacio Quiroga den Kipling Südamerikas genannt; das ist insofern nicht ganz richtig, als Rudyard Kipling ein Großstadtautor war, für den der Urwald ein literarisches Thema darstellte – und nicht, wie für Quiroga, ein authentisches Erlebnis, das sein Leben und sein Werk existentiell durchdrang und bestimmte.

Quiroga wurde durch seine Urwalderfahrungen erst zu dem Autor, als der er in die Literaturgeschichte eingegangen ist: als der Schöpfer der modernen lateinamerikanischen Erzählung. Der argentinische Dichter und Erzähler Leopoldo Lugones (1874–1938), mit dem er befreundet war, der paraguayische Romancier Augusto Roa Bastos (geboren 1917) oder der Argentinier Julio Cortázar (1914–1984) haben in Quiroga ihren »Bruder« gesehen. Cortázar beginnt eine seiner Erzählungen, Die Barke oder Erneute Besichtigung Venedigs, *mit folgender Hommage an Quiroga:*

»Von Jugend an bin ich versucht gewesen, literarische Texte, die mich bewegt hatten, doch deren Ausarbeitung mir im Verhältnis zu ihren inneren Möglichkeiten zu dürftig erschien, neu zu schreiben; bei einigen Erzählungen von Horacio Quiroga war diese Versuchung so stark, daß sich mein Vorhaben, und das war besser so, in Schweigen und Verzicht auflöste. Was ich aus Liebe zu tun versucht hätte, konnte nur als insolente Pedanterie aufgefaßt werden . . .«

Horacio Quiroga hatte zu Beginn des 20. Jahrhunderts in Buenos Aires den Kampf gegen Rhetorik, Kitsch und modischen Firlefanz aufgenommen. Mit Erfolg, wie sich alsbald zeigte. Sein Leben freilich war von einer Kette unglückseliger Ereignisse begleitet: Sein Vater verunglückte tödlich bei einem Ausflug, als sich beim Verlassen seines Bootes ein Schuß aus dem Gewehr löste. Das Söhnchen Horacio, knapp drei Monate alt, war dabei auf dem Arm der Mutter. Quirogas Stiefvater erschoß sich im Rollstuhl aus Verzweif-

lung über die immer weiter fortschreitende Lähmung. Horacio, inzwischen achtzehn Jahre alt, war der erste, der es bemerkte. Als 1902 sein enger Freund, der junge Literat Federico Ferrando, von einem etwas windigen Kollegen in einer Zeitung hämisch angegriffen wurde, kam es zur Duellforderung. Federico bat Horacio, ihm den gerade gekauften Revolver zu erklären, der ohne Wissen der Freunde geladen war. Die Kugel löste sich und traf Federico tödlich.

1915 brachte sich Quirogas Frau, Ana María Cires, in San Ignacio/Misiones mit einer Dosis Quecksilber um – nach sechsjähriger Ehe und nach einem für sie im Urwald nur schwer zu ertragenden Leben. (In der Einöde schildert die Lage eines Witwers und seiner beiden Kinder, die den Unbillen des Urwalds furchtlos standhalten.)

Ende 1917 übersiedelt Quiroga, nach sieben Jahren Urwald, nach Buenos Aires. 1927 heiratet er wieder, diesmal die zwanzigjährige María Elena Bravo, und kehrt 1931 mit Familie nach San Ignacio zurück. Auch sie hält das Leben im Urwald nicht lange aus und läßt Quiroga allein zurück. Im September 1936 erkrankt er so schwer an einem Krebsleiden, daß er in ein Hospital nach Buenos Aires muß, wo er sich fünf Monate später – am 18. Februar 1937 – mit Zyankali vergiftet.

Wer war dieser Horacio Quiroga? Schon die Einordnung seiner nationalen Herkunft ist unsicher. Die argentinische Literatur hat den gebürtigen Uruguayer für sich reklamiert. Aber ist er nun uruguayischer oder argentinischer Schriftsteller? Seine Prosa zeigt nicht die typischen Merkmale der Autoren vom Río de la Plata.

Quiroga ist ein Grenzgänger, einer, der die nationalen Determinanten außer Kraft setzte, in unwegsames Grenzland vordrang, dort als Pionier im subtropischen Urwald siedelte und als Schriftsteller die literarischen Normen seiner Zeit sprengte. In der Welt des Grenzlandes mit seinen Giftschlangen, den sintflutartigen Regengüssen, den gewaltigen Katarakten von Iguazú, mit der Urwaldlandschaft des Yabebirí- und Paranástroms, dem gänzlichen Fehlen von Hilfe durch andere, umgeben von der Unerbittlichkeit des Todes, versuchte Quiroga, seine Existenz zu sichern. Und er versuchte, für diese Erfahrungen neue literarische Erzählformen zu schaffen.

Geboren wurde Horacio Quiroga am 31. Dezember 1878 in Salto/ Uruguay, etwa 500 Kilometer nördlich der Hauptstadt Montevideo. Die meiste Zeit seines Lebens verbrachte er in Argentinien. Vom Vater, der Argentinier war, übernahm er die argentinische Staatsbürgerschaft. Sein Freund Baltasar Brum, Außenminister Uruguays, ernannte ihn 1917 zu einem hohen Beamten am uruguayischen Generalkonsulat in Buenos Aires. In dieser Funktion ist er auch später in seinem Urwalddorf San Ignacio tätig. Vom dortigen Gouverneur der Provinz Misiones wird er aber auch in argentinische Dienste genommen: er wird Friedensrichter und Standesbeamter, Ämter, die er alle mehr schlecht als recht ausführt; er erzählt davon sehr anschaulich in der Geschichte Das seltsame Standesamt.
   Die meisten seiner Erzählungen spielen im Nordosten, dort, wo Argentinien an Paraguay und Brasilien grenzt: am Rio Paraná, im Urwald um San Ignacio, in der Provinz Misiones. Es ist jene Region, wo die Jesuiten 1633 für die Guaraní-Indianer einen Staat gründeten, der von Rom immer beargwöhnt und bekämpft wurde, aber mehr als hundert Jahre lang Bestand hatte – bis Sklavenhändler und Glücksritter ihn zerstörten.

Die erste Begegnung Quirogas mit dem Urwald arrangierte zufälligerweise sein Freund Leopoldo Lugones. Der unternahm 1903 im Auftrag des Informationsministeriums eine Expedition zu den Jesuiten-Ruinen in San Ignacio/Misiones und nahm Quiroga als Fotografen mit. 1904 publizierte Lugones eine dreihundert Seiten starke Studie Das Reich der Jesuiten. *Noch heute lassen die Überreste im Urwald ahnen, welch gewaltige Anstrengungen diese Handvoll Jesuiten unternommen hatte, um mehr als 10 000 Guaraní in einem Staatsgebilde zusammenzuführen.*
   Nicht nur das Erlebnis der Urwaldlandschaft am Paraná beein-

*druckte Quiroga tief; im subtropischen Klima verschwanden auch
sein Asthma und seine Magenbeschwerden.*

*Zunächst hatte er aber, wie viele lateinamerikanische Intellektuelle
und Schriftsteller, Paris zu seinem Genius loci erwählt. Im Frühjahr
1900 war er dort angekommen; er blieb knapp drei Monate und
lernte im Café Cyrano die wichtigsten Literaten kennen. Doch bis
auf den nicaraguanischen Dichter Rubén Darío, damals der ein-
flußreichste Schriftsteller Lateinamerikas, hielt er nicht viel von
jener Pariser Gesellschaft. Er tauge nicht zum Bohemien, bekannte
er. Versuche, in Paris zu bleiben, scheiterten am Geld. Die Idee, beim
Verlag Garnier als Korrektor zu arbeiten, gab er wieder auf. Völlig
mittellos kehrte er nach Südamerika zurück.*

*In Buenos Aires jedoch galt Quiroga zeitweise wegen seiner
Amouren und Abenteuer als exotischer Urwalddandy.*

*Man muß sich Quiroga als einen feinsinnigen Literaten vorstellen,
sehr schmächtig von Gestalt, von geringer Körpergröße, was ihn vor
dem argentinischen Militärdienst bewahrte. Dann gibt es den Quiroga, der nur mit Machete und Schreibfeder im Urwald vor dem
städtischen Alltagsleben, den unglücklichen Lieben, den Schicksalsschlägen die Flucht ergriff – um sich dort erst eigentlich selbst zu
entdecken. In der Einöde der Wildnis findet sich der ewig Ruhelose
inmitten von Mühsal und Gefahr. Jetzt erfährt er, was Schlangen,
Einsamkeit, Alkohol und Tod wirklich bedeuten, die in der dekaden-
ten Literatur von Buenos Aires nur als idyllische Topoi bekannt
waren.*

*Quiroga sucht die Gefahren und nimmt schier unglaubliche
körperliche Anstrengungen auf sich. Er braucht sie; sie sind für sein
Leben genauso notwendig wie für sein Schreiben.*

*Bevor er nach San Ignacio ging, hatte Quiroga zwei Jahre lang im
Norden Argentiniens, im Chaco, mit dem Rest des väterlichen Erbes
vergebens versucht, Baumwolle zu kultivieren.*

1906 kaufte er mit dem Geld der Mutter Land in San Ignacio und begann, einen Holzbungalow zu bauen. Er erhöhte das Plateau, auf dem er sein Haus errichtete, um den Paraná-Fluß sehen zu können.

Die Lyrikerin Alfonsina Storni, eine Freundin Quirogas, spielt in einem nachgelassenen Gedicht auf Quirogas Tod, auf die Lage seines Urwaldhauses und auf seine rastlosen Unternehmungen an.

Auf Horacio Quiroga

Sterben wie du, Horacio, ganz bei Verstand,
und so wie immer in deinen Geschichten, das ist nicht schlecht;
ein Blitzstrahl zur rechten Zeit und vorbei der Jahrmarkt . . .
werden sie reden.

Man lebt nicht ungestraft im Urwald,
noch mit Blick auf den Paraná.
Gut so, für deine entschiedene Hand, großer Horacio . . .
werden sie reden.

»Jede Stunde verletzt« – steht geschrieben –
»die letzte tötet.«
Ein paar Minuten weniger . . . wer klagt dich an?
werden sie reden.

Eher verdirbt die Angst, Horacio, als der Tod,
der von hinten kommt.
Du trankst gut und lächeltest sodann . . .
werden sie reden.

Ich weiß, sie drückten dir die Arbeitshand,
doch nicht IRGENDWER oder nur Pan,
weil es sich nicht für den Starken schickt,
von seinen Werken abzufallen . . .
(Stärker ist der, der reden wird.)

Auf Pan, den Griechengott des Waldes und der Hirten, hat sich Quiroga nicht verlassen, sondern nur auf sich selbst. Die Erklärung für Quirogas so »entschiedene Hand«, für seine »Arbeitshand«, wie Alfonsina Storni sagt, liefert uns ein anderer Freund, César Tiempo, dem beim Besuch im Krankenhaus Quirogas Hände auffielen: »Im Verlauf meiner Gespräche mit Quiroga im Krankenhaus hatte ich die Gelegenheit, die Hände des großen Schriftstellers zu betrachten und dachte daran, was er alles mit ihnen geschaffen hatte. Er schrieb mit ihnen nicht nur seine unvergleichlichen Erzählungen, er rodete den Urwald, baute ein Kanu von der schlanken Gestalt eines Schwans. Er errichtete Häuser, pflanzte Bäume, präparierte Schlangen, beseitigte Schlingpflanzen mit der Machete, konstruierte Wasserbecken und baute Violinen. Vor nichts schreckte er zurück. Er konnte kochen, nähen und Desserts wie die geschickteste Magd zubereiten. Er war mit einer großen handwerklichen Geschicklichkeit ausgestattet und einem erstaunlichen Erfindergeist. Er stellte Keramik her, Webgarn, konstruierte sich eigene Möbel, seine Boote, Karren, entwarf Gürtel aus Schlangenleder, kreierte Süßigkeiten und erfand noch eine Menge anderer Produkte und Gegenstände, immer mit der Hoffnung, der Armut zu entkommen.«

Oft aber interessierten ihn Ergebnis oder Erfolg seiner Erfindungen kaum; so sehr ging er in seinen hektischen Aktivitäten auf. Kaum vorstellbar ist für uns heute, daß neben dieser praktischen Arbeit eine unglaubliche Menge an Erzählungen entstand. 1934 spricht Quiroga in einem Brief an César Tiempo von 170 Geschichten und meint selbst, das sei ein »Übermaß für einen einzigen Menschen«. Dazu hatte er noch zwei nur hundert Seiten umfassende, wenig geglückte Romane geschrieben sowie zahlreiche Essays.

Sofort berühmt wurde sein Erzählband Geschichten von Liebe, Irrsinn und Tod, 1917. Die (vergriffene) deutsche Ausgabe bei Suhrkamp von 1986 enthält leider Geschichten auch aus anderen Bänden, wie überhaupt die deutsche Rezeption Quirogas spärlich zu nennen ist: 1931 übersetzte Erna Stoldt den homogensten Erzählband, Die Verbannten, bei Ullstein. 1971 brachte Hans-Otto

238

Dill den Sammelband Anakonda. Erzählungen aus der Wildnis von Misiones *im Aufbau Verlag Berlin heraus und 1989 Hans G. Schmidt den Band* Der Papagei mit der Glatze *bei Peter Hammer.*

Quiroga blieb zeitlebens ziemlich mittellos; er hatte mit seiner Urwaldarbeit weniger Geld verdient als mit seinen Erzählungen, seiner vorübergehenden Tätigkeit als Spanischlehrer in Buenos Aires oder als Konsulatsbeamter. Doch gegen Stadtleben, Gesundheit, Anerkennung und Geld tauschte er lieber die Welt der Schlangen, der reißenden Flüsse oder die Landschaft in glühender Hitze ein, wie er sie unter anderem in der Erzählung Ein Peón *beschreibt.*

1914, zu Beginn des Ersten Weltkriegs, versuchte Quiroga, Kohle herzustellen, züchtete Orchideen und begann mit einer Weinproduktion aus Orangen. Daneben war er für seine beiden Kinder ein treusorgender Vater, was in manchen Erzählungen (In der Einöde) *auf bewegende Weise zum Ausdruck kommt. Und viele der märchenhaften Tiererzählungen wie* Die Strümpfe der Flamingos, Die Riesenschildkröte *oder* Die faule Biene *waren im Kern Geschichten, die er zunächst für seine Kinder erfand.*

Die vorliegende Auswahl versammelt Urwaldgeschichten unterschiedlichster Thematik, aber in allen ist der Urwald selbst oder der Urwaldfluß Paraná der eigentliche »Held« der Erzählung. Sie, die urgewaltige Natur der Subtropen, versetzt die Menschen in Grenzsituationen, etwa in Nächtliche Fahrt, *der Geschichte einer Frau, die auf dem Paraná ihren von einem Rochen schwer verletzten Mann gegen den Strom über Klippen und Tiefen in stundenlanger Fahrt zu retten versucht.*

Es gilt, die Gefahren zu bestehen; Mut und Überlebenswille setzen in den Menschen ungeahnte Energien frei. Dem Tod entkommen Quirogas Gestalten fast nie. Überschattet von Quirogas persönlichen Schicksalsschlägen, hat der Erzähler ihn immer im Blick.

»Der Mann und die Frau waren seit vier Uhr morgens unterwegs. In der stickigen Schwüle der Gewitterstimmung wurde der Salpeterdunst der Sumpfniederungen noch drückender. Endlich ging der Regen nieder, und das Paar marschierte, durchnäßt bis auf die Knochen, eine Stunde lang verbissen weiter.« So beginnen Die Einwanderer.

Der Mensch ist Opfer der rauhen Wildnis, ist Treibgut, wie es eine andere Erzählung auch im Titel metaphorisch andeutet, oder Opfer in der Natur, zum Beispiel Waldarbeiter in der Geschichte Holzfäller, die im Urwald ihren »Chefs« ausgeliefert sind. Eine zentrale Bedeutung kommt den beiden ebenso packenden wie hintergründigen Anaconda-Geschichten zu. In der ersten dringt der Mensch in das Reich der Natur ein, um sie auszubeuten; das Ergebnis ist Tod und Verderben der Schlangen. Die Kreatur in einer Schöpfung ohne Zukunft, das liest sich in vielen Erzählungen wie die ahnungsvolle Vorwegnahme der Zerstörungen des Regenwalds mit dem Lebensraum von Mensch und Tier, nun am Ende des 20. Jahrhunderts. In Anacondas Rückkehr verkehrt sich diese Position ins Gegenteil, hier ist der Einzelne Opfer einer ihm feindlichen Natur: Der Urwald und seine tropische Regenflut dringen auf das Territorium des Menschen vor – auf Befehl der Königin des Urwalds, auf Befehl Anacondas.

Mir scheint, auf Horacio Quirogas ambivalentes Verhältnis zur tropischen Natur ist die abwechslungsreiche Vielfalt seiner Geschichten zurückzuführen: den Anaconda-Zyklus schrieb er wegen der Bedrohung und Vernichtung durch den Menschen. In andere kühne Prosastücke ging seine eigene Herausforderung der Natur als gesteigerte Selbstbehauptung und Selbstentfaltung ein, das Urwaldleben als Experiment, das auch zur Gefährdung, ja zum Tode führt (In der Einöde, Nächtliche Fahrt, Die Einwanderer). Es sind »desterrados«, jenseits der Zivilisation lebende »Verbannte«, Menschen ohne Land, ohne Herkunft, ohne Ziel.

Seine Tierfabeln hingegen haben nie eine aufgesetzte Moral, sondern sind Parabeln darüber, wie Mensch oder Tier (das domesti-

zierte) sich in Räuber und Ausbeuter verwandeln oder aber auch,
wie in der Erzählung Die Riesenschildkröte*: daß sich zumindest*
im Märchen der Antagonismus zwischen Mensch und Tier einmal
in gegenseitige Solidarität verwandelt. In der satirischen Parabel
Das Vaterland, *einer Erzählung, in die Quiroga angesichts des*
Ersten Weltkriegs seine Auffassung über Nationalismus, Grenzen
und Freiheit ins Tierreich verlegt, summen die Bienen nach dem
Weggang des Menschen aus dem Urwald: »Wir haben die Philoso-
phie der Menschen gelernt. Wir brauchen ein Vaterland. Die Men-
schen bringen mehr zustande als wir, weil sie ein Vaterland haben.
Wir wissen jetzt soviel wie sie. Laßt uns ein Vaterland schaffen.«
Die Ameisen bauen eine Mauer, auf Verlangen der Vögel begrenzen
die Spinnen mit einem riesigen Netz den Himmel. Doch der alle
Grenzen überschreitende, immer sich selbst in der Wildnis heraus-
fordernde Schriftsteller und Urwaldpionier Horacio Quiroga läßt
den »Staat« der Tiere im Urwald, dieses Vaterland der Unfreiheit, in
dem alle unglücklich sind, scheitern.

Hans-Jürgen Schmitt

Glossar

Almacén: Laden
Annós: Kuckucksvögel
Barigüís: (guaraní) winzige Moskitos
Boliche: Kneipe, Trödelladen
Caña: Zuckerrohrschnaps
Capataz: Aufseher, Vorarbeiter
Carambatás: Lungenkiemenfische
Chacra: (Chuchuasprache) Farm
Coatí: (guaraní) Nasenbär
Foz do Iguassú: brasilianische Stadt an der Grenze zu Argentinien, wo die großen Ströme Iguazú (oder: Iguassú) und Paraná zusammenfließen
Guacamayo: Papageienart
Guaraní: Sprache der Indios im nördlichen Grenzgebiet von Argentinien. In Paraguay Hauptsprache neben Spanisch als Behördensprache
Iguazú: Nebenfluß des Paraná im Nordosten Argentiniens
Isipós: faserige Lianenart
Mandioca: Mehl aus den Wurzelknollen des Wolfsmilchgewächses Maniok
Sargasso: schwimmender Tang
Sulky: (engl.) leichter zweirädriger Karren
Surubí: schuppenloser Wels
Tambú: Insektenlarve
Urás: Fliegenlarven, die unter Tierfell oder in Baumrinden ausschlüpfen
Urutaú: (guaraní) Nachtvogel
Victoria regia: Riesenseerose
Yabebirí: wasserreiches Nebenbett des Paraná

Quellenverzeichnis

Im folgenden wird nach den in Buenos Aires erschienenen Erstausgaben zitiert.

Treibgut aus: Cuentos de amor, de locura y de muerte (Geschichten von Liebe, Irrsinn und Tod) 1917.

In der Einöde, Ein Peón, Das Vaterland aus: La Patria (Das Vaterland), 1924. Deutsche Erstveröffentlichung.

Anaconda, Nächtliche Fahrt aus: Anaconda, 1921.

Die Einwanderer aus: El Salvaje (Der Wilde), 1919.

Anacondas Rückkehr, Das seltsame Standesamt aus: Los Desterrados (Die Verbannten), 1926.

Der Krieg der Kaimane, Die Strümpfe der Flamingos, Das blinde Hirschkälbchen, Die Geschichte von den beiden Coatí-Jungen und den beiden Menschenkindern, Die faule Biene aus: Cuentos de la selva para niños (Urwaldgeschichten für Kinder), 1918.